PRIMAVERA MALDITA

Livros do mesmo autor publicados pela **L&PM** EDITORES:

A costela de Adão
Pista negra
Primavera maldita

ANTONIO MANZINI

PRIMAVERA MALDITA

Tradução do italiano de
Maurício Santana Dias e Solange Pinheiro

L&PM
EDITORES

Texto de acordo com a nova ortografia.
Título original: *Non è stagione*

Tradução: Maurício Santana Dias e Solange Pinheiro
Capa: Jarrod Taylor. *Ilustração*: Yuko Shimizu
Preparação: L&PM Editores
Revisão: Guilherme da Silva Braga

CIP-Brasil. Catalogação na publicação
Sindicato Nacional dos Editores de Livros, RJ.

M252p

    Manzini, Antonio, 1964-
        Primavera maldita / Antonio Manzini; tradução Maurício Santana Dias, Solange Pinheiro. – 1. ed. – Porto Alegre [RS]: L&PM, 2021.
    288 p. ; 21 cm.

    Tradução de: *Non è stagione*
    ISBN 978-65-5666-185-8

    1. Ficção italiana. I. Dias, Maurício Santana. II. Pinheiro, Solange. III. Título.

21-71623   CDD: 853
                             CDU: 82-3(450)

Leandra Felix da Cruz Candido - Bibliotecária - CRB-7/6135

© 2014, Sellerio Editore, Palermo
Published by special arrangement with Sellerio Editore S.L. in conjunction with their duly appointed agent The Ella Sher Literary Agency.

Todos os direitos desta edição reservados a L&PM Editores
Rua Comendador Coruja, 314, loja 9 – Floresta – 90.220-180
Porto Alegre – RS – Brasil / Fone: 51.3225.5777

PEDIDOS & DEPTO. COMERCIAL: vendas@lpm.com.br
FALE CONOSCO: info@lpm.com.br
www.lpm.com.br

Impresso no Brasil
Inverno de 2021

Eu acho que eu vi um gatinho.
　　　　　　　　　Piu-piu

Segunda-feira

O relâmpago rasgou a noite e fixou num flash fotográfico o furgão branco que, em alta velocidade, descia de Saint-Vincent rumo a Aosta.

– Vai chover – disse o italiano ao volante.

– Então vá mais devagar – respondeu o sujeito com sotaque estrangeiro.

Primeiro o trovão e depois a chuva, que caiu como um balde d'água sobre o para-brisa. O italiano acionou o limpador sem, no entanto, diminuir a velocidade. Limitou-se a acender a luz alta.

– Molha o asfalto e a estrada vira sabão – disse o estrangeiro, pegando o celular no bolso do casaco.

Mas o italiano não reduziu a velocidade.

O estrangeiro desdobrou um pedaço de papel e começou a digitar um número.

– Mas por que você não coloca o número na lista de contatos? Como todo mundo faz?

– Não tem lista de contatos. Tá cheia. E cuida da tua vida – respondeu, digitando o número. O furgão passou por um buraco e os dois chacoalharam.

– Agora eu vomito! – disse o homem com sotaque estrangeiro, levando o telefone ao ouvido.

– Pra quem você tá ligando?

Mas o outro não respondeu. Ouviu um "Alô... quem é?" com voz de sono no aparelho. Fez uma careta e desligou o telefone.

– Tá errado – murmurou, apertando nervoso as teclas do velho celular sujo de tinta. Terminada a operação, tornou a colocar o celular no bolso e olhou pela janela. A estrada era cheia de curvas, e as faixas brancas e pretas que avisavam sobre a proximidade de uma curva fechada apareceram apenas no último instante. O motor com a biela batendo e o silenciador furado faziam um barulho de ferragens rolando numa escada. Na parte de trás, a caixa de ferramentas continuava a deslizar de um lado para outro, seguindo o balançar do furgão.

– Começou o dilúvio universal, meu amigo!

– Não sou teu amigo – respondeu o estrangeiro.

Mesmo sob os faróis altos, a estrada Saint-Vincent–Aosta era invisível. E o italiano continuava a aumentar a velocidade, trocando a marcha e pisando fundo no acelerador.

– Por que não vai mais devagar?

– Porque daqui a pouco clareia. E ao clarear eu quero estar em casa! Fume um cigarro e não me encha o saco, Slawomir.

O estrangeiro alisou a barba.

– Não me chamo Slawomir, cagão; Slawomir é um nome polonês, e eu não sou polonês.

– Polonês, sérvio, búlgaro... pra mim, vocês são todos iguais.

– Você é um idiota.

– Por que, não é assim? Vocês são tudo um bando de merda. Ladrões e ciganos. – Depois acrescentou: – Cê tem medo das curvas fechadas? – e riu entredentes. – E aí, cigano? Tá com medo?

– Não, o que me dá medo é que você não dirija direito. E não sou cigano.

– Que é, ficou chateado? Mas qual é o problema se você for cigano? Cê não deve ter vergonha...

Um estouro repentino o interrompeu. O furgão se inclinou para um lado.

– Porra! – tentou esterçar para o lado oposto. O estrangeiro berrou, berrou o italiano, e berraram também os três pneus restantes. Pelo menos até um segundo pneu explodir e o furgão dar um salto para frente. Atravessou uma cerca de madeira, derrubou a placa de limite de velocidade e deteve a corrida batendo em dois lariços ao lado da estrada. O para-brisa explodiu, os limpadores se dobraram, o motor desligou.

O estrangeiro e o italiano estavam imóveis, o olhar vítreo fixado em um ponto distante, enquanto o sangue saía da boca e das órbitas oculares. O pescoço quebrado, disformes como duas marionetes abandonadas. Outro relâmpago, e o flash fixou a imagem instantânea das duas faces mortas com as pupilas de gelo.

A chuva insistia com seu ritmo ensandecido sobre o teto da carroceria. O furgão avariado com os faróis ainda acesos rangia em um equilíbrio precário sobre raízes que despontavam da terra. Sacudiu pela última vez, se estabilizando no terreno e lançando no assento os corpos sem vida dos dois homens.

Tinham decorrido três segundos desde a explosão do primeiro pneu até o veículo se chocar contra os troncos de árvores.

Três segundos. Nada. Um suspiro.

Três segundos Rocco Schiavone levou para entender onde se encontrava. Um tempo infinito.

Tinha aberto os olhos sem reconhecer as paredes, as portas e o cheiro da sua casa.

"Onde estou?", se perguntava, enquanto o olhar sonolento percorria o espaço ao redor. A penumbra do cômodo não ajudava. Estava em uma cama que não era a sua, em um quarto que não era o seu, em uma casa que não era a sua. E, muito provavelmente, o prédio também não era o seu. Esperava pelo menos que a cidade fosse a mesma de ontem, aquela onde morava já fazia tempo, onde expiava seu erro havia nove meses: Aosta.

Ver o corpo de mulher bem ao seu lado ajudou a pôr as peças no lugar. Ela dormia tranquila. Os cabelos negros espalhados sobre o travesseiro. Os olhos fechados tremiam de leve por trás das pálpebras. Abria ligeiramente os lábios e parecia estar beijando alguém no sono. Uma perna descoberta, o pé pendia fora do colchão.

Tinha dormido na casa de Anna! O que estava acontecendo com ele? Erro! Primeiro passo errado, risco tangível de transformar-se em hábito! O perigo de uma integração não desejada com aquela cidade e os seus habitantes o assustou até a raiz dos cabelos e fez com que ele se sentasse de um salto no colchão. Esfregou o rosto.

"Não, não é possível", pensou. Fazia nove meses que não dormia fora de casa. A gente começa assim, ele sabia... e depois era um instante. Começava-se frequentando os cafés, fazendo amizade com o vendedor de frutas e o dono da tabacaria, até mesmo com o jornaleiro, para chegar à fatídica frase do barman: "Doutor, o de sempre?", e estava ferrado. Virava automaticamente um cidadão de Aosta.

Colocou os pés no chão. Quente. Felpudo. Acarpetado. Levantou-se e, na sombra de um alvorecer lívido como a barriga de um peixe, se aventurou na direção de uma cadeira que abraçava um monte de roupas, as suas. Um golpe seco entre os dedos dos pés lhe iluminou o cérebro, depois uma onda de dor tomou conta dele.

Calado, tornou a se jogar na cama, segurando o pé esquerdo que tinha batido numa quina. Rocco sabia, era uma daquelas dores excruciantes e selvagens que, graças a Deus, costumam durar pouco. Bastava cerrar os dentes por alguns segundos, e tudo passava. Xingou em silêncio, não queria acordar a mulher. Não porque respeitasse o sono dela: simplesmente teria de enfrentar uma discussão e não tinha nem vontade, nem tempo. Ela triturou algumas palavras misteriosas entre os lábios, depois se virou para continuar a dormir. A dor no pé, forte e impiedosa, estava passando, já era só uma recordação.

Agora acordado, o subchefe de polícia colocou a mão no rosto e os fotogramas da noite lhe passaram pela frente como se os olhos tivessem se transformado em um projetor de slides.

Encontro casual com Anna, a amiga de Nora Tardioli, agora sua ex-namorada, no Caffè Centrale. O habitual sorriso dela, o habitual olhar felino, os olhos virados para o alto, de gata assassina, a habitual pose de *dark lady** de província. O copo de vinho. O bate-papo.

– Olha, Rocco, Nora espera que, mais cedo ou mais tarde, você telefone para ela.

– Olha que eu não telefono mais para Nora.

– Olha que vocês não conversaram mais desde o dia do aniversário dela.

– Olha que é uma coisa que faço com toda consciência.

– Olha, Rocco, ela gosta de você.

– Olha que Nora está com o arquiteto Pietro Bucci--qualquercoisa.

Risada de Anna. Risada rouca, mordaz, desdenhosa, com consequente excitação de Rocco.

– Olha que você está enganado. Pietro Bucci Rivolta é coisa minha.

Anna que aponta com o indicador para o próprio peito, fazendo tilintar a corrente de prata em seu decote.

---

* Mulher fatal. (N.T.)

– Mas por que você se interessa tanto por mim e por Nora?
– Você está fazendo ela sofrer.
– Não posso fazer mais nada. É claro que eu não sou a pessoa de quem ela precisa.
– Por quê, você sabe do que Nora precisa? Não é muita coisa, Rocco. Nora não pede tanto. As coisas básicas bastam para ela.
Anna que pede outros dois copos de vinho.
Depois mais dois.
– Vamos?
A rua. Poucas luzes. O portão de Anna, não longe do de Rocco.
– Eu moro aqui perto.
– Então volta para casa logo.
Anna que sorri com os seus olhos negros e luminosos. Sempre virados para o alto. Sempre de gata assassina.
– Você não gosta mesmo de mim, né, Anna?
– Não. De fato, não. Meu Deus, fisicamente você não é nem de jogar fora. Nariz pontudo, olhos penetrantes de falso machão latino, alto, com umas belas costas e muito cabelo. Mas, tá vendo? Eu não subiria com alguém como você nem em uma cabine de teleférico para chegar às pistas de esqui. Esperaria a seguinte.
– É um risco que você não corre. Não esquio. A gente se vê por aí.
– Vai saber... talvez não.
Ele se joga sobre Anna. Ele a beija. Ela o deixa agir. E com a mão atrás das costas abre o portão.
Sobem.
Transam. Quarenta e cinco minutos, talvez cinquenta. E para Rocco é um resultado para registrar nos anais.

Os seios de Anna. Seus cabelos soltos e negros. As pernas musculosas.
— Faço pilates.
Os braços torneados.
— Sempre pilates.
Sem fôlego e suados, jogados na cama.
— Moça, eu não tenho mais idade.
— Nem eu.
— E o pilates?
— Não é suficiente.
— Você é muito bonita.
— Você não.
Dão risada.
— Água?
— Água.
Ela que se levanta. As nádegas firmes. Ele que pensa: "Pilates nelas também". Vai à cozinha. Ele percebe porque ouve o barulho da geladeira. Volta para a cama.
— Da próxima vez você me amarra?
— Em vez disso, eu te algemo. É o meu trabalho.
Rocco que esvazia a garrafa de água mineral. Ela que lhe mostra seus quadros pendurados por todos os cantos da casa. Flores e paisagens. Que ela pinta para preencher inúmeras tardes enfadonhas. Ele dorme feito uma criança enquanto ela lhe mostra uma marina toscana.

Ele se vestiu rapidamente. Meias, calças compridas, camisa, os Clarks, o casaco e, com passos silenciosos, saiu do quarto e da casa de Anna.

O ar estava frio também por culpa da chuva que havia caído a noite inteira, e ainda não dava para ver o sol. Mas um clarão anunciava que seria um dia bonito. Ergueu os olhos e viu poucas nuvens pastando no meio do céu.

Pegou o celular e olhou as horas. Seis e quinze.

Cedo demais para ir tomar café da manhã, mas tarde demais para voltar a dormir. As chaves de casa tilintaram no bolso, como a sugerir um banho para depois ir ao bar da Piazza Chanoux.

Andou depressa rente aos muros, como um gato retardatário percorrendo os dois quarteirões que separavam o apartamento de Anna do seu, e finalmente entrou em casa.

Como era de esperar, a casa estava vazia. Nem Marina estava lá. Não estava na cama, não estava na sala assistindo a algum noticiário da madrugada, nem no banheiro tomando banho, nem na cozinha preparando o café da manhã. Como se tivesse sentido. Como se Marina tivesse visto a cama intacta e entendido que Rocco não voltara naquela noite. Pela primeira vez depois de tanto tempo ele tinha dormido fora de casa, e talvez ela não tivesse gostado disso. Tinha se ofendido e não dava as caras.

Sem erguer o olhar, Rocco entrou no banheiro e abriu a torneira de água quente. Tirou a roupa e se lançou sob a ducha, lavando até os cabelos e deixando a água escorrer pelo corpo durante vários minutos. Só saiu quando o vapor havia transformado o banheiro em um banho turco. Limpou o vidro do espelho com a mão e seu rosto apareceu em toda a esqualidez. As olheiras, as pálpebras avermelhadas, as rugas sobre os zigomas. Entreabriu os lábios para olhar os dentes. Esperava que Marina aparecesse no meio daquela nuvem de fumaça espessa. Em vez disso, nada. Pegou o creme e começou a fazer a barba.

Às oito estava no café da praça, segunda etapa obrigatória da manhã. Depois, a pé até a delegacia. Tudo isso sem se dar conta de que lá no alto, em vez das nuvens, agora havia um belo céu azul.

Entrou de mansinho na delegacia. Evitou as perguntas do agente Casella, que estava à porta, e foi às pressas pelo corredor para não encontrar D'Intino, ou Deruta, os dois agentes a quem ele batizara de "os irmãos De Rege", em homenagem à dupla de comediantes piemonteses de tantos anos antes, ressuscitados por Walter Chiari e Carlo Campanini quando Rocco assistia à televisão em preto e branco agachado na sala que fazia as vezes de quarto para sua avó. Antes de começar o dia, precisava fumar, e para fazê-lo tinha de obrigatoriamente se acomodar em sua sala, na sua poltrona, a portas fechadas e em silêncio. Silêncio total.

Entrou e sentou-se à escrivaninha. Pegou um baseado. Um pouco seco, mas dava para fumar. Depois de apenas três tragadas as coisas começavam a funcionar melhor. Sim, a temperatura mudaria, e sim, só precisava enfrentar um dia tranquilo de serviço.

Bateram à porta. Rocco ergueu os olhos para o céu. Apagou a bituca no cinzeiro.

– Quem é?

Ninguém respondeu.

– Eu perguntei quem é?

Nada, de novo. Rocco se levantou, escancarou a janela para tirar o cheiro de maconha.

– Quem é? – se esgoelou de novo, enquanto se aproximava da porta. De novo, nenhuma resposta. Abriu.

Era D'Intino, o agente de Abruzzo, que esperava em silêncio como um cão de guarda.

– D'Intino, você se cansa ao pronunciar seu nome?

– Não, por quê?

– Porque faz uma hora que estou perguntando quem é!

– Ah. O senhor estava falando comigo?

– Quem bateu à porta foi você?

– Claro.

– E quando alguém bate à porta e do outro lado alguém pergunta quem é, você acha que está se referindo a quem?

– Não sei...

– Escute, D'Intino, não quero estragar um dia que me parece ter começado com o pé direito. Quero ser educado e entender o que é que não está bem. Vamos recomeçar?

D'Intino assentiu.

– Então eu fecho a porta e você torna a bater.

E assim foi. Fechou a porta. Esperou dez segundos. Não aconteceu nada.

– D'Intino, você tem de bater! – berrou.

Depois de outros dez segundos, D'Intino bateu à porta.

– Bom. Quem é? – berrou Rocco.

Nenhuma resposta.

– Eu disse: quem é?

– Eu.

– Eu quem!?

– Eu.

Rocco reabriu a porta. D'Intino, como era de esperar, ainda estava ali.

– Então, eu quem?

– Mas, doutor, o senhor sabia que era eu.

Deu-lhe três tapas nas costas com a mão aberta. D'Intino retesou o pescoço entre os ombros e recebeu os tapas do chefe protestando baixinho.

– Sim, mas eu disse eu porque o senhor já tinha me visto, não? E então fiquei pensando, porque não...

– *Stop!* – gritou Rocco e, com a mão, fechou a boca do policial. – Já chega, D'Intino. Já apuramos que era você quem estava batendo à porta. Agora me diga, o que você quer?
– Um acidente muito feio na estrada.
– E daí?
– Dois mortos.
– E daí?
– A polícia rodoviária perguntou se a gente vai.
Rocco levou as mãos ao rosto. Depois berrou:
– Pierron! – não aguentava mais D'Intino, precisava falar com alguém com um quociente de inteligência superior ao de um orangotango.
Dez segundos e o rosto de Italo Pierron, seu melhor agente, apareceu em uma porta lateral.
– Às ordens, doutor!
– Que história é essa de acidente?
– Na estatal de Saint-Vincent... um furgão. Dois mortos.
– Pegue D'Intino e vá, por favor.
– Na verdade... – disse D'Intino, apontando para as costas.
– O que foi?
– Doutor, ainda estou com as costelas doendo.
Um mês e meio antes tinha sofrido uma agressão na qual fraturara o septo nasal. Depois, como se não bastasse, tinha caído em um buraco de umas obras na rua, trincando um par de costelas, que ainda lhe doíam. O vídeo feito por uma câmera de segurança daquela agressão sofrida por D'Intino e Deruta, o agente de cento e tantos quilos que competia com D'Intino pelo prêmio de mais incapaz da delegacia, tinha rodado a delegacia e a procuradoria. Tinha virado objeto de culto entre os policiais e os juízes do vale. Aquela gravação de poucos minutos, na qual os dois ineptos tentavam prender

uma dupla de traficantes, era usada na delegacia toda vez que alguém se sentia um pouco deprimido. O juiz Baldi a assistia continuamente; o juiz Messina, três vezes por semana com a família toda. Na delegacia, Italo Pierron e a inspetora Rispoli o assistiam na sala dos passaportes, que havia se tornado o local dos secretos encontros amorosos deles, e ultimamente ao público fiel se havia juntado também o chefe de polícia Andrea Costa, que, diante das peripécias de seus dois agentes, ria de chorar. O único que parecia imune à comicidade daqueles três minutos em preto e branco sem áudio era o médico-legista Alberto Fumagalli. Ele se entristecia ao ver aquele curta-metragem, quase chorava. Mas não era nada grave. A saúde emocional do médico estava severamente prejudicada pela convivência com os cadáveres e, acima de tudo, por uma latente e perigosíssima patologia maníaco-depressiva.

– Mas e a polícia rodoviária? – perguntou Rocco, exasperado. – Os acidentes na estrada não são encargo deles?

– Na verdade, foram eles que nos chamaram. Até porque o furgão foi o único veículo envolvido. Não bateu em outros carros. Mas tem uma coisa meio estranha. E querem a gente lá.

– Que saco! – gritou Rocco e pegou o *loden** verde no cabide. Vestiu-o e fechou a porta.

– D'Intino, se você não está em condição de trabalhar, me diga o que veio fazer na delegacia.

– Estou cuidando da papelada.

– Está cuidando da papelada – repetiu Rocco em voz baixa. – Entendeu? Ele está cuidando da papelada. Vamos, Italo. Ou você também está incapacitado por alguma enfermidade?

– Não, eu não. Mas lembro ao senhor que a inspetora Rispoli está em casa com 39 graus de febre. Não podemos contar com ela.

---

* Tipo de sobretudo impermeável usado em lugares muito frios. (N.E.)

Rocco o examinou da cabeça aos pés.
– E nem você pode contar. Ou estou enganado?
Italo enrubesceu e abaixou o olhar.
Sem dizer mais nada, Rocco se dirigiu para a saída.
Ainda não dava para engolir a história de amor entre Italo e Caterina. Rocco tinha posto os olhos na inspetora Rispoli fazia meses. E vê-la escapando desse jeito, nas mãos de um subalterno, tinha sido um duro golpe em sua autoestima.
Enquanto chegava ao portão principal a passos rápidos, Rocco Schiavone se voltou para Italo:
– Você se diverte sempre me mandando o D'Intino?
– Tem quem fume um baseado e quem mande D'Intino falar com o chefe para começar o dia com o pé direito. – E deu risada.
Rocco decidiu que era chegada a hora de exercer a devida pressão e mandar D'Intino para alguma delegacia lá na Maiella. Era uma questão de saúde.

Em maio o mundo é lindo. As primeiras margaridas aparecem, pontilhando de branco e de amarelo os campos, e das varandas as flores vomitam cores, tal como pequenos tubos de tinta esmagados.
E assim também acontecia em Aosta. Rocco ergueu os olhos para o céu. Parecia que finalmente as nuvens tinham ido passar o inverno vai saber onde, enquanto o sol acariciava as montanhas e as planícies, fazendo resplandecer aquela paleta maravilhosa. E o humor de Rocco Schiavone melhorava com isso. Esperava esse espetáculo fazia tempo, desde o fim de setembro do ano anterior, quando, com armas e bagagens, havia chegado à delegacia de Aosta transferido por castigo da delegacia Cristoforo Colombo, do bairro EUR de sua cidade. Tinham sido meses de frio intenso, de neve, chuva e gelo que

lhe tinham custado uns bons dez pares de Clarks, os únicos sapatos que usava. Olhando bem, ainda havia algumas nuvens lá no alto. Mas eram branquinhas, passavam rápidas e, no máximo, se detinham para fazer uma pausa entre os picos das montanhas. Nada preocupante.

– Você viu? – disse Italo, que, quando estavam a sós, passava na mesma hora a tratá-lo informalmente.

– O quê?

– Que a primavera chega até aqui em Aosta? Eu sempre te disse. Você tinha de acreditar em mim!

– Verdade. Eu não tinha mais esperança. Todas essas cores. Onde elas estavam até ontem?

Italo partiu a toda velocidade. Rocco bateu a mão nos bolsos. "Saco!", e enfiou uma das mãos no bolso do agente. Pegou o maço de cigarros. Chesterfield.

– Sei que um dia desses você vai me surpreender e em vez desta nojeira vai ter o Camel.

– Esqueça! – Italo respondeu.

Rocco acendeu um e tornou a colocar o maço no bolso de Pierron.

– O que você acha, Italo? Vamos almoçar na montanha? – propôs o subchefe.

– Onde?

– Gostaria de voltar a Champoluc, no Petit Charmant Hotel. Lá a gente come bem pra cacete.

– E por que não? Vamos ver a que horas a gente termina, não?

– Um acidente é pouca coisa. O que você quer que seja de tão misterioso? Vocês são umas antas por aqui. – E deu uma tragada no cigarro.

Era uma paisagem muito bonita aquela além da janela da viatura. Até as árvores pareciam sorrir. Sem aqueles quilos de neve por cima delas, que fazia com que parecessem velhas de noventa anos encurvadas em direção ao solo pelo peso da idade. Agora se erguiam, novas e jovens, frescas, firmes e empertigadas.

Rocco se lembrou da noite recém-passada com Anna. Sentiu alguma coisa formigando entre as pernas. "É a primavera mesmo!", disse, apagando o cigarro no cinzeiro.

Culpa de dois pneus velhos que explodiram por estarem muito gastos, e o furgão Fiat tinha ido bater nos lariços na saída de uma curva. Carlo Figus e Viorelo Midea, os dois a bordo, haviam morrido na hora. Dos dois corpos só restava o lençol manchado de sangue com o qual haviam sido cobertos. Rocco Schiavone e Pierron conversavam com o agente da polícia rodoviária.

– Então, me diga o que é que não está batendo? O que há de tão estranho?

– Mais que estranho, é uma coisa grave – disse o agente Berruti; com óculos espelhados e dentes brancos, ele parecia saído de um episódio de *Chips*, o velho seriado dos anos 70.

– O quê?

– O furgão tem placas roubadas. Não são dele.

Schiavone assentiu. Fez um gesto para Berruti prosseguir.

– Resumindo, nos documentos o furgão pertence a Carlo Figus, que dirigia, mas a placa dele é completamente diferente.

A eles se juntou outro agente da polícia rodoviária, um pouco acima do peso e de olhar esperto e atento.

– E aí, Italo! – conhecia Pierron.

– E aí, Umberto.

– Então, doutor, foi feita uma denúncia da placa que está neste furgão no dia 27 de fevereiro em Turim. Pertence a um tal Silvestrelli, e deveria estar em uma Mercedes Classe

A, não em um furgão Scudo da Fiat. Este furgão deveria ter a placa AM 166 TT.

– E imagino que a AM 166 TT não esteja rodando por aí.

– Nem em sonhos!

– Que saco – murmurou Rocco, erguendo os olhos para o céu.

– O que foi, doutor? – perguntou, prestimoso, Berruti.

– Que saco! – repetiu Rocco, olhando o agente nos olhos.

– Que saco! Estava indo bem demais, demais. Um acidente, um pouquinho de burocracia e pronto! Em vez disso, esses dois cretinos estão com uma placa roubada. Que cagalhões! – e, dando um chute numa pedrinha, deixou os três policiais olhando um para o outro.

– Vocês cuidam das famílias? – perguntou Umberto a Italo.

Rocco, que estava só a alguns metros, se voltou.

– Claro que nós cuidamos, Italo. Não é só um boletim de acidente de trânsito, tem um furto envolvido, e é assunto nosso.

– Obrigado! – Umberto estava feliz. – Se puder ajudar em alguma coisa...

– Vocês fiquem aqui, preencham toda a papelada que tiverem de preencher e sumam de circulação. Eu tenho de ir falar com Fumagalli no necrotério, puta que pariu! – depois, xingando, se dirigiu à viatura. Os dois agentes da polícia rodoviária olharam para Italo.

– Ele é sempre assim?

– Não. Hoje está tranquilo. Se fosse um homicídio, aí sim era de dar risada. Se cuidem. Tchau, Umberto. Você me deve uma revanche.

– Quando você quiser. Bilhar italiano ou carambola?

– Carambola.

Não estou vendo nada.

Meus olhos ainda estão fechados?

Estão abertos. Estão abertos e não vejo nada.

Ainda estou dormindo?

Não estou dormindo. Sei que não estou dormindo. A cabeça está girando, demais. A testa me dói. O preto está ficando cinzento. Não está mais escuro. Mas ainda não consigo ver. O que tem no meu rosto? O que é? Uma teia de aranha? Não, as teias de aranha são transparentes. Isto, por outro lado, é um véu escuro. Escuro e feito de fios. Fios pretos. Nojeira. É nojento. Se fecho os olhos, tudo gira. Tenho de manter eles sempre abertos e olhar este véu preto e nojento que tenho na frente do rosto.

Seguia com dificuldade os pensamentos, irritantes e ainda mergulhados no sono e na dor de cabeça. Tentou tirar o tecido que tinha diante dos olhos. Mas as mãos não se mexiam. Presas.

Não se mexem. As mãos não se mexem! Tem um tecido preto em meu rosto e não posso tirá-lo porque as mãos não se mexem.

Fez força uma, duas vezes, mas os pulsos estavam amarrados.

Eu estou presa na cama e coloquei a cabeça na fronha? Por que estou presa na cama? Mas que merda eu tô pensando? Talvez ainda esteja dormindo, lá fora ainda está escuro e daqui a pouco eu acordo e vou tomar café da manhã.

As têmporas latejavam metodicamente como sinos em um toque fúnebre. Uma dor subterrânea, contínua e surda.

Deve ser de noite. Não estou escutando barulhos na rua. Nem a Dolores preparando o café da manhã e o papai andando pelo corredor.

Aqueles eram seus rumores familiares. E ali só havia silêncio.

Estou sentada. Na cama?

Tentou se levantar, mas não conseguiu.

Minhas costas estão presas à parede? A uma mesa de madeira?

Tentou mexer as pernas.

Não se mexem. Estão imobilizadas como as mãos, os tornozelos estão amarrados. É uma paralisia? Estou paralítica? Não, posso mexer os dedos. E mexo os pés. Mas os tornozelos estão amarrados. Como os pulsos. Agora eu acordo, agora eu acordo, agora eu acordo.

Tentou pular erguendo o traseiro, mas não aconteceu nada.

Que merda eu tenho no rosto? Um pano? Um pano, com certeza. E por trás vejo... o que é? Tem uma parede. Uma parede cinzenta. Não é o meu quarto. Meu quarto é amarelo, este é cinzento. E onde estão os pôsteres do Coldplay e do Alt--J? Aqui é tudo cinzento. Cinzento e sujo. Mas estou vendo. Agora é dia. E se é dia, por que ninguém vem me acordar?

– Mãe? – gritou. E o som da sua voz a assustou. Tentou com mais força. – Pai?

Ela respirava com dificuldade cada vez maior, e o ar era pouco. Aquele pano nojento na frente do rosto diminuía bastante a quantidade de ar, e a cada vez que tentava respirar ele encostava em seus lábios.

– Mãe? Pai?

Inútil.

Estava acordada e não estava em casa. Não podia se mexer, não via nada, havia cheiro de mofo e estava sozinha.

Chiara começou a chorar.

O último endereço conhecido de Carlo Figus era via Chateland. Rocco tinha mandado o agente Scipioni lá para dar a triste notícia e pegar um parente qualquer para levar ao instituto médico-legal. A escolha de Rocco havia recaído sobre o agente Antonio Scipioni única e exclusivamente por necessidade, já que a inspetora Caterina Rispoli estava de cama com 39 graus de febre e Italo Pierron estava investigando Viorelo Midea, a outra vítima do acidente. Então, ao subchefe não tinha sobrado ninguém além do agente Scipioni, que trabalhava em Aosta desde o mês de dezembro. Ele o conhecia pouco, mas não era um mentecapto como Deruta ou como D'Intino ou um Casella. Sabia que era meio siciliano, meio da região de Marche, que amava a montanha e lhe parecia estar sempre pronto, atento, e da sua boca nunca tinha ouvido idiotices. Rocco esperava poder incluir Scipioni entre os bons agentes da delegacia. Um homem a mais sempre ajuda.

O subchefe esperava na entrada do necrotério fumando um cigarro quando viu através dos vidros trincados a figura inconfundível de Alberto Fumagalli, o médico-legista de Livorno. Como sempre, agora já fazia nove meses, os dois não se cumprimentaram. Alberto olhou para o céu, torceu a boca, resmungou alguma coisa, depois fez um gesto para Rocco.

– Você entra quando terminar?
– Não. Espero aqui. Um agente.
– Quem? O que sempre vomita?
– Italo? Não, outro. Vai trazer um parente para o reconhecimento.

Alberto o olhou nos olhos.

– Quer saber uma coisa agora ou esperamos você terminar o cigarro?

Rocco deu uma tragada funda.

– E me diga.
– Morreu feliz.

Rocco se aproximou do médico.

– O que isso quer dizer?

— O italiano morreu feliz.
— E como você pode saber? Ele te disse?
— Disse.
— Vá direto ao ponto. Hoje não é um bom dia, e não aguento uma discussão com você.
— Sim, senhor. Quer saber como ele conseguiu me dizer? Vem, e eu te mostro.

Enfim, tinha de dar uma olhada nos dois cadáveres. Jogou o cigarro e seguiu o médico.

Na sala de autópsias, o habitual cheiro de ovos podres misturado ao de comida estragada e água estagnada do porto. Nas mesas de autópsia, os dois corpos. Alberto se aproximou.

— Não, hoje eu vou poupar você de ver os cadáveres. O que te interessa mais está aqui... no microscópio, venha. — E indicou o instrumento. Olhou e regulou o foco. Depois, sorrindo, deixou o lugar para Rocco.

— O que você está vendo?
— E eu vou saber? Umas coisas redondas, meio brancas e meio roxas... Não sei, parece uma mancha daquelas que os psicólogos usam.

— Elas se chamam borrões de tinta de Rorschach e não têm nada que ver com a história. O que você está vendo na lâmina é uma amostra que eu peguei da pele do pênis do italiano.

— Caralho...
— Sim, também chamam de caralho. E sabe o que você está olhando?

— Você acabou de me dizer, não?
— Não. Isso que você está olhando é a *Gardnerella vaginalis*.

— Não sei o que é; mas pelo nome não deveria se encontrar em um órgão genital masculino, estou enganado?

– Muito bem! A *Gardnerella* é um micro-organismo, muitas mulheres o têm e convivem com ele. Mas, se ele prolifera demais, começam aquelas secreções esbranquiçadas que também têm um cheiro um pouco ruim, sabe? E...
– Pare por aqui, Alberto. Resumindo, o cara andou transando antes de morrer?
– Isso mesmo. E, calculando que eles não morreram depois das quatro horas, digamos que ele tenha transado nem uma hora antes?
– Você está me perguntando?
– Não, eu estava afirmando com um ponto de interrogação. É um jeito muito chique de falar, porque é como se eu dissesse: quero ouvir a sua opinião, mas eu tenho razão. E, de qualquer modo, a essa mulher misteriosa que proporcionou as derradeiras alegrias do sexo para o infeliz, eu lhe daria uma estocada, mas com metronidazol.
– Você está pensando em uma prostituta?
– Olhando para os dois, diria que sim.
– O que você quer dizer?
– Você viu a cara deles, Rocco? Esses dois, para dar uma trepada, ou metiam a mão no dinheiro, ou então em casa, brincando sozinhos. Quer ver os dois?
– Por hoje, me basta a *Gardnerella*.

O agente Scipioni escoltava ao longo do corredor um homem de uma velhice indefinível. Segurando o braço do jovem policial, avançava a passos miúdos na direção da porta do necrotério, olhando um ponto fixo à sua frente.
– Dr. Schiavone, este é o avô de Carlo Figus. O único outro parente é a mãe da vítima, mas ele não pode sair de casa, diabetes... amputaram as pernas dela.
– Bem... – disse Rocco, estendendo os braços.

– Ele é o sr. Adelmo Rosset, o avô de Carlo Figus. Adelmo? Este é o subchefe de polícia Schiavone...

O homem mal ergueu os olhos. Eram azuis e pareciam mergulhados em um líquido denso e viscoso. Não mudou de expressão, apenas levou a mão ao bolso devagar, tirou um lenço e enxugou os lábios.

– Ele fala pouco – disse Scipioni.
– Estou vendo. Mas ele é capaz?
– Não sei. Acho que sim. A mãe de Carlo Figus, que é filha de Adelmo, disse que ele ouve muito bem e entende tudo, certo, Adelmo?

Como uma tartaruga centenária, o homem virou o pescoço enrugado na direção de Scipioni. Lento, esboçou um sorriso que mostrou os três dentes que lhe restavam. Depois se encolheu, como uma flor ao pôr do sol.

– O que eu faço, doutor?
– Vamos. Fumagalli está esperando. – Rocco estendeu o braço e o ofereceu a Adelmo, que o agarrou e, escoltado pelos dois policiais, se aproximou da divisória de vidro. Rocco bateu forte três vezes e a persiana de alumínio subiu, mostrando o rosto de Fumagalli. O médico, do outro lado do vidro, já havia preparado o cadáver. Fez um gesto para Rocco, como se dissesse "posso descobrir?", e Rocco assentiu, sem tirar os olhos de Adelmo. O rosto do velho se refletia no vidro, e por um acaso combinava perfeitamente com a posição do rosto do cadáver na outra sala. Fumagalli descobriu o corpo. O rosto de Carlo Figus assumiu o lugar do de seu avô. Adelmo olhou por alguns segundos. Depois lentamente alongou uma das mãos até apoiar os dedos no vidro. Voltou-se na direção de Rocco. O olhar estava longe, imerso em líquido, mas de um olho uma lágrima correu e se enfiou em uma ruga, como se fosse o leito seco de um rio. Tremia, Adelmo, e olhava para

Rocco. Não precisava de mais nada. O subchefe fez um gesto para Fumagalli tornar a cobrir o cadáver.

— Antonio — disse para o agente —, acompanhe o sr. Rosset até a casa dele.

Scipioni assentiu.

— Venha, sr. Adelmo, vamos... — O velho tirou a mão da divisória de vidro. As impressões digitais desapareceram em poucos segundos, absorvidas pela baixa temperatura do vidro. Ele parecia atordoado, como se tivessem acabado de despertá-lo de um sonho ruim. Depois agarrou o braço de Scipioni e saiu pelo corredor, a passos lentíssimos e cadenciados.

Rocco precisava beber alguma coisa.

Com um telefonema havia alertado o juiz Baldi. Este o havia intimado a ir falar com ele na procuradoria, mas o subchefe se esquivou alegando questões de trabalho. Mas prometeu ir até lá ainda durante a tarde. Aquele acidente estúpido na estrada arriscava se tornar uma série ininterrupta de encheções burocráticas de dar medo. E, no momento, a única coisa que o interessava era olhar os cubinhos de gelo derretendo no aperitivo *spritz* de antes do almoço, que Ettore havia levado à sua mesinha. Na Piazza Chanoux reinava a calma. Havia dois policiais na frente da redação do *La Stampa*, parados, conversando com uma mulher e seu poodle preto; três operários em uma escada, trocando a lâmpada de um poste de luz; Nora que, a passos largos, se aproximava da mesa dele.

— Ai, puta que... — Rocco disse em voz baixa. A mulher estava vindo bem na direção dele, não havia dúvida. Com os olhos semicerrados e os passos decididos. A esperança de que uma torção repentina no tornozelo pudesse detê-la desapareceu quando o subchefe notou que Nora usava tênis. Agora só um relâmpago. Mas, mesmo nesse quesito, eram poucas as esperanças: o céu estava sereno. Nora se aproximou da mesa. Muda, puxou uma cadeira e sentou-se na frente de Rocco, sem tirar os olhos dos dele.

– Quer tomar alguma coisa? – disse Rocco com um fio de voz.

– Anna? Justo com ela? – rugiu a mulher.

– Quem te disse?

– Aosta é uma cidade muito pequena.

– Te deram uma informação errada.

Nora cerrou os olhos.

– Você acha?

– Acho.

– O padeiro que vende para mim e para Anna, que tem armazém na frente da casa dela, me disse que viu você sair às seis e pouco como um ladrão. Precisa de mais?

Para que mentir? Para que começar a procurar desculpas, tentando andar sobre a água? Mais cedo ou mais tarde, Nora ficaria sabendo. Talvez ele mesmo acabasse contando.

– Tudo bem, Nora. Anna.

– A minha amiga... – mas ela falou mais com os seus botões que com Rocco.

– Bem, amiga...

– Nesse ponto você tem razão. No fundo, te agradeço. Num só lance você esclareceu duas coisas. Que nosso relacionamento chegou ao fim e que definir como amizade o que tenho com Anna é no mínimo arriscado.

– Eu diria que sim.

– Na verdade, não sei se fico mais puta com você ou com ela. O que dói mais? A traição de um amor ou de uma amizade?

– Você está me perguntando?

– Não, estou pensando em voz alta. Mas, no fundo, você e eu não tínhamos esse grande amor.

Rocco respirou fundo. Olhou Nora nos olhos.

— Acho que não.

— Você fez isso para me humilhar ou para se vingar?

— Me vingar? De quê?

— Pensou que eu e o arquiteto...

— Esquece, Nora. Nenhuma vingança. Eu fiz porque estava com vontade e me vi na cama com ela. Mais ou menos as mesmas razões que convenceram a sua amiga. Nada além disso.

— Não tinha um modo menos reles de encerrar esse caso? — perguntou Nora, dessa vez com os olhos meigos, grandes e melancólicos.

Ela conseguiu fazer com que ele se sentisse um merda.

— Talvez sim, Nora. Noutros tempos, eu talvez tivesse sabido fazer algo melhor. Noutros tempos, pois é. Mas a gente está falando de outra época.

— Me custa acreditar — uma lágrima que se formava fazia uns instantes correu pelo rosto dela, e Nora a enxugou com um gesto nervoso.

Por que se obstinavam a arrastá-lo pelos cabelos a vida inteira? Por que não o deixavam viver mal esses anos antes da velhice solitária, no vazio que ele havia criado ao seu redor e que nada mais poderia preencher? Ele se perguntava isso olhando nos olhos de Nora, cuja única culpa era a de ter cruzado o caminho dele.

— Está vendo, Rocco? Eu sei, você sempre foi muito claro comigo. Não me deixou muitas ilusões, mesmo que eu tivesse esperança. Você não pode jogar a culpa em mim, não é? Os dias passavam e eu me dizia: tenha paciência, Nora. É um relacionamento que se tem de levar pisando em ovos. Coloque um peso, mesmo pequeno, e tudo se estraga. Fica aos pedaços. E então eu esperava. E aí, é proibido esperar? Só hoje, no entanto, sentada à sua frente nesta mesinha, eu me pergunto: o que eu esperava? O que dá para tirar da sua cartola de mágico? O que um homem como você poderia ter para fazer alguém como eu esperar? Nada. Tirando a cama, não temos nada em comum. Agora eu vou ficar mal, por uns tempos me tranco em casa, por uns tempos vou chorar. Depois saio, vou à cabeleireira, talvez até compre um vestido novo, e recomeço a viver. Possivelmente sem você na cabeça. Uma única coisa: existe a esperança de que você faça uma milésima besteira e o transfiram, sei lá, para a Barbagia, nos confins da Sardenha?

Rocco pensou seriamente no assunto.

– Sim. Sempre há essa esperança.

– Vai ser um lindo dia. – E, finalmente, Nora sorriu.

– Vai terminar? – perguntou para Rocco, agarrando o *spritz* gelado. Rocco não teve tempo de responder. A mistura de aperol, prosecco e água tônica já havia atingido seu casaco, enquanto dois cubinhos de gelo tinham se enfiado na camisa.

– Bom dia! – exclamou Nora, sorridente, e com os passos de uma vencedora saiu da mesinha e do bar da Piazza Chanoux.

Rocco se levantou. Tirou a camisa de dentro das calças e fez com que os cubinhos caíssem no chão. Duas mesinhas adiante, o único freguês o olhava, inexpressivo. Se limitou a sorrir, depois voltou a ler o jornal. Mas, como se sabe, nada é mais ridículo do que a desgraça alheia.

Ettore já estava do lado de fora.

– Trago outro, doutor?

– Esquece, Ettore. Preciso voltar para a delegacia. Bom almoço!

Nenhuma surpresa, no fundo. Tudo havia caminhado como teria de caminhar. Tudo previsto. Tudo óbvio. Mas, em algum ponto, alguma coisa sangrava. Ele só esperava que fosse uma ferida leve e superficial e que, se tivesse de deixar uma cicatriz, que fosse pequena, quase invisível.

Mal Rocco entrou na delegacia, Deruta foi se encontrar com ele, carregado, como sempre, de papéis misteriosos.
– Doutor? Doutor, escute... – depois se deteve. Começou a farejar como um cão de caça.
– Que porra você quer, Deruta? Não estou de bom humor.
– O que aconteceu? O senhor está fedendo a caramelo.
– Um pacotinho de balas derreteu no meu bolso.
– Mas o senhor está todo molhado!
– Você tem certo espírito de observação. Deveria tentar a polícia. Bom, tem alguma coisa urgente que você queria me dizer, ou só quer me encher o saco no meio do corredor?
– Sim. Em relação àqueles dois mortos na rodovia para Saint-Vincent. Pierron telefonou. Precisa falar com o senhor com urgência.
– Onde ele está agora?
– No horário de almoço.
Rocco assentiu e entrou rapidamente em sua sala.

Rocco abriu a agenda procurando um número de telefone. Digitou.
– Proto? – a voz fanhosa de Caterina Rispoli respondeu no terceiro toque.
– Caterì, sou eu, Schiavone.
– Pom tia, totor.
– Como você está? Está com um pregador de roupas no nariz?
– Estou com trita e oito de fepre...
– Tudo bem. Me passa o Italo?
Houve uma pausa. Pouco depois, a voz do agente Pierron soou ao telefone.

— Pois não?
— Eu te aconselho a desinfetar antes o telefone, ou então você pega a gripe também.
— Fique tranquilo, eu tomei a vacina.
— Você é quem sabe. Estava me procurando?
— Sim... como conseguiu saber que eu estava... tudo bem... É sobre o outro envolvido no acidente. Viorelo Midea. Só se sabe que morava em Barlad, na Romênia. Mas aqui não tem endereço. O que fazemos?
— Mandamos uma carta para a embaixada, escrevemos para a família, que porra sei eu? Mais alguma coisa?
— Sim. Descobri onde ele trabalhava.
— E onde, por gentileza?
— Na pizzaria Posillipo. Eu a conheço. Não fica longe da delegacia.
— Temos de ir lá.
— Agora?
— Não, sem pressa; espera aí, vou olhar a agenda. No dia 13 de julho você tem compromisso? — e desligou o telefone.

Chiara tinha dificuldades para respirar. A cada vez que inspirava, o saco que tinha sobre o rosto se grudava nele. As bochechas e a testa estavam cobertas de suor, as lágrimas grudentas como papel pega-mosca. Não se mexia fazia horas. As têmporas continuavam a martelar o crânio, regular e impiedosamente.

Tinha berrado até ficar sem voz. Mas ninguém tinha respondido, ninguém tinha entrado no aposento. Através do tecido via bem aquela parede cinzenta com as prateleiras cheias de coisas velhas. Sacos plásticos, pincéis com restos de alcatrão, lâminas com dentes enferrujados. Devia ser uma garagem, ou um depósito abandonado.

Ele começava a se lembrar.

A noite anterior.

Tinha saído com Max, seu namorado, e Giovanna. Alberto, o primo de Max, se juntaria a eles vindo de Turim. O encontro era no pub, às sete horas. De lá, iriam para o Sphere, na estrada para Cervinia. Chiara não estava com vontade; ela teria ficado muito bem sozinha com Max, mas Giovanna era louca por Alberto. E o dia inteiro tinha lhe pedido em dezesseis línguas para que passassem a noite juntos. "Pelo menos", dizia Giovanna sorrindo, "se ele me der um fora, não estou sozinha e choro com você." Mas dar um fora em Giovanna não era algo possível. A única que não sabia disso era a própria Giovanna. Um metro e setenta, morena e com os cabelos lisos, não crespos como os de Chiara, que para desembaraçá-los a cada manhã levava no mínimo uns quinze minutos. E quando aos cabelos lisos somavam-se os olhos verdes e um corpo que fazia a escola inteira ficar babando, não dava para entender de onde surgia aquela insegurança. Giovanna era assim. Sonia, Paola, Giovanna, as mais bonitas da escola eram as mais inseguras. Ela não. Chiara era forte. Tinha uma família em que se apoiar, um pai e uma mãe que a amavam e que, sobretudo em Aosta, tinham certa importância. Chiara Berguet era uma líder. Ela sabia, as amigas eram todas suas fãs. E os olhos pequenos e os cabelos encaracolados não haviam impedido que ela arrasasse corações. Na escola, todos eram loucos por ela, e não tinha uma atividade, um passeio ou uma simples saída para esquiar que não passasse pela segunda carteira da terceira fila da 5ª série B.

Alberto tinha chegado. Bonito, com vinte e dois anos, um casaco de couro e os cabelos lisos e pretos. Babava por Giovanna: até um cego teria percebido isso. Depois de três cervejas e uns aperitivos, tinham ido ao Sphere. Para dançar e continuar a beber como idiotas.

Depois...

O que aconteceu? Quanto eu bebi? Pelo menos três gins-tônicas. O meu rosto na frente do espelho do banheiro. Vomito. Mas vomito muito. Giovanna fala com Alberto sob a luz estroboscópica. Max bate papo com dois caipiras de uns trinta anos. Quem sou eu? A fumaça do cigarro sobe rumo ao céu negro da noite, frio e sem estrelas. Estou fora da discoteca. Fumo um cigarro e tudo gira. Max me acompanha até em casa. As chaves na fechadura. Escuro. O que eu fiz depois? Chiara, tente se lembrar! Tente se lembrar. Nada. Dor. Só dor.

À dor de cabeça somava-se outro incômodo. No meio das pernas.

O que é? Uma cobra? Uma cobra venenosa que vai para cima e para baixo? Uma cobra com a pele de fogo? Tirem este saco da minha cabeça. Soltem minhas mãos! Tenho de me tocar, de me coçar, de agarrar a cobra. Queima.

A pizzaria Posillipo só funcionava à noite. Quando Rocco, acompanhado de Italo, bateu à porta de vidro cheia de adesivos de cartões de crédito, na escuridão lá de dentro tomou forma um homem com uma barriga imensa. Ele ganhou na hora um nome no bestiário imaginário de Rocco, que muitas vezes se divertia encontrando semelhanças e afinidades físicas entre homens e animais. Na frente dele estava um *Fratercula arctica*, também chamado de papagaio-do-mar. Nariz grosso plantado no meio do rosto, a boca minúscula quase sumida entre as bochechas grandes e os olhos pequenos e separados. As sobrancelhas viradas para o alto lhe davam a expressão de um frade mendicante. Ao contrário da ave dos mares do norte, o homem tinha uma barbinha rala que lhe pinicava o queixo.

– Olá! – disse, abrindo. – Fechamos para o almoço – e enxugou as mãos em um avental que trazia amarrado à cintura.

– Schiavone, delegacia de Aosta. Podemos conversar um pouco?

– Mas é claro. Por favor, por favor, fiquem à vontade – disse, e deixou que os dois policiais passassem. – Posso oferecer-lhes algo?

O sotaque napolitano mais parecia uma fantasia para os valdostanos que uma cadência original.

– Nada, obrigado.

– E aceitam um café?

– Obrigado.

– Por favor, os dois se ajeitem, que eu volto logo. Não estão sentindo um cheiro adocicado, como de caramelo?

Rocco e Italo se entreolharam. Italo respondeu:

– Uns caramelos derreteram no bolso do subchefe.

– Ah... – disse o homem, e desapareceu por trás de uma porta dupla que supostamente levava à cozinha.

Rocco e Italo *se ajeitaram* no centro da sala.

– Mas, escuta só, Rocco. Mais que caramelo, parece bala de mel. Estranho, que é que o *spritz* tem a ver com mel?

– Está sendo irônico?

– Não.

– Você está sendo irônico. E isso não faz bem para você.

– Juro que não estava sendo irônico.

– Então tire esse sorrisinho idiota da cara.

A pizzaria, decorada por algum arquiteto que cobrava caro pelo serviço, no estilo da costa amalfitana, perdia sua elegância graças às centenas de fotos e de cartazes de Nápoles que o gerente havia pregado em todos os cantos, com certeza sem a aprovação dos decoradores do local. O costumeiro Vesúvio, Pulcinella comendo espaguete, Totò um pouco em todos os cantos e, acima de tudo, a camisa do Napoli do campeonato 1989-90.

— A propósito de relacionamentos com o sexo oposto, você foi mesmo comer Caterina com febre?
— Que é isso, não. Fui levar uma sopinha pra ela.
— Não estou acreditando muito.
— Tadinha, ela está mal de verdade. A última coisa que passaria pela cabeça dela seria fazer amor.
— Na dela, talvez; mas não na sua.
— Cá estão dois cafés, como fazem no Gambrinus da Piazza Trieste e Trento — e o papagaio-do-mar colocou a bandeja com os cafés na mesa. Enquanto Italo punha açúcar no seu, Rocco olhou o homem.
— Sou o subchefe de polícia Schiavone. Posso saber o seu nome?
— Domenico Cuntrera. Conhecido como Mimmo!
— Mimmo, a pizzaria é sua?
O outro o olhou, satisfeito.
— Digamos que sim.
— Digamos?
— Sim, é minha e de um amigo meu que, no entanto, só ajudou com algum dinheiro no começo. Mas na cozinha e nas mesas só dá Domenico Cuntrera, o Mimmo. — E bateu no peito. — Então, o que posso fazer pelos senhores?
— De onde o senhor é? E não diga que é de Nápoles, porque o senhor não é napolitano.
O homem sorriu. Esfregou o nariz.
— Os senhores são perspicazes.
— É o meu trabalho.
— Sou lá do sul, Soverato. Já esteve lá?
— Não. Imagino que dê mais lucro fingir ser napolitano.
— Sim, um pouco. Mas uma coisa é verdade: torço para o Napoli desde que era *guaglione**.

---

* Moleque, rapazote. (N.E.)

— E quem se importa com isso?

Rocco bebeu só metade da xícara e a colocou na mesa, olhando Domenico nos olhos:

— Viorelo Midea.

— O que foi que ele aprontou?

— Ele trabalha aqui?

— Sim, claro, três vezes por semana atende as mesas. O que ele aprontou? – o homem havia abandonado o sotaque napolitano.

— Morreu.

Domenico arregalou os olhos.

— Ele... morreu? Como?

— Acidente – informou Italo, acabando o café. – Hoje cedinho.

— Mas se ele nem tinha carta de motorista!

— Outra pessoa estava dirigindo. Um tal Carlo Figus. Conhece?

— Carlo Figus, Carlo Figus? Não, nunca ouvi falar. Onde?

— Na estrada para Saint-Vincent.

— E eles tinham ido a um cassino?

— Não sabemos aonde tinham ido. Mas estavam usando uma placa roubada.

Rocco acendeu um cigarro.

— Na verdade, aqui... num podia fumar – mas o subchefe não ouviu o dono da pizzaria.

— Há quanto tempo ele trabalhava aqui?

— Um ano. Caramba... sinto muito.

— Imagino. O que o senhor pode dizer sobre ele?

— Pouco, ou nada. Sei que morava aqui perto, na via Voison. Morava com uns otro.

— Era casado? Tinha filhos? Parentes?

– Não, não era casado, nem tinha filhos. Uns parentes, sim, porque todo o dinheiro que ganhava ele mandava para casa.

– Me dê o endereço completo.

– Via Voison... nos prédios cinzentos. O número eu não lembro, mas é o único que tem persianas amarelas. Morava lá, no segundo andar. Com um cara. Parece que é um marroquino. Mas não sei como se chama. Ahmid-qualquercoisa. Todos se chamam Ahmid. Mas eu digo para os senhores que não sei se ainda estava morando lá. Esse Viorelo mudava sempre de casa. Por uns dois meses até eu o hospedei num trailer que tenho em uma garagem.

– Uma vida de merda – disse Rocco.

– Ah, é. Isso mesmo. Uma vida de merda.

– Mas pelo menos a pizza lá é boa ou é falsa como Domenico e o café? – perguntou Rocco, mal os dois entraram no carro.

– Não é ruim.

– E eu perguntando a alguém do Vale d'Aosta... o que é que você entende de pizza? Olhando o lugar, e esse suv aqui fora, os negócios não vão mal.

– Não sei dizer. Quando venho, está sempre meio vazio.

– Deve ganhar no cassino.

– Aonde vamos? – Italo encerrou a discussão inútil.

– Delegacia. Ainda preciso comer.

– A esta hora, no máximo um sanduíche no bar. – E Italo engatou a marcha.

– Isso, se há uma coisa de que eu sinto falta são os *tramezzini*. Este é um dia perfeito para um *tramezzino*. Mas a gente tem de estar em Roma para encontrar um *tramezzino*.

"Ai, que saco, não", pensou Italo. Uma vez a cada duas semanas ele tinha de engolir a habitual cantata de Rocco Schiavone para nostalgia e voz.

– Os *tramezzini* são uma coisa séria, Italo. Não se brinca com o *tramezzino*. Pão branco, rigorosamente branco. Só são admitidos atum, alcachofra, tomate, salada de frango, espinafre e mozarela. Pessoalmente, não gosto de camarão e queijo, e nem mesmo de presunto. Acho que o *tramezzino* com presunto vai direto para a categoria dos tostex. E a maionese deve ser feita em casa, leve e amarelo-clara. Mas, acima de tudo, o *tramezzino*, e isso você enfia na cabeça de uma vez por todas, Italo, o *tramezzino* deve ser mantido em lugar fresco, embaixo de guardanapos úmidos. Se você entrar em um bar e vir *tramezzini* enrolados em celofane, cai fora! Não são *tramezzini*. São cadáveres, coisa apodrecendo! O *tramezzino* tem de repousar sob o algodão úmido. Artigo 3 da Constituição.
– Artigo 3 da Constituição? Mas o que é que você está dizendo?
– Constituição romana. Quer que eu recite pra você os dois primeiros? O primeiro diz: não ande por aí enchendo o saco. O segundo: nunca passe pelo Lungotevere de carro no sábado à noite. E o terceiro: o *tramezzino* descansa sob guardanapos úmidos.
– Foi você que escreveu?

O africano se chamava Zersenay Behrane. Zersenay, e não Ahmid. E não era marroquino, era eritreu. O prédio não ficava na via Voison, e a única coisa certa eram as persianas amarelas. Zersenay falava muito bem italiano e dividia a casa com outros dois eritreus. Mas Viorelo Midea ele não via fazia meses, não sabia onde tinha ido parar, onde morava. A única coisa que Rocco e Italo conseguiram foi um maravilhoso *tsebhi*, o famoso guisado de carne de boi e frango com lentilhas e pão de *teff*. Eles o comeram no prato em comum com os demais moradores. Para agradecer a hospitalidade, Rocco havia mandado Italo comprar seis boas garrafas de cerveja fresca. Quando saíram da casa de persianas amarelas, estavam de barriga cheia e a cabeça um pouco tonta.

– Você não acha incrível que, no meio dos Alpes, a gente tenha comido como na Eritreia?

– É verdade, Italo. É uma maravilha.

– Só que eu não sei onde fica a Eritreia.

– Ao norte da Etiópia e ao sul do Sudão.

– Sharm el-Sheik tem algo a ver com ela?

– Vá olhar um mapa-múndi.

– A gente fez uma merda das grandes.

– É – Rocco respondeu.

– Estou tentando telefonar para Nora desde a manhã, mas o telefone está sempre desligado. Se tem uma coisa de que não gosto é ter estragado a amizade com ela por um bosta como você.

– Me faz um favor, Anna? – disse Rocco. – Me telefona todos os dias, porque esses seus elogios ajudam na autoestima.

– Acho que você e eu não nos veremos mais.

– Tudo bem, ainda que Aosta não seja enorme. Pode acontecer. A gente mora até perto.

– Te juro que viro para o outro lado e troco de calçada.

– Você só precisa prestar atenção ao atravessar a rua. Não quero ter você em minha consciência.

– Vá tomar no rabo, Rocco.

E Anna desligou o telefone.

Bateram à porta.

– Quem está enchendo? – gritou. Ninguém respondeu. Era bem provável que fosse D'Intino. Ele se levantou e foi abrir. O agente de Abruzzo estava na frente da porta, esperando. –

D'Intino, mas você é um cabeça-dura! Eu digo quem é, e você tem de responder. A gente faz assim quando bate à porta.

– Doutor, tem isto aqui. – E entregou um pacote para Rocco.

– O que é?

D'Intino aproximou o nariz do casaco do subchefe.

– Doutor, estou sentindo um cheiro adocicado. O que é?

– Cuide da sua vida. Então?

– Os pertences pessoais de Viorelo Midea. Tem um relógio, um celular velho e um molho de chaves. O que fazemos com isso?

Rocco virou as costas e se dirigiu à escrivaninha.

– Pierron! – gritou.

D'Intino olhou ao redor.

– Está pra lá... – respondeu.

– Pierron! – Rocco gritou ainda mais alto.

– Tô indo! – se ouviu do fundo do corredor. Italo passou por D'Intino e entrou na sala. – D'Intino, mas por que você fica na porta? Ou entra ou sai! – disse para o agente. Depois se dirigiu a Rocco. – Diga, doutor. O que houve?

– Este é o celular de Viorelo Midea. Não seria mal saber para quais números ele ligava. Contatos, et cetera. Estas chaves, por outro lado, me parecem ser de uma casa.

– Vai saber de qual.

Os olhos de Schiavone se iluminaram.

– D'Intino, chame o Deruta para mim, e venham já falar comigo!

D'Intino saiu imediatamente.

– Em que você está pensando? – Italo perguntou para Rocco.

– Você já vai ver.

Nem dois minutos e Deruta e D'Intino estavam na frente do subchefe de polícia, quase em posição de sentido, prontos para a missão.

– Agora, amigos, agentes, partners... – começou Rocco. – Vocês sabem que, infelizmente, a inspetora Rispoli está doente.

– Sim, está com febre – especificou D'Intino com um tom de satisfação na voz. Os irmãos De Rege detestavam a inspetora Rispoli.

– Muito bem. Eu tenho uma missão que teria confiado a ela, por sua conhecida capacidade de dedução, sem mencionar a mnemônica. Mas não posso.

– Não, não pode – acrescentou, pleonasticamente, Deruta.

– Então vou confiar a missão a vocês dois. É uma coisa muito difícil, e até muito, muito perigosa.

Os dois policiais estavam atentíssimos. Italo, apoiado na estante de livros, apreciava a cena sem saber a que ponto queria chegar o subchefe, que, nesse momento, ergueu o molho de chaves de Viorelo.

– Estão vendo?

– Chaves! – disse D'Intino, quase hipnotizado.

– Muito bem. Chaves. Pertenciam a Viorelo Midea. Agora eu preciso que vocês descubram que porta elas abrem.

Os dois policiais se entreolharam.

– Como a gente faz?

– Eu disse para vocês. É difícil, árduo, quase impossível. Mas eu dou um ponto de partida para vocês. Escrevam!

Deruta foi correndo para a escrivaninha, agarrou uma folha de papel, uma caneta e, inclinado, se preparou para tomar notas.

– E você, D'Intino, não anota?

– Eu lembro tudo de cor.

– Será... – Rocco bufou, duvidoso, lançando um olhar para Italo. – Bem, vocês podem começar por uma casa na via Kaolak... nos prédios cinzentos. Os primeiros que vocês virem, saindo daqui, com persianas amarelas. Viorelo morava lá, no segundo andar, até quatro meses atrás. Vocês começam perguntando aos vizinhos.

– Mas a gente não pode perguntar aos moradores da casa onde esse Viorelo ficava?

– Não. Falando nisso, se eu souber que vocês andaram incomodando meus amigos eritreus, mando os dois para Perdasdefogu. Está claro?

– Claríssimo – disse Deruta.

– Onde fica? – perguntou D'Intino para Deruta, que respondeu:

– Longe, na Sardenha...

– Então, vão e investiguem. Sem dar na vista, sem que vejam vocês, tentem as fechaduras. Tentem, tentem, tentem e tentem, e finalmente me tragam a casa do Viorelo!

D'Intino arregalou os olhos:

– Como assim, me tragam?

Deruta se irritou:

– Diabos dos infernos, D'Intino! Me tragam é um modo de dizer, não é que você precisa desmontar a casa! Não fique nervoso com ele, subchefe. – Depois, balançando a cabeça, terminou de tomar as notas.

– Comecem imediatamente. A coisa é longa e difícil. Posso contar com vocês?

Deruta o olhou, sério.

– Claro, doutor. Nesta semana nem preciso ajudar na padaria da minha esposa.

– Muito bem, Deruta.

— A gente tem sempre de prestar contas para a Rispoli? – Deruta perguntou por fim, um pouco aborrecido.

— Não – disse o subchefe. – Desta vez, diretamente para mim!

Deruta encheu o peito, orgulhoso; D'Intino sorriu com os olhos brilhando. Pegaram as chaves e, fazendo uma saudação, saíram da sala.

— Eu acho que eles até podem conseguir – comentou Italo.

— Pode ser. Uma coisa é certa. Eles ficam por aí, e nós teremos um pouco de sossego. – E, na mesma hora, o telefone tocou. – E só faltava essa. – Rocco tirou-o do gancho. – Schiavone.

— Sou eu, o chefe!

Era Costa.

— Me conte que história é essa do acidente e do furgão roubado?

— Não o furgão, a placa é roubada. Mas parece uma tolice. Agora mesmo mando o informe para o senhor... – e fez um gesto para Italo, que ergueu os olhos para o céu. Assim o senhor examina com cuidado. Desculpe-me, mas tenho de ir correndo a Frang... sgheri para explodir um díodo de segurança.

— Não entendi.

— Estão me esperando exatamente na base de concreto onde encontraram o furgão.

— Hã, não entendi. De qualquer modo, vá. E me mantenha informado. Ah, Schiavone!

— Diga.

— Bela conquista. Parabéns.

— A que o senhor se refere?

— O senhor sabe, e eu sei. Uma bela mulher. Cuide-se.

— Me satisfaça uma curiosidade. O senhor também vai à mesma padaria?

— *Exactly!* – e Andrea Costa desligou o telefone.
— E eu que achava que em Aosta o povo cuidasse basicamente da própria vida.
— Errado. Um dos tantos clichês de vocês, caipiras, sobre nós, do Norte. E, de qualquer modo, obrigado pelo aborrecimento com o chefe.
— Não, mande o Casella escrever o informe. E agora leve o celular do Viorelo a alguém da polícia científica e peça para pegarem todos os números de telefone.
— Tudo bem. Ótimo. Uma coisa. Mas por que a gente está lidando com esses dois infelizes?
— A placa, meu amigo. A placa roubada. Ninguém sai andando por Aosta com uma placa roubada só para ir dar uma trepada lá pelos lados de Saint-Vincent.
— Uma trepada?
— Depois eu explico. Veja a situação assim: por que alguém sai andando por aí com uma placa roubada, mas com o próprio furgão? Porque tem medo de um posto de controle? Não acredito. Se fosse detido, seria preso. Não, ele tem medo das imagens gravadas por câmeras de circuito fechado. Por quê? O que ele precisa fazer? Com certeza, alguma coisa ilícita. Está me entendendo?
— Certo.
— Um assalto, um furto...
— Ou então só tem medo dos radares de velocidade.
— E se arrisca a ir para a cadeia por uma multa de duzentos euros?

Via Chateland, número 92, a residência de Carlo Figus era um prédio de cinco andares construído no fim da década de 80 e esquecido desde então. Saltavam aos olhos linhas negras horizontais na altura de cada andar que se uniam a outras verticais que, por sua vez, desciam do teto e davam a sensação de que fossem velhos ramos de hera desfolhados pelo inverno e pela falta de cuidados. Mas, olhando bem, eram rachaduras, algumas muito fundas, que tinham arrancado pedaços de reboco. Carlo Figus morava no segundo andar. Quando Rocco e Italo bateram à porta, veio abrir uma mulher em uma cadeira de rodas. A mãe de Carlo. O rosto acinzentado e os cabelos loiros com as raízes precisando de pintura. Usava óculos de grau com armação roxa e um velho casaco com a cara do Mickey costurada na altura do coração. Tinha as mãos brancas e pequenas, e olhava os policiais com olhos sem vida e enormes por trás das grossas lentes de míope.

– Com licença, senhora... somos da delegacia... podemos? – disse Rocco.

Ela fez que sim com a cabeça sem dizer uma palavra e, com uma hábil marcha a ré da cadeira, abriu caminho para Rocco e Italo. Mas não dava para andar mais de cinquenta centímetros. A casa era cheia de coisas. Jornais, sacolas de roupas, almofadas, um monte de cacarecos enchia os aposentos quase até o teto. Os móveis, se havia, estavam submersos por aquela avalanche de objetos que parecia capaz de engolir os moradores de um momento para outro. Só havia um caminho para passar no meio da trincheira de coisas acumuladas, que servia para a mulher se mover com a sua cadeira. Ela foi à frente e, com um gesto, convidou os policiais para que a seguissem. Italo e Rocco andavam pelo caminho aberto no meio dos cacarecos olhando ao redor, sem conseguir pensar em nada. Nunca tinham visto uma coisa igual, embora como policiais estivessem acostumados a coisas absurdas. Tinha até mesmo uma parte de um manequim, cabeça e braços despontavam. Parecia um náufrago ofegante antes de ser engolido por aquele mar de coisas velhas. Vidros trincados, alguns livros, um computador, um tambor, soldadinhos e papéis, um sem fim de papéis e de jornais.

O corredor levava para a sala. Ali as coisas se amontoavam contra as paredes, deixando no centro um espaço de uns dois metros quadrados onde estavam colocadas duas poltroninhas de veludo verde, uma televisão antiga apoiada ao que certa vez deveria ter sido uma estante de livros e uma mesinha com duas xícaras e um açucareiro. Ao redor havia um amontoado delirante de coisas que cobriam até a única janela da sala: jornais, plástico, um colchãozinho murcho, um pedaço de cadeira de balanço, vasos, vasilhas, tubos, um gancho para pendurar roupas, pratos, uma lousa. O cheiro de mofo, de fungos e de terra molhada empesteava a casa. Italo já empalidecia. Rocco, por sua vez, sentou-se na poltrona.

– Querem um café? – foram as primeiras palavras ditas pela mulher. Tinha a voz fraca.

– Não, senhora, obrigado. Imagino que a senhora saiba por que estamos aqui.

Ela assentiu.

– Meu pai voltou, não faz nem uma hora. Agora está lá, dormindo. Devo acordá-lo?

– De jeito nenhum.

– Quem paga? – a mulher perguntou de repente, olhando para os dois policiais.

– Quem paga o quê?

– O funeral do meu Carlo. Quem paga?

Italo olhou para Rocco.

– A Prefeitura, senhora. A senhora vai ver que conseguiremos fazer tudo direito. Não é verdade, Italo?

– Sim! – assentiu o agente.

– E quem vai me ajudar?

Para responder a essa pergunta era preciso ter a verve de um deputado ou a cara impassível de um jogador de cartas trapaceador. Rocco não era uma coisa nem outra. Então, não respondeu.

– O Carlo trazia alguma coisa para casa quando trabalhava. Ele era pedreiro. Mas nem sempre encontrava serviço. De vez em quando sim. De vez em quando não. Tem pensão?

– Tem? – perguntou Rocco, olhando para Italo.

– Sim! – o agente assentiu de novo.

– Eu recebo a pensão social. A minha e a de papai. E juntos ganhamos oitocentos euros. Mas a casa, as contas. E eu e o papai precisamos de remédios. Não é que dê para eu viver sem remédios. Olhem. – E ergueu a manta que cobria as pernas. Ou melhor, os dois tocos que restavam de suas pernas. – Sem remédios eu não posso ficar.

– Não, senhora... – disse Rocco. – Mas logo nós vamos fazer alguma coisa, certo?

– Sim. – Italo estava hipnotizado e se manifestava apenas com uma linguagem holofrástica. Cabia a Rocco levar a coisa adiante. Do seu agente, que estava em pé com os olhos arregalados, não poderia vir nenhum tipo de ajuda.

A mulher tornou a cobrir as pernas e a olhar o próprio regaço.

– As minhas pernas. Em outra época, eram bonitas. Querem ver? – e, sem esperar resposta, virou a cadeira e a empurrou na direção de uma pilha de cortinas, lençóis velhos e portas de mesinhas de cabeceira. Inclinou-se para frente e começou a mexer naquele amontoado de coisas procurando algo.

– Mas o que é isso, senhora, tudo bem, não se preocupe, nós acreditamos! – disse Rocco.

– Sim – disse Italo.

– Acreditamos. Vamos falar do Carlo, por favor.

– Está aqui, em algum lugar – e, sem esperar, saiu da sala. Rocco olhou para Italo.
– Está se sentindo mal?
– Sim.
– Quer sair?
– Sim.
– Então, saia. Me espere lá embaixo. A gente se vê em dez minutos.
– Sim – disse Italo. E, sem mudar de expressão, deu meia-volta e se dirigiu para o corredor e a porta de entrada. Um barulho ensurdecedor veio de outro cômodo. Depois, silêncio.
– Tudo bem, senhora? – gritou Rocco. Mas não houve resposta.

E aí Rocco ouviu a porta da casa se fechando, sinal de que Italo ainda estava vivo e havia encontrado a saída, e finalmente a mãe de Carlo voltou para a sala. De mãos abanando.
– Não encontro mais. Eram as minhas fotos de escola. Não encontro mais.
– Não se preocupe. Está bem. Está bem assim.
A mulher começou a chorar. Ficou vermelha e escondeu o rosto nas mãos.
– Por quê? – perguntava, soluçando. – Por quê?
Mas Rocco não sabia a que ela se referia. Se a Carlo, se à sua vida, à doença, ou apenas ao fato de não encontrar mais as fotografias. Ou talvez as três coisas juntas.
– Primeiro tinha que morrer eu, e depois o Carlo. É assim. É assim a vida. Os filhos têm que morrer depois dos pais. E, em vez disso? Eu ainda estou viva. Por que estou viva? Meu pai está vivo, e meu filho não?
O subchefe ficou com vontade de acender um cigarro, mas renunciou. Uma fagulha ali dentro poderia começar um incêndio de proporções bíblicas.

– Eu gostava tanto da Elisa. Era uma menina tão boa. E gostava do Carlo. Mas depois ela foi embora. E Carlo não arrumou outra. O senhor é casado?

– Fui.

– É errado se separar. Juntos, um ajuda o outro. E sozinho, não. Não é um mundo feito para se estar sozinho, sabe? O senhor tem que voltar para a sua esposa.

Rocco assentiu.

– Vão me botar para fora da casa, certo? Vão botar meu pai e eu para fora da casa – a mulher disse.

– Por quê?

– Quem me dá o dinheiro para o aluguel, agora? Quem paga as contas? E quando o Adelmo morrer? Como eu faço? Como? Olhe, só tenho isto! – e, do bolso do casaco, tirou uns papéis amarrotados. – Só isto.

– O que é isso?

– Cupons... da pizzaria do Mimmo. E eu nem consigo chegar lá com a cadeira de rodas.

Rocco olhou ao redor. Não sabia como ficavam as coisas em casos assim. Talvez a colocassem em uma instituição pública? Com assistência sanitária? Essas perguntas ele nunca se tinha feito.

– O Carlo, ele arrumava pelo menos uns oitocentos por mês, sabe? – limpava os olhos e o nariz com um lenço amarrotado que mantinha na manga do casaco roído pelas traças. – Era um bom menino, o Carlo. Era pintor e entendia também de hidráulica. Quer ver o quarto dele?

– Não, senhora. Não. – Rocco se levantou. – Agora eu preciso ir, mas prometo que falarei sobre a sua situação com a pessoa responsável. Eu prometo.

– O senhor já vai?

– Tenho de trabalhar.

– Vem me ver de novo?
– Sim – prometeu. O que mais poderia fazer?
– Talvez, se o senhor avisar antes, eu dou uma arrumada.

Rocco sorriu. Estendeu a mão para cumprimentar a mulher que, em vez de apertá-la, de repente aproximou a cabeça da mão do subchefe. Rocco inspirou e acariciou os cabelos dela. Ela o mirou com olhos ainda molhados de lágrimas e pegou a mão dele, colocando-a em seu rosto.

– Até logo, senhor.
– Até logo, sra. Figus.
– Eu sou a sra. Rosset. Figus era o meu marido.
– Até logo, sra. Rosset.

A mulher soltou a mão. Rocco se voltou e, atravessando a montanha de lixo, reencontrou a porta da casa.

A cobra havia se transformado em milhares de formigas, e Chiara as sentia caminhando e mordendo em todos os lugares.

Formigas pretas, vermelhas, com as mandíbulas enormes em forma de pinças que me comem a pele. Elas estão dentro de mim. Vão para cima e para baixo, correm, correm com os fósforos presos entre as patas, queimam e mordem. Água. Quero água. Preciso de água. Engulo... saliva e pó. Mas não posso vomitar. Se vomito com o rosto enfiado no saco, é o fim. O que tenho de fazer? Dói... dói! Fede. O saco fede a lama, mofo e saliva. E é minha. Saliva velha. Por favor, por favor, as mãos. Tenho que me coçar, tenho que tirar o saco, tenho que respirar. Está me incomodando lá dentro. Essas porras dessas formigas, tirem elas de mim! Tirem elas de mim! Quero gelo. Um monte de gelo na periquita. Tudo passaria. Quero me levantar, correr, ir embora correndo. Me jogar no mar. Embaixo d'água. Soltando bolhas. Na água fria que acaricia tudo e faz a dor passar. Estou embaixo d'água soltando bolhas. Estou com falta de ar. Estou com falta de ar. Torno a subir. Sufoco. Tenho que tirar o saco da cabeça. Agora!

Ela balança a cabeça três, quatro vezes. Mas não dava para fazer nada. O saco não se mexia. A cada movimento brusco, lhe parecia que o cérebro batia como geleia contra as paredes do crânio.

Voltou a chorar.

Por quê? Por que estou aqui? O que me aconteceu? O que eu fiz?

Chorava e falava. E quanto mais falava, mais se sentia sozinha. E quanto mais se sentia sozinha, mais chorava.

Como a vovó no caixão. Com o lenço sob o queixo. Vovó, o que você tem? Dor de dentes? Vovó... que nariz grande... e que orelhas grandes... agora estão fechando você aí dentro, vovó, e ninguém fala mais com você. Ninguém mais faz carinho em você, e ninguém mais olha para você e se lembra mais de você. Aonde você foi, vovó?

Era assim, morrer? Ela não sabia. Não se pensa nessas coisas com vinte anos.

Eu morri? Não, não morri. Sinto dor e por trás do saco tem uma parede, e eu estou amarrada. Estou viva e dói o meu corpo todo, e me queima o corpo todo. Não, não estou morta.

Mas vai morrer, lhe disse uma voz dissimulada. Uma voz surda e fina, sem alma, assexuada.

Vai morrer aqui, amarrada como um salame...

Vou morrer. Vou morrer aqui, sozinha.

Ele mordeu os lábios para conter as lágrimas. Que não eram mais lágrimas de desespero ou de nervoso. Eram lágrimas de verdade. E incomodavam ainda mais. Porque corriam silenciosas, como uma torrente.

Chiara morre, Chiara morre, disse aquela voz de novo. Dali a seis dias seria o seu aniversário. Dezenove anos.

Carlo Figus era um pobre coitado. Viorelo Midea talvez ainda mais. No furgão, além de alguns equipamentos de trabalho, não havia nada interessante.

– Talvez eu esteja errado. Enfiei na cabeça essa história da placa, e você tinha razão, Italo.

– Como assim? Medo de levar uma multa?

– É capaz. Capaz que fosse só isso. – Rocco se levantou da escrivaninha e apagou o cigarro no cinzeiro. – Tudo bem, a gente se vê amanhã. Você vai à casa de Caterina?

– Sim. A febre baixou um pouco.

– Então ela volta ao trabalho! – disse Rocco, entusiasmado.

– Baixou um pouco, ela não sarou.

O subchefe pegou o *loden*.

– Se cuida, Italo.

– Vou com você. – O agente apagou a luminária que ficava na escrivaninha.

– Com licença? – Scipioni tinha botado a cara na sala.

– Diga, Scipioni.

– Não queria incomodar. Mas lá de cima mandaram isto! – e entregou uma folha para Rocco.

– O que é isto?

– São os números do celular de Viorelo. Quer dizer, são só os últimos três números que ele chamou; em relação aos outros, eles ainda têm de trabalhar. O cara apagou tudo.

– E a lista de contatos? Tinha números na lista de contatos?

– Só uns dez, e todos com prefixo romeno. Se quiser dar uma olhada neles...

Rocco olhou a folha. Depois a entregou para Italo.

– Você se importa em colocá-la na escrivaninha? Amanhã eu cuido disso.

O agente obedeceu.

– Obrigado, Scipioni. Boa noite.

– Igualmente.

O sol havia se posto em meio a uma dança de nuvens rosadas, dando a entender que no dia seguinte voltaria a brilhar em toda a sua potência primaveril. O dia chegava ao fim e a única coisa que Rocco desejava era se perder um pouco por Aosta antes de voltar para casa. Gostava de fazer isso, agora que o tempo permitia, andar um pouco sem destino, sem um objetivo preciso. Estar ali, apenas respirando o ar, olhando o rosto dos transeuntes, os cães levados pela coleira, parar para comprar cigarros na máquina. Sentiu vontade de telefonar para Seba em Roma e ver se alguma coisa estava acontecendo. Alguma coisa interessante, que lhe permitisse ganhar alguma grana. Mas estava cansado demais. Só queria olhar as construções, a porta romana e os rostos das pessoas, o céu que ficara arroxeado, as montanhas que, pela primeira vez desde que estava em Aosta, pareciam sorrir para ele.

"Você consegue?", me perguntou Marina. Sentada no sofá. Está com a revista de palavras cruzadas no colo. Agora está com essa nova mania. Faz palavras cruzadas livres, aquelas sem os quadradinhos pretos para ajudar a entender.

"Não, não sei fazer", lhe digo. E é verdade. No máximo sei unir pontinhos ou pintar os espaços. E ler as tirinhas.

"Fácil de entender. Nove letras."

"Claro?"

"Nove letras!"

"Límpido?"
"Mas você é uma anta", ela me diz. "Nove letras. Começa com p e termina com o."
"Preciso, não, são sete. Que saco, Marì, não sei."
"Bom, vou fazer as horizontais, enquanto isso. Não vai comer?"
O que eu como? A geladeira está vazia, faz eco. Tem macarrão carbonara congelado.
"Tem macarrão carbonara congelado."
Marina balança a cabeça e enquanto isso escreve.
"Perspícuo", diz, de repente.
"O quê?"
"Fácil de entender era perspícuo. Esta eu vou escrever até no bloco de notas. Bela palavra."
Fácil de entender. O que é que ela quer me dizer?
"O que você está tentando me dizer, Marina?"
"Nada. Só que é fácil de entender."
Vai ver que está se referindo à noite passada, quando não voltei para casa. Mas não, não pode se referir a isso. Ela sabe. Aquilo lá é coisa banal, boa para mim, para quem está com os pés fincados na terra e no chão, não faz parte do ar, das coisas que se soltam e são levadas pelo vento.
A panela esquenta. Jogo o conteúdo do pacote. A fumaça sobe. E sobe também o perfume químico do molho carbonara. Mesmo que esta coisa amarelada esteja para o carbonara como o trator para uma Ferrari. Eu sei fazer carbonara.
"Se lembra, Marì?"
"Como não..."
"A primeira noite. Eu te disse que era o mago das carbonaras."
Marina ri. Meu Deus, quantos dentes ela tem. A luz se reflete neles, e se eu olhar bem, talvez também me veja refletido. Aquela carbonara era uma nojeira.
"Você comeu por pena, não foi?"

Ela ri e não responde. Sempre fez isso. Quando Marina dá risada, não há lugar para outra coisa. Só para a sua risada. E é certo assim. Em minha opinião, quando a gente dá risada, dá risada e pronto. É o único momento de liberdade que a gente tem, no fundo. Quando damos risada.
Não está mais. Não está mais no sofá. Não está ao meu lado enquanto como a carbonara química, talvez esteja na cama, talvez esteja no banheiro, ou talvez simplesmente tenha saído.
E isso dói.
Dói a ausência? Não. Dói a perda. Que é diferente da ausência. A perda sabe o que se perdeu. A ausência pode ser um sentimento vago, uma emoção sem corpo e sem som de qualquer coisa que faz falta e que não tenho, mas não sei o que é. A perda é aquela que eu sinto, porque sei. E é pior que a ausência. Porque o que eu conhecia e tinha entre os dedos não existe mais. Não existirá mais. É a mesma diferença que há entre Ray Charles e Stevie Wonder. Stevie é cego de nascença. Ray ficou cego. Ray sabe o que é ver; Stevie, não. Ray experimentou a perda. Stevie, a ausência. Stevie está em melhor situação que Ray. Boto a mão no fogo por isso.

Fazia quanto tempo que ele não bebia água? O tempo perdera o sentido e a direção. Não tinha mais luz no cômodo. A dor de cabeça tinha aumentado. E as formigas continuavam andando para cima e para baixo. De vez em quando pareciam parar, mas depois voltavam à competição.
A uma dor se somava outra. Havia se habituado a respirar devagar, mas o corpo se transformara em uma massa rígida perfurada por alfinetadas.
Tenho de dormir. Se eu dormir, tudo passa. Se eu dormir, não sinto mais as formigas, as têmporas, o fogo.
O xixi. Mais uma vez? De novo?

Tinha de fazer. Fazia certo tempo que estava tentando segurar, mas agora não dava mais.

Como eu faço? Dói demais. Por favor, eu peço, venham tirar o saco da minha cabeça. Me deixem respirar. Me deem água.

Sede e vontade de fazer xixi ao mesmo tempo. Nunca tinha lhe acontecido.

Tenho de fazer. Agora. Talvez assim eu afogue todas essas malditas formigas. Talvez apague o fogo. Com certeza, se eu fizer xixi, apago o fogo e afogo as formigas.

Vai, faz, que diferença faz? Molha as calças, disse a vozinha. É um instante, e tudo passa.

Sentada? Tenho de fazer xixi sentada? Eu me sujo. Eu me sujo toda. Não consigo. Não posso fazer xixi na calça.

Era um pesadelo que, nos primeiros anos de vida, a havia ameaçado quase todas as noites: acordava com o pavor de ter feito xixi na cama. Mas era uma coisa antiga, passada, acabada. Não pensava ter de voltar a ela.

Força, vamos, é um instante.

Resistia. Mas agora estava no limite. Estava para explodir, tinha de ceder.

E o cheiro? O cheiro vai me matar!

Cerrou os lábios e se deixou levar. Sentiu o rio quente lhe acariciar as coxas e descer lentamente ao longo das pernas, pelas panturrilhas, até dentro dos sapatos; Chiara voltou a chorar.

Fez xixi nas calças! Fez xixi nas calças! Chiara fez xixi nas calças! A vozinha cantava. *Ah, ah, ah... vergonha, vergonha, vergonha, tem dezoito anos e faz xixi nas calças!*

– Cala a boca! Cala a boca! – gritou, entre lágrimas. – Cala a boca!

Não tem a mamãe pra te limpar? Cadê a Dolores? Deixaram você sozinha?

— Você tem de calar a boca, eu disse! – berrou entre os soluços.

Agora está tudo melequento, não está? Melequento e fedido... pior que um estábulo... você é uma vaca?

— Me deixa em paz – disse Chiara, com um fio de voz. Não quero mais escutar você. Vai embora. Vai embora daqui. E as formigas não se mexeram. Estão ali. E queima ainda mais. Tenho de dormir. Se eu dormir, a dor vai embora, o fedor vai embora, e eu respiro. E quando acordar, encontro mamãe e papai.

Ou quem trouxe você aqui.

Quem?

Você não veio parar aqui sozinha.

Um pouco de água. Só um gole. Só preciso de um gole, e eu fico boazinha.

Água? Quer um pouco d'água? Quanto você pagaria por um copo de água? Você me daria a entrada pro show do Alt-J?

— Eu... te... dou... casa...

A cabeça parou de martelar, as pálpebras de Chiara se fecharam, e a menina caiu num buraco escuro e profundo.

Terça-feira

Estava dormindo fazia uma horinha quando o interfone tocou. Rocco sentou-se de um salto, com a respiração entrecortada. Olhou ao redor. Estava em sua cama. Em seu quarto. Em sua casa. Lá fora, o céu estava preto como nanquim. O que o acordara? Foi o segundo toque estridente que lhe clareou as ideias.

– Puta que pariu... – olhou a hora no relógio. Uma e quinze. – Mas quem é?

Levantou-se da cama e, com os pés descalços, se dirigiu ao interfone. Ajustando a cueca boxer, pegou o aparelho.

– Quem é?

– Subchefe? – a voz de um homem. – Me desculpe pelo horário. É urgente.

– Mas dá para saber quem é?

– Pietro Bucci Rivolta.

– Quem?

– Pietro Bucci Rivolta. Nós nos conhecemos na festa de Nora.

Porra, não, pensou Rocco. O arquiteto. Aquele que ele achava que fosse o amante de Nora e, em vez disso, era o homem de Anna. O que esse cara quer? Não! Uma cena de ciúmes à uma da madrugada ele não aguentaria.

– Mas o que está acontecendo?

– É uma coisa importante... Sei que é tarde, desculpe-me por perturbar o senhor...

– Já me perturbou. Estou descendo. Me dê cinco minutos.

Ele voltou para o quarto e se vestiu rapidamente.

Tinha começado um vento escuro que havia abaixado a temperatura. A rua estava deserta. Pietro Bucci Rivolta estava envolto em seu casacão. Na cabeça, trazia uma boina xadrez. Mal viu Rocco sair do portão, foi ao encontro dele, sorridente. Sinal de que era uma visita pacífica.

– Sinto muito – disse, estendendo a mão. Rocco apertou-a. – Mas é uma coisa que não está deixando a gente dormir.

– E que agora não me deixa dormir também. O que está acontecendo?

– Em primeiro lugar, como Nora está?

– Bem... acho que está bem. – A pergunta o havia desarmado. O arquiteto estava cheio de rodeios. A pergunta que ele esperava era: como Anna está?

– Mande meus cumprimentos quando a encontrar. Eu, no entanto, vim aqui para dizer-lhe uma coisa muito importante. O senhor é um policial, na verdade muito bom, pelo que Anna diz... Lembra-se de Anna?

Rocco fez uma cara de dúvida, como se procurasse nos arquivos da memória vai saber que objeto esquecido quem sabe há quantos anos.

– A amiga de Nora? Aquela morena, não? – com vergonha da cena vulgar que estava fazendo, mas também orgulhoso pelo fato de Anna, de qualquer modo, o considerar um bom policial.

– Exato. Então, foi a própria Anna que me aconselhou a vir vê-lo. E peço desculpas pela hora. Mas a meu ver é grave.

Rocco Schiavone olhava o arquiteto. Sentia-se um merda perante aquele homem inocente, distinto, elegante e de boa aparência.

– Preciso conversar com o senhor, Schiavone. Posso oferecer-lhe algo?

– A esta hora? O que está aberto em Aosta?

– O Ettore ainda está aberto. Tinha uma despedida de solteiro.

– Tudo bem. – Rocco, com um bocejo, se despediu do sono que, agora, tinha sumido de vez.

– Espere – o arquiteto o deteve. Ele se voltou e fez um gesto. A porta de uma Mercedes estacionada a pouca distância se abriu, e do carro desceu uma menina de cabelos compridos.

A moça fechou a porta atrás de si e com as mãos enfiadas nos bolsos de um casaco curto e justo se aproximou de Rocco e do arquiteto andando com botas de cano curto. Mal se aproximou dos dois homens, sorriu.

– Oi.

– Minha filha. Giovanna – disse Bucci Rivolta.

– Oi – disse Rocco. E a olhou. Uma menina de uma beleza descomunal. Tão bonita que não poderia ser colocada no grupo das meninas bonitas, mas passava com todas as honras ao grupo das Criaturas, entidades superiores que não têm nada a compartilhar com os comuns mortais.

– Se estou aqui... – disse o arquiteto – é por causa dela.

Ettore havia trazido dois copos de vinho branco para os adultos e uma Coca-Cola para Giovanna. O arquiteto havia escolhido a mesa mais distante da entrada. Ele também era um freguês habitual do bar, tendo o escritório na praça. E provavelmente havia assistido à cena de ciúmes de Nora lá da sua janela, vai saber. Rocco ainda não havia se acostumado com a ideia de que há uma diferença substancial entre uma cidade de quarenta mil habitantes e uma de mais de quatro milhões.

– Então, sr. Bucci Rivolta...

– Pietro.

– Tudo bem. Pietro, o que está acontecendo?

– Giovanna, conte.

A menina, encorajada pelo pai, bebeu um gole de Coca, colocou o copo na mesa e olhou Rocco com seus olhos verde--esmeralda. Ajeitou os longos cabelos lisos e começou a falar.

– O que acontece é que, eu acho, tem um problema com a Chiara.

– Quem é Chiara?

– Minha melhor amiga. Ontem à noite nós fomos ao Sphere.

Os olhos de Rocco eram dois pontos de interrogação.

– É uma discoteca na estrada para Cervinia – esclareceu Giovanna. – Estávamos eu, Chiara, Max, o namorado de Chiara, e o primo dele, Alberto, que veio de Turim.

Rocco fez um gesto para dizer, "continue".

– Foi uma noite superlegal. No fim, Max acompanhou Chiara e Alberto veio comigo.

Rocco olhou o arquiteto, que nem piscava. Escutava sua filha.

– Alberto me levou para casa e foi dormir na casa de Max.

– E até aqui... – disse o subchefe.

– Isso mesmo. Mas hoje Chiara não apareceu na escola.

Rocco deu de ombros.

– Acontece. Talvez esteja doente.

– Não. Porque hoje tinha prova de italiano. A última. Porque terminamos a escola este ano. E Chiara não podia faltar. Eu também pensei que talvez ela estivesse doente.

– Você telefonou para ela?

– Sim. Ela está com o telefone desligado desde ontem à noite. E também fui à casa dela. Mas ela não estava em casa.

– Como?

– A mãe me disse que ela não estava. Eu perguntei onde Chiara estava, e a mãe me respondeu que ela estava na casa da avó.

— Imagino — disse Rocco — que você tenha ido também à casa da avó.

— Dificilmente — se intrometeu o arquiteto —, já que das duas avós de Chiara uma morreu faz seis anos, e a outra mora em Milão.

— Então ela deve ter ido a Milão; não estou entendendo qual é o problema — disse Rocco, que começava a ficar nervoso.

— Ela não estava na casa da avó. Eu telefonei para lá — disse Giovanna. Terminou a Coca-Cola e olhou de novo o subchefe. — A avó de Chiara está em Abano Terme. A empregada me disse.

— Bom, escute como eu vejo a situação — disse o subchefe bebendo o vinho branco. — Chiara ficou o dia inteiro com Max e inventou uma mentira para a mãe porque não queria ser descoberta. Desligou o telefone para não ser flagrada pelos pais e hoje de manhã, ou seja, em poucas horas, você vai vê-la na escola bonita, tranquila e descansada.

— Não, doutor. Max também não a vê desde ontem à noite.

— Conte para ele, Giovanna.

A menina olhou para o pai.

— Chiara tem um celular, um iPhone. Ele tem uma capa com a bandeira norte-americana. Eu vi o celular na mesinha de entrada da casa dela enquanto conversava com a mãe.

Rocco assentiu. O arquiteto o olhou nos olhos:

— Uma menina de dezoito anos que fica longe do celular um dia inteiro?

— Pior — acrescentou a filha. — Ela estava com o celular ontem à noite na discoteca. Então, ela voltou para casa. Só que, agora, onde ela está?

— Acho que há uma resposta. E acredito...

— Não terminou ainda — o arquiteto interrompeu o subchefe. Enfiou uma das mãos no bolso e mostrou dois tickets coloridos para Rocco.

– O que é?
Quem respondeu foi Giovanna.
– Amanhã à noite vai ter um show do Alt-J em Milão. Eu e Chiara estamos esperando faz meses. E Chiara não perderia o Alt-J por nada deste mundo. Sabe quanto me custou para conseguir as entradas?
– Elas não faziam outra coisa a não ser falar desse show, doutor. Ouça-me, tem alguma coisa errada. O que é, não sei. Mas não estou gostando nada disso.
– Ou seja, segundo vocês, Chiara desapareceu.
– Chiara desapareceu – acrescentou Pietro Bucci Rivolta –, e os pais não estão dizendo nada. Eu conheço Pietro e Giuliana faz anos. Até trabalhei com eles. Fui à *villa* deles com uma desculpa às nove e meia. Pietro não estava, Giuliana não quis aparecer. Conversei um pouco com a filipina. O celular da filha não estava mais no móvel onde Giovanna o havia visto; além do mais, a filipina começou a chorar de repente. Acredite em mim, Schiavone, tem alguma coisa errada.

O subchefe se levantou da cadeira. Deu dois passos na direção da porta do bar. Abriu os braços.
– Essa família...
– Berguet?
– Isso mesmo. Fale mais sobre ela.
– Pietro e Giuliana Berguet têm uma filha, Chiara, e uma empresa, a Edil.ber. Construção. Como lhe disse, colaborei com eles em alguns projetos. Constroem casas, pontes, trabalharam no aeroporto...
– Que é bem bonito – comentou Rocco.
– É – concordou Pietro. – Resumindo, são empreiteiros.
– São ricos? – perguntou o subchefe, que já estava começando a ter uma ideia.
– Um bocado.

E esse um bocado foi um soco no estômago de Rocco.

– Então estamos entendidos. – Pegou a carteira. Pagou a conta. – Que horas são?

– Quase duas, doutor.

– Muito bem, vamos deixar registrado – disse Rocco, com ar solene. – Às duas horas da madrugada de uma terça-feira de maio, cai nas costas do subchefe de polícia Rocco Schiavone, lotado em Aosta há nove longuíssimos meses, a enésima encheção de saco de décimo grau! – disse, em voz alta.

Pietro e Giovanna o olhavam sem entender. Não podiam saber, como quem trabalhava ou se relacionava com Rocco Schiavone desde setembro, que o subchefe tinha uma escala muito pessoal daquilo que ele definia como encheção de saco. Ou seja, as tarefas e os casos quotidianos que o aborreciam e lhe tornavam a vida um inferno. Italo Pierron já estava fazendo uma lista para deixar exposta no quadro de avisos da delegacia, de modo que ficasse claro para todos o que dizer e o que não dizer ao "chefe". Os aborrecimentos ou encheções de saco partiam do sexto grau para cima. Entre as mais leves, justamente o sexto grau, se encontravam os encanadores ou os pedreiros que tendiam a nunca respeitar um horário combinado; a quantidade de zeros nos códigos bancários; as motos sem silenciador; as canetas velhas quando ele precisava tomar notas rapidamente. No sétimo grau se encontravam as fezes de cachorro nas calçadas; perder o marcador de livros; *finger food*. No oitavo grau se encontravam as cartinhas da Equitalia, mas depois de brigar com um de seus funcionários elas haviam se tornado mais raras que os siris-azuis; ir à missa, coisa que não fazia desde 1980; vôngoles com areia; vinho com gosto de rolha e almoçar depois das duas horas. No nono grau, os desvarios meteorológicos, frio neve vento tempestade e granizo; cretinos; ir votar e cáries. No décimo grau, soberano e imperial, se encontrava o ponto máximo das encheções de saco que a vida poderia lhe reservar: o caso que lhe jogavam nas costas. E naquela terça-feira de maio Rocco havia entendido que, à sua frente, se erguia imensa e inadiável uma encheção de saco de grau dez.

Quando eles saíram havia começado a chover.

– Quer uma carona até sua casa?

– Casa? Pra fazer o quê? Agora o estábulo está aberto e os bois fugiram. Leve-me à delegacia, por favor.

Entrou na Mercedes do arquiteto e foi direto para a delegacia.

Eram duas horas e doze minutos da madrugada.

À porta estava o agente Casella. Que, mal percebeu o subchefe, sorriu:

– Doutor? O que o senhor está fazendo no trabalho a esta hora? Não consegue dormir?

– Isso. E, como eu não durmo, não dorme mais ninguém. Onde estão Deruta e D'Intino?

– Não sei. O senhor os mandou andar pela cidade, acho que a estas horas estão dormindo.

– Acorde os dois e diga para se mexerem! – Não foi uma necessidade real da dupla cômica que levou o subchefe a dar essa ordem, mas pura e simplesmente a vontade de se vingar.

– Faço os dois virem aqui à delegacia?

– Não, diga pra eles que não me deram satisfação e que não é caso de dormirem, mas de procurarem o que eles já sabem.

– Vou transmitir! – disse Casella, pegando o telefone.

Rocco foi às pressas para o escritório. Agarrou o telefone. Muitos toques depois, alguém tirou o fone do gancho.

– Pr... pronto?

— Percebo que a voz está melhor, inspetora Rispoli. Tirou o pregador de roupas do nariz?
— Dou... doutor, é o senhor?
— Sim, sou eu e são duas e vinte. Passou a sua febre?
— Ontem à noite, quer dizer, umas horas atrás, eu estava com... trinta e sete e meio.
— O que é? Está tomando antibióticos?
— Não, equinácea. Eu me trato com homeopatia.
— Funciona?
— Para mim, sim.
— Uma vez eu curei um resfriado com briônia. Já experimentou?
— Me desculpe, doutor, o senhor me telefona... para me perguntar como estou às duas e vinte da madrugada?
— E se fosse?
— Eu consideraria isso o zelo de uma pessoa com profundos problemas psicológicos, estou sendo bem sincera com o senhor. — Caterina estava acordando.
— É mesmo? Mas não, não é. Na verdade, estou procurando o Italo. Que está aí, me diga que sim.
Foram ouvidos barulhos, depois a voz de Italo surgiu ao fundo, como uma obscura entidade submarina.
— Diga...
— Você tem de vir à delegacia.
— ...às duas horas?
— Às duas horas. Aconteceu algo horrível.
— E posso saber o que é?
— Não. Surpresa.
— É um grau dez? — perguntou Italo com um fio de voz.
— E dos grandes, meu amigo, dos grandes. Não podemos perder tempo.

— E a avó em Abano Terme?
— Liguei para o hotel. Registrada sozinha, sem nenhuma neta acompanhando, como era de se prever.
— Sim, mas o que a gente faz às três horas?
Rocco apagou o décimo cigarro daquela madrugada de pesadelo.
— Temos duas alternativas. Cabe a nós decidir como agir. A primeira é acordar o juiz e pedir permissão para grampear os telefones, falar com o chefe de polícia e depois com a família e expor a menina a um risco insano, porque algum jornalista pode aparecer na delegacia ou na procuradoria.
— Exato. O esporte preferido nas procuradorias é o de vomitar notícias confidenciais. — Italo abaixou a cabeça, como quem procurasse uma solução. Depois a levantou com um ar pouco convencido. — A segunda?
— Vamos fazer uma visita à casa dos Berguet.
— A esta hora?
— Às seis.
— E até as seis, o que a gente faz?
— Um monte de coisas. Porém, eu preciso da Caterina. Ela ainda está com febre?
— Um pouco. Mas talvez possa ficar na delegacia. D'Intino e Deruta?
— Por enquanto, só mandei acordar os dois e fazê-los circular pela cidade.
— Por quê?
— Porque eu odeio eles. Agora venha comigo, precisamos de um Cavalo de Troia.
— Um...?
Rocco não respondeu. Já havia agarrado o *loden* e a passos rápidos tinha saído da sala deixando todas as luzes acesas. A Italo Pierron só restou ir atrás dele.

Schiavone havia estacionado o carro na frente da casa no povoado de Porossan, uma pequena *villa* que datava da década de 1920. De pedra e madeira, transbordando de flores e rodeada por um bosque de abetos. Estava coberta de glicínias que se erguiam até o andar superior e no prazo de alguns dias explodiriam os seus cachos roxos como se fossem fuzis. Aquela era a bela residência dos Berguet. Mergulhada na escuridão das quatro horas da manhã. Rocco e Italo se aproximaram de um veículo azul.

– O que você quer fazer, Rocco?

– Esta é a Suzuki Jimny de Giuliana Berguet?

– Sim, conforme consta do registro na secretaria de transportes – respondeu Italo. – Por quê?

– Uma belezinha de carro, muito caro e de que, pessoalmente, não gosto. Barulhenta e pouco ágil na estrada. Nasceu como um off-road e, nos terrenos difíceis, se comporta mais ou menos.

– Rocco, eu não tenho a intenção de comprá-lo, quero saber o que a gente está fazendo aqui às quatro da madrugada!

Como única resposta, Rocco enfiou um objeto metálico pontudo na trava do carro. Abriu a porta e sorriu para Italo.

– Siga-me com a viatura de serviço – e entrou no carro de Giuliana Berguet.

Enquanto se dirigia ao seu carro, Italo ouviu o barulho do motor Suzuki ecoando no silêncio da madrugada. Balançando a cabeça, teve a certeza de que Rocco Schiavone havia errado de profissão.

Depois de uma meia hora na rodovia nacional 26, chegaram a Saint-Nicolas. Rocco freou. Desceu do carro. Pegou uma pedra e estilhaçou os dois faróis da frente.

– Você ficou louco? – disse em voz baixa Italo, que o esperava na viatura.

Limpando as mãos, Rocco se juntou a ele.

– O que foi que você fez? – perguntou Italo.

– Os desgraçados! Roubaram o carro e o deixaram avariado a trinta quilômetros de Aosta. Mas, por sorte, seu amigo da polícia rodoviária, aquele que derrota você no bilhar, como se chama? Umberto?

– Isso.

– Ele o encontrou aqui. Ficou desconfiado, porque claramente o carro foi danificado. Que golpe de sorte.

Italo olhava Rocco sem entender.

– Mas você danificou o carro!

– Para não falar que tem o seguro, eles além do mais são construtores. Assim por alto, uns quatrocentos euros para arrumar o carro eles têm. Agora você chama o Umberto e conta tudo para ele. É um cara esperto, o Umberto, não é?

– Muito.

– Então ele sabe manter um segredo?

– Dá para fazer de outro jeito?

Rocco pensou no assunto uns segundos.

– Acho que não. Sempre tem algum bom cantinho para patrulhar em Secondigliano. Vamos, telefone para ele, de preferência enquanto dirige, e voltamos para a cidade. Você consegue fazer as duas coisas ao mesmo tempo?

– Acho que sim. E acho também que, ao mesmo tempo, vou conseguir mascar chiclete. Mas ainda não entendi o que estamos fazendo...

– É o Cavalo de Troia! – e, dizendo isso, o subchefe enfiou a mão no bolso de Italo, agarrando o maço de cigarros. Torceu o nariz, mas mesmo assim acendeu um.

Às seis horas a inspetora Caterina Rispoli entrou na sala de Rocco Schiavone envolta em um cachecol que deixava de fora só os seus olhos. Exalava um cheiro de frescor e de pomada de eucalipto. Em pé, ao lado do subchefe de polícia estava o agente Scipioni com a barba crescida de um dia. Italo, por sua vez, estava sentado em uma das cadeiras na frente da escrivaninha.

– Olá... – Caterina cumprimentou os três homens com um fio de voz.

– Você parece uma berbere – Rocco lhe disse com um sorriso. – Por favor, sente-se, e me desculpe...

Caterina sentou-se ao lado de Italo. O olhar apreensivo do agente não passou despercebido por Rocco.

Ele gosta mesmo dela, pensou.

O subchefe esfregou as mãos. Lá fora brilhava uma tênue luz matutina.

– Bom, agora que estamos aqui, vocês têm de me escutar. Há um fato grave que apenas nós quatro em toda a delegacia devemos saber. Tenho suspeitas bem fundadas de que uma menina chamada Chiara Berguet tenha sido sequestrada.

Scipioni e Rispoli arregalaram os olhos. Caterina até tossiu umas vezes.

– Mas, é claro, não houve denúncia. Então, como eu pensava agir?

– Imagino que sem dizer nada a ninguém na procuradoria nem ao chefe? – perguntou Antonio Scipioni.

– Muito bem, Antonio. Mas, por favor, se tem uma coisa que eu odeio são perguntas retóricas.

– Eu fiz isso? – perguntou, constrangido, o policial.

– Sim. Acabou de fazer. Neste grupo de trabalho não são admitidas perguntas retóricas. Vamos em frente. Preciso que você, Caterina, me traga todas as informações possíveis sobre a Edil.ber, firma de construção da família. Faturamento, contratos, situação financeira, tudo.

Caterina assentiu.

— Antonio, trabalhe junto com Caterina. Trabalho de campo. Se for preciso ver alguém, fale comigo antes, porque, como nossa inspetora Rispoli está com febre, você vai. Tudo claro?

Antonio Scipioni assentiu em silêncio. Ainda não tinha ficado clara para ele a história das perguntas retóricas.

— Eu e Italo, por outro lado, vamos falar com a família. E vamos ver se cavamos alguma coisa.

— E se algum colega nos fizer perguntas? — perguntou Caterina.

— Inventem alguma história. Vocês estão trabalhando para mim. Procurando documentos para as finanças, impostos...

— Transações suspeitas de gastos feitos pelos prestadores de serviços públicos no âmbito da operação policial *fil rouge* da polícia financeira na fronteira suíça? — arriscou Scipioni.

Rocco o olhou, sério.

— No estrito âmbito das funções decorrentes, entretanto! — depois lhe deu um tapa nas costas. — Eu sempre soube que poderia contar com você, Antonio! Já mando trazerem café e croissants para vocês, lá do bar. Trabalhem aqui, na minha sala. Aquela gaveta da escrivaninha fechada a chave tem de ficar fechada a chave, estamos entendidos?

Rispoli e Scipioni assentiram. Rocco enfiou no bolso o baseado que havia tirado exatamente daquela gaveta dez minutos antes, sem o qual o dia não engataria marcha, e finalmente saiu com Italo da sala.

Ele tinha ficado de tocaia por um bom tempo. Imóvel, atento. Depois o viu despontar dos arbustos ao lado da casa.

Um salto, mas o outro havia sido muito veloz e se enfiado em uma rachadura do muro, pequena demais para ele. Ainda ficou um pouco por ali, mas logo se cansou e foi se deitar na frente do vidro fuliginoso da velha casinhola. Ele tinha olhado para dentro. Vai que o camundongo tivesse se refugiado exatamente ali? Mas não tinha camundongo nenhum. Havia uma menina. No meio da sala. Dormia sentada em uma cadeira com as costas amarradas a uma coluna de cimento. Estava com as mãos amarradas às costas e a cabeça era preta, sem olhos nem boca. Ele se coçou atrás da orelha, as urtigas o haviam pinicado durante a emboscada. Passou a língua primeiro na pata esquerda, depois na direita. Cheirou o ar. Levantou-se, se esticou todo e abandonou aquela casa velha atravessando os campos. O sininho preso à coleira vermelha soava a cada passo. Bom para as cobras. Mas ainda era cedo. Elas aparecem no verão.

Sua casa ficava depois da colina. Não tinha vontade de voltar para lá. Andava tranquilo, roçando os dentes-de-leão, as gencianas e os trevos. Pedras cobertas de musgo rodeadas de margaridas. Eram muitas. Ela cheirou. Uma raposa tinha passado. Com certeza. Atenção. No alto, um corvo crocitou algumas vezes. Tinha chegado ao alto da colina. Via o jardim da sua casa e o teto com o galo de ferro. Uma lagartixa passou rapidamente à sua frente. Ele nem a olhou, enquanto ela, desnorteada, ia se esconder sob a pedra coberta de musgo.

Gêngis Khan tinha só um ano. E havia algo que o atraía para longe dali, daquelas quatro paredes domésticas. Não poderia ser a caça àquele rato nojento, ou perseguir lagartixas idiotas e velozes. Não. Sem aquela sensação estranha, ele teria caçado o rato no mínimo dez vezes. Em vez disso, uma sonolência misturada ao desejo. Naquele dia de maio, Gêngis Khan sentia um cheiro diferente. Um cheiro de carne e de flores, de plantas nativas e de açúcar.

— Gêngis, cadê você? Mamãe fez sua papinha!

A velha havia colocado a tigela no chão. Mas ele não estava com vontade de comer. Havia aquele cheiro, e uma pressão bem embaixo do rabo que o levava a se mover. Com um salto, passou de novo por cima da cerca e se dirigiu para a rua.

— Gêngis, a comida!

— Mas você não está vendo que ele está atrás de uma gatinha? Deixe ele em paz. Ele volta quando tiver se satisfeito! — respondeu o velho, sorridente, enquanto colocava no lugar as caixas de frutas no jardim. — Sortudo! — e lançou um olhar para aquela mancha avermelhada que pulava no gramado.

A mulher o olhou e sorriu para ele.

Tinham tomado café da manhã no Ettore, mandado uma garrafa de café e quatro croissants para Caterina e Antonio; Rocco havia fumado o baseado e Italo um cigarro, e finalmente haviam chegado à frente da casa Berguet. Faltavam vinte minutos para as sete horas. Umberto, da polícia rodoviária, estava ali à espera deles.

— Bom — disse Rocco, descendo do carro —, com o Umberto é mais verossímil, não?

— É — balbuciou Italo, que deixou as janelas abertas. O estofamento fedia a marijuana. — E essa história do baseado? — perguntou para Rocco.

— Me faz bem. Estimula os centros nervosos, me reconcilia com o dia de merda e me dá forças para viver. Basta para você?

— Basta — respondeu Italo.

A passos largos, Rocco se aproximou de Umberto. Estendeu-lhe a mão.

— Já sabe de tudo?

— Claro, doutor.

– O número de telefone de Berguet, você tem?
– Tenho.
Rocco lhe entregou o seu celular e os documentos do carro.
– Vamos lá. Por favor, vamos começar a farsa. – E os três se apressaram na direção da porta da casa.
Um bom minuto se passou antes que alguém viesse abrir. Uma filipina com uniforme de listras brancas e cor-de-rosa, com pouco mais de um metro de altura, olhou séria para os três policiais.
– O que há?
– A sra. Giuliana Berguet está em casa?
– O que vocês querem?
– Polícia. Precisamos falar com ela.
– Agora patroa tá dormindo.
– Você vai e a acorda? – disse Rocco, sorrindo.
– Não sei por que; se ela dorme num quer que acordem.
Rocco inspirou profundamente.
– Como se chama?
– Patroa?
– Não, a senhora, a senhora! – e a indicou.
– Dolores.
– Dolores, vá acordar a patroa. Não está vendo que o doutor, ou seja, eu, está ficando muito, mas muito irritado?
A filipina pareceu hesitar, mas depois se colocou de lado e deixou que os policiais entrassem.
– Esperem aqui – disse a empregada e, com os sapatos batendo no chão, desapareceu por trás de uma portinha.
O toque de arquiteto na decoração estava em cada detalhe, até no perceptível aroma de canela. Estilo clássico, um pouco pesado, composto por panos, tecidos nas paredes, brocados, espelhos com molduras folheadas a ouro e grandes tapetes persas. Um "Des Bains" revisitado, mas tinha o seu

fascínio. Nas paredes, uma sequência de paisagens do início do século XIX, algumas tão escurecidas pelo tempo que não se percebiam mais as cores e as pinceladas. Acima da porta de vidro do salão se instalava uma natividade do século XVI que, só ela, tinha o valor da casa toda.

Italo e Umberto olharam ao redor.

– Nada mal, hein?

– Eu diria que não – disse Rocco. – Um tanto pesado, mas tem a sua razão.

– O piso é de mármore?

– Vêneto – acrescentou Rocco.

– E aquilo? – Umberto indicou uma escrivaninha marchetada.

Rocco a examinou de perto.

– É uma cômoda Mazarin. Poderia ser nogueira. O marchetado aparenta ser marfim.

– Coisa cara?

– Lá pelos vinte mil – disse Rocco, satisfeito, enquanto os dois policiais engoliam em seco.

– Como o senhor sabe essas coisas, subchefe? – perguntou Umberto.

– Minha esposa gostava disso.

– E agora ela não gosta mais? – perguntou, inocente, o agente da polícia rodoviária. Italo deu uma cotovelada no homem, que não entendeu o motivo, mas se absteve de fazer mais perguntas.

Dolores voltou, olhando emburrada para os policiais.

– Patroa vem vindo.

– Obrigado, Dolores. Cordiais saudações – e a mulher se enfiou por uma porta que devia ser a da cozinha.

– Doutor – começou Italo, que, na frente de outros policiais, adotava um tratamento mais formal –, mas por que estamos fazendo isso?

– Olhe à sua volta, observe detalhes, impressões, e ouça. Nosso trabalho é esse.

Distraidamente, Rocco se aproximou de uma étagère de madeira e mármore colocada bem na frente da porta de entrada. Abriu uma gaveta. Dentro, estava o celular de Chiara Berguet, aquele com a capa como uma bandeira norte--americana. Em uma bandeja de prata havia um punhado de moedas, um molho de chaves com um chaveiro em forma de eme e um estranho pino de plástico, um peso de papel dourado e um punhado de elásticos. No tampo, em ordem, ao lado de um telefone sem fio havia contas, uma folha impressa assinada pelo prefeito de Aosta e um bloco de notas.

Italo observava o chefe rondar aqueles objetos. Teve a impressão de ver Rocco arrancar uma folha verde do bloquinho de notas e enfiá-la no bolso. Bem a tempo, porque Giuliana Berguet passou pela porta da sala. Alta e magra, com os cabelos encaracolados, calças de linho e uma camisa de mangas longas. Sorria, mas sob a camada de maquiagem que havia acabado de passar se percebia um monte de olheiras. Os olhos estavam sem vida, assustados; inutilmente ela tentava aparentar um ar seguro e tranquilo de grande senhora do castelo. As maçãs do rosto estavam sem cor, a não ser aquela artificial da base, e um pouco encovadas. Aparentemente ela não dormia fazia umas boas horas e parecia que poderia desmaiar de um minuto para outro.

– Senhores, em que posso ajudá-los?

– Subchefe de polícia Rocco Schiavone, delegacia de Aosta. – E Rocco estendeu a mão na direção de Umberto, que lhe deu os documentos do carro. – É sua uma Suzuki Jimny azul com placas... – leu o documento – DD 343 AF?

A mulher assentiu.

– Por quê?

– O nosso agente da polícia rodoviária a encontrou... onde?
– Em Saint-Nicolas... Um pouco danificada – disse Umberto.
– Mas como isso é possível? – disse Giuliana Berguet. – Eu não a uso quase nun... É meu cunhado, Marcelo, quem usa, e tenho certeza de que ontem ele a estacionou na frente da casa...
– E hoje de manhã ela estava lá em Saint-Nicolas – disse Rocco. – Bem, nós suspeitamos de uma coisa – e deixou a frase cair no silêncio do corredor enquanto observava atentamente o rosto da mulher. Ela engolia em seco e, com a mão direita, apertava a esquerda com tanta força que impedia a circulação do sangue.
– De que... de que o senhor suspeita, doutor?
– Que esse carro tenha sido usado em um assalto que aconteceu esta noite em uma joalheria lá no centro da cidade.
Giuliana assentiu. E Rocco teve a impressão de que ela soltava um suspiro de alívio.
– Seu marido está em casa?
– Não! – respondeu Giuliana com a rapidez que as crianças usam para dizer "Cê tá pego!". E, como que para contradizê-la, um homem apareceu na outra ponta do corredor. Rocco, Italo e Umberto se voltaram para olhá-lo.
– Quem são os senhores?
– São da polícia – a sra. Giuliana se apressou a responder. – Encontraram o carro em Saint-Nicolas. Parece que esta noite o roubaram para um assalto em uma joalheria.
– E o que os leva a pensar isso? – disse o homem, fixando o olhar nos policiais. Rocco deu um passo na direção dele.
– Subchefe Schiavone, delegacia de Aosta.
– Muito prazer. Marcello Berguet. Sou o cunhado da senhora, irmão do marido dela.

– Ah, foi o senhor quem usou o carro ontem?
– Sim, eu o uso quase sempre. E tenho certeza de que o estacionei na frente de casa. Aosta tem um monte de problemas, mas não de estacionamento... – disse, sorrindo. – Enfim, por que o senhor tem certeza que o carro foi usado em um assalto?
– Uma câmera de circuito fechado filmou todo o roubo. Quebraram a vitrine com a frente do carro da sra. Giuliana.
– Imagina só... – disse o homem. – Bom, nós estávamos aqui ontem à noite. E juro que o estacionei exatamente na frente de casa.
– Eu sei – e Rocco sorriu. – Eu sei, não creio que os senhores sejam suspeitos de roubarem uma joalheria. Afinal, não me parece que precisem traficar joias roubadas, não é mesmo?
Giuliana e Marcello soltaram uma risada forçada.
– Não, não, acho que não.
Rocco olhou para o agente da polícia rodoviária.
– Pode ir, agente, e obrigado pela ajuda!
Umberto, fiel ao seu papel, cumprimentou o subchefe de polícia à moda militar, deu um sorriso para Giuliana e Marcello e depois saiu pela porta da casa.
– Então – Schiavone voltou a falar –, senhora, devo pedir-lhe que venha comigo à delegacia. Há uma porção de coisas enfadonhas para fazer. Quer dizer, há um crime envolvido. Espero ocupar pouquíssimo do seu tempo...
– Mas, veja bem, eu precisaria...
Giuliana olhou o cunhado, que permanecia imóvel, sem saber o que fazer.
– Não, não posso ir com os senhores. Quer dizer, antes tenho alguns compromissos. Posso... posso ir ter com os senhores depois?
– Sra. Berguet – disse Rocco, paciente –, eu não a estou convidando para uma festa. É algo diferente, acredite em mim.

A mulher mordeu os lábios. Depois olhou para os policiais.

– Não posso ir. Tenho um compromisso muito importante. Às dez horas.

– Até lá, teremos terminado. Acredite em mim – insistiu o subchefe.

– Eu... preciso ficar em casa, o senhor entende? – disse a mulher. E sentou-se em um sofazinho Luís alguma coisa, que rangeu sob o exíguo peso dela.

– E por quê? A senhora não está bem?

Giuliana levou as mãos ao rosto e começou a balançar a cabeça.

– Não, não estou bem. Não estou nem um pouco bem!

– Era um grito desesperado, doloroso, de deixar a pele arrepiada. O cunhado correu até ela e tentou confortá-la, mas a sra. Berguet, tomada pela raiva, voltou a erguer a cabeça e, com os olhos vermelhos por causa do pranto, olhou para Rocco.

– Eu só saio daqui com o meu advogado, que vou chamar agora mesmo e perguntar se esse é um procedimento normal. Chegar à casa de uma pessoa às sete da manhã para levá-la à delegacia! Eu sou a vítima, afinal de contas! Roubaram meu carro, não é que eu o tenha roubado! Por que precisaria ir lá? Não, doutor, eu não vou. E me denuncie, me leve à delegacia, mas eu não saio da minha casa!

Rocco sorriu. Fez um gesto para Italo se encaminhar até a porta da casa. Parecia satisfeito.

– Como quiser, sra. Berguet. Vejo que está nervosa e cansada e não desejo tornar sua vida mais difícil do que é. Posso fazer alguma coisa pela senhora?

A pergunta de Rocco caiu no silêncio mais absoluto. Italo abriu a porta da casa e ficou esperando o chefe na saída, enquanto olhava para Giuliana, que olhava para Marcello, que olhava para Rocco. O subchefe teve a sensação de que a mulher estava a ponto de gritar, "Sim, pode fazer muita coisa por mim! Me traga minha filha!". No entanto, foi o cunhado quem respondeu:

— Obrigado, doutor, o senhor não pode fazer nada. Acredite em mim.

De repente, tocou o telefone, e o toque ressoou pela casa toda. Giuliana Berguet se levantou de um salto, como se lhe tivessem encostado um fio elétrico desencapado. Olhava o cunhado, que enxugou o suor dos lábios. Imperturbável, Rocco os observava. No terceiro toque, a mulher se levantou.

— Com licença — disse, mas Rocco foi mais rápido. Entregou-lhe o telefone sem fio:

— Por favor, senhora.

Giuliana agarrou o telefone, que Marcello arrancou-lhe das mãos e finalmente, no quinto toque, atendeu, voltando-lhes as costas e se afastando pelo corredor, rumo ao salão por trás da porta de vidro.

— Com licença — disse. Mas Marcello não chegou à sala. Voltou-se de repente e berrou ao telefone. — Não quero um contrato para luz, água e gás! — e jogou o telefone sobre uma cadeira estofada. — Esses call centers... são insuportáveis, não acham?

O céu ficara coberto de nuvens. Italo guiava em silêncio; Rocco já havia acendido um cigarro.

— Não me diga que vai voltar a chover?

— É bem possível — respondeu Italo.

Passaram pelo cruzamento, deixando para trás a casa dos Berguet. Ao lado da estrada, na saída para a rodovia estadual, Umberto os esperava na moto. Italo parou no acostamento. Rocco abriu sua janela:

— Água, luz e gás? — perguntou.

– Não me passou mais nada pela cabeça. – E Umberto devolveu o celular ao subchefe.
– Tudo bem. Obrigado, Umberto. Você ajudou muito.
– Às ordens, doutor. Se precisar de mim, pode me chamar quando precisar. Ah, e o carro da senhora? A gente cuida dele?
– Sim, cuidem dele. Obrigado.

Umberto sorriu e, acelerando, quase empinou a BMW, desaparecendo atrás da curva.

– Até que é bom esse Umberto.
– Éramos colegas na escola.
– O que vocês aprontam?
– Nada. Uma partida de bilhar de vez em quando. Agora estamos com a mania das apostas. Ele segue o campeonato, o basquete, o esqui...
– E vocês ganham?
– Por enquanto, já passamos dos quatrocentos euros. Não é ruim, né?

Rocco fez uma careta.

– Acha que a coisa tá feia, Rocco? – Italo não estava mais falando das apostas.
– Você acha uma reação normal para um telefonema? E acha que a mulher teve uma reação normal por ter de ir à delegacia? Acho que está muito feia mesmo.
– Quer dizer que a filha...?
– Com certeza.

– A Edil.ber é de propriedade de Pietro Berguet, com 75 por cento, e o restante é do irmão dele, Marcello, que, no entanto, não trabalha lá; ele é professor de matemática no liceu científico de Aosta. Eles trabalham com construções, apartamentos, casas, mas tomam parte também em grandes obras.

Faziam parte do consórcio de empresas do aeroporto, do anel rodoviário, da restauração do forte de Bart... estão na licitação das obras para o governo da Província. – Caterina Rispoli oferecia como um mantra todas as informações que conseguira em poucas horas de serviço. – Eles têm um faturamento anual de cerca de doze milhões, uns vinte empregados fixos, além de uma quantidade de operários especializados trabalhando por contrato. Pedreiros, carpinteiros etc.

– Resumindo, dão emprego e dinheiro para um bocado de gente – concluiu Antonio Scipioni.

– Mas encontrei uns artigos destes últimos meses – prosseguiu Caterina. – As coisas não andam tão bem assim.

Rocco se afastou da janela. Estava observando as nuvens negras que estavam se acumulando no céu de Aosta.

– O que você quer dizer?

– Os jornais estão falando de uma crise. Operários em frente aos portões, atrasos no pagamento, o de sempre.

– E aí?

– Aí tudo parece ter se normalizado; ou, pelo menos, não encontrei mais nada.

– Tenho de ir falar com esse Pietro Berguet. Alguém sugere um jeito?

– Dá para inventar uma denúncia de um crime, como com a esposa? – sugeriu Caterina, e assoou o nariz em um lenço de papel.

– Ou então uma diligência? – disse Antonio Scipioni.

– Diligência de quê? – objetou Schiavone.

– Já sei! – gritou Italo. – Carlo Figus, o operário morto no acidente na noite passada. Digamos que consta que ele trabalhou para eles e nós vamos fazer algumas perguntas.

– É uma boa ideia. Muito bem, Italo. – Em seguida lançou um olhar para Caterina Rispoli. – Inspetora, se não estiver se sentindo bem, pode voltar para casa.

– Não, não, estou melhor. Além do mais, sinceramente, em casa eu me aborreço. – E deu o primeiro sorriso do dia, que iluminou seu rosto. Até assim, acabada por causa da febre e do resfriado, Caterina Rispoli era uma mulher de primeira classe. Com a doçura de uma mãe e a perfídia de uma irmã mais velha.

– Tem certeza de que não está fazendo bobagem?
– Certeza, doutor.
– A propósito de bobagens. Uma hora atrás, D'Intino e Deruta deram sinal de vida – disse o agente Scipioni.
– Onde eles estão? – perguntou Caterina.
– Estão com uma chave, procurando descobrir que fechadura ela abre – explicou Rocco.

Caterina arregalou os olhos.

– Uma agulha em um palheiro?
– Pior. Um pelo de vaca em um rebanho enfurecido – corrigiu Rocco. – E o que aqueles dois queriam?
– Nada, o senhor sabe que eles me odeiam. Procuravam o senhor e não me disseram nada. Dizem que devem prestar contas somente ao senhor.
– Fiéis à missão. Tudo bem, quem se importa com os irmãos De Rege. Vamos, Italo?
– Para onde?
– À Edil.ber, você está ficando bobo? – levantou-se. Pegou o *loden*. Enfiou uma das mãos no bolso. – Ah, Caterina. Na escola, você alguma vez tentou? – e lhe entregou uma folha de papel.
– O que, doutor?
– Com o lápis? Passar o grafite em cima e ver se aparece algo escrito?
– Claro, a gente sempre fazia isso com as colegas. A gente escrevia as mensagens secretas em uma folha, que a gente

jogava fora, e embaixo a gente punha a folha em branco, assim com a pressão da caneta ela ficava marcada. Passando o grafite por cima dava para ler.

— Bem. Pode ver para mim se tem algum segredo escrito nesta folha?

Italo a reconheceu. Era a folhinha verde, tirada do bloco de notas na casa Berguet.

Caterina a cobriu com o grafite.

— Ahn... tem uns números. E algo escrito... espere. — Firmou a vista. — Hum... *Deflan*, me parece que está escrito *Deflan*.

— O que é?

— Espere... — a inspetora atacou o computador de Rocco. Digitou. — É um remédio. Para inflamações. Reumatismos, inflamações gástricas... aqui diz: tratamento de patologias de origem inflamatória.

— Tudo bem, um médico deve ter receitado para a mulher ou para o marido — disse Italo.

— Os números?

— Nada que se pareça com um número de telefone.

— Tudo bem, um tiro n'água. Vamos, Italo.

Os escritórios da Edil.ber não ficavam longe do aeroporto. Localizavam-se em um prédio pequeno e moderno feito de vidros e de espelhos. Um grande portão branco levava ao estacionamento da empresa. Rocco e Italo deixaram ali o carro deles. Caminharam até a estrutura central quando o subchefe notou alguma coisa no metal do portão. Um pedaço de pano branco que flutuava ao vento. Aproximou-se e o esticou para mostrá-lo a Italo. Era um pedaço de um banner rasgado. Dava para ler claramente a escrita "Chega de..." e depois "postos de trabalho!". Embaixo, a sigla de um sindicato. Era o que restava de uma manifestação recente.

Os dois policiais se voltaram na direção do prédio de vidros e de espelhos, escancararam a porta e entraram na Edil.ber. Na frente da entrada encontraram um painel que indicava a localização dos escritórios com várias flechas. A diretoria ficava no primeiro andar.

Quando o elevador se abriu, eles se viram em um pequeno hall redondo. Nas paredes brancas estavam penduradas fotos das obras realizadas pelo escritório. Hangares, pontes, casas. E desenhos de projetos. O som dos passos era abafado por um carpete azul. Uma mulher meio gordinha com uns 60 anos foi na mesma hora ao encontro deles.

– Pois não?

– Subchefe de polícia Schiavone, delegacia de Aosta.

A mulher engoliu em seco.

– Quem dá as ordens aqui?

– Quem... o dr. Berguet. Pietro Berguet. Posso saber o motivo?

– Não. Onde se encontra?

A mulher indicou uma porta com a placa "Presidência" em um tom vermelho fogo.

– A senhora nos anuncia, ou fazemos isso sozinhos?

A secretária foi rapidamente bater à porta. Ela somente a entreabriu, enfiou o rosto na fresta, disse alguma coisa, depois voltou a olhar Rocco e Italo.

– Por favor... – e se afastou para dar passagem.

Dentro da sala havia dois homens. Um estava sentado em um sofá de couro branco; o outro estava em pé na frente dos vidros e fumava um cigarro, nervoso. Rocco tentou adivinhar e se dirigiu ao que fumava.

– Bom dia; Schiavone, subchefe de Aosta.

O homem junto da janela se aproximou, oferecendo um sorriso formal. Tinha o rosto tenso, olheiras, a gravata frouxa e, apesar da evidente qualidade, o terno que usava estava amarrotado. Descansado devia ser um belo homem, de olhos claros e cabelos negros e encaracolados. Agora mais parecia um trapo para limpar móveis.

– Pietro Berguet – disse, apagando o cigarro no cinzeiro onde se acumulava uma montanha de bitucas. Estendeu a mão, que Rocco apertou. As palmas estavam suadas. – Esse é o dr. Cristiano Cerruti, vice-presidente – disse, indicando o homem sentado no sofá, que nem se levantou, limitando-se a abrir um sorrisinho. Tinha uma barbinha bem cuidada, daquelas que levam um tempão para escanhoar e aparar, como o gramado de Wimbledon. A roupa dele também estava precisando de uma boa passada. – O que posso fazer pelos senhores? Minha esposa me disse que hoje de manhã os senhores estiveram também em minha casa. Ainda o caso do carro roubado?

– Não. Nós, da polícia, somos multitarefas, não é, Pierron?

– Com certeza.

– Imagine, dr. Berguet, que este meu agente é capaz de dirigir, fazer uma ligação e, ao mesmo tempo, mascar chicletes.

Pietro Berguet encarou Rocco Schiavone como se fosse um habitante de outras galáxias.

– E como nós somos multitarefas, temos mais de um problema para resolver. Portanto... – Rocco estendeu a mão e Italo lhe deu uma folha de papel. – Carlo Figus é um funcionário seu?

Pietro Berguet pensou no caso uns instantes.

– Espere. Assim... não sei dizer. Chamo o departamento de pessoal?

– Pode ser.

– Mas por quê? – perguntou o presidente enquanto pegava o telefone sobre a escrivaninha de vidro.

– Ele sofreu um acidente e morreu ontem à noite. Na estrada de Saint-Vincent.

Pietro Berguet arregalou os olhos.

– Sinto muito. Fabio? Ouça, Carlo Figus é um operário nosso? – ficou em silêncio, escutando. – Obrigado... Obrigado, Fabio. – Desligou. – Sim, Carlo Figus foi um operário nosso por alguns anos, de 2001 a 2003. Mas é uma coisa horrível. Como aconteceu?

Rocco olhou para Italo. Estava cansado de falar e deixou a incumbência nas mãos do seu comandado. O agente começou:

– Culpa dos pneus velhos. Eles explodiram e o carro se chocou contra duas árvores. Morreu na hora.

Pietro Berguet assentia.

– Minha mãe do céu...

– Pois é. Era nossa obrigação informar o senhor.

– Mas ele não trabalha mais aqui conosco – interveio Cristiano Cerruti, sempre com a bunda grudada no sofá. – Então, tecnicamente, digamos que não seja mais problema nosso. Transmita os pêsames à família.

– Desculpe-me, não me lembro do seu nome.

– Cristiano Cerruti. Agora o senhor poderia me explicar todas essas perguntas sobre o pobre coitado?

– Claro, como não! Já que ele estava em um carro com placa roubada, e a ficha dele não é limpa, estou fazendo perguntas. O senhor acha que posso fazer isso, ou devo pedir sua permissão?

Cerruti finalmente se levantou de um salto, como que movido por uma ordem interna.

– O senhor tem o mandado de um juiz?

Rocco caiu na risada.

– Está vendo, Italo, quanta confusão a televisão arruma? – depois se concentrou no rosto de Cerruti. – Não é necessário. Vejo que o senhor está tenso e nervosinho, dr. Cerruti. Minha experiência sugere que o senhor se mantenha sentado e conte até dez. – Depois se dirigiu ao presidente. – Dr. Berguet, posso ir trocar umas palavrinhas com esse Fabio do departamento pessoal?

– Mas é claro. Fabio Limetti – disse Pietro, com um suspiro de alívio, claramente encorajado pelo fato de os dois policiais terem decidido cair fora. – Por favor, por favor, vou mandar minha secretária acompanhá-los. – Abriu a porta. – Ines! – gritou, e a senhora sessentona e rechonchuda reapareceu no corredor. – Acompanhe os cavalheiros à sala de Limetti. Por favor.

A mulher assentiu e esticou um braço indicando a direção oposta ao elevador.

– Por favor, se os senhores me seguirem.

– O senhor vai continuar no escritório, dr. Berguet? – perguntou Rocco.

– Claro. Claro. Para qualquer coisa o senhor me encontra aqui.

– E o senhor também, dr. Cerruti?

– Certamente – respondeu ele, sentando-se de novo no sofá.

– Ótimo. Estou com a sensação de que nos reencontraremos. – E disse isso com seriedade. Queria que soasse como uma ameaça. E como uma ameaça soou.

Fabio era um moço de uns trinta anos, loiro e pálido, e dois olhos azuis imensos sem sobrancelhas davam-lhe uma expressão um pouco aturdida e inocente. Estava tranquilo e às ordens, com uma vozinha fraca, quase de mulher, e entregou os arquivos com as fichas de pagamento a Carlo Figus e na mesma hora deixou os dois policiais sozinhos na sala, lendo os documentos.

– O que estamos procurando? – perguntou Italo.

– Você continue vigiando o estacionamento. Se Berguet sair, a gente corre atrás dele. – Rocco examinava as folhas. – E agora, onde se enfiou o loiro? Preciso fazer umas perguntas a ele.

Como que para satisfazer o desejo do subchefe, Fabio abriu a porta com um copo de papel na mão.

– Ah, prezado Fabio, eu precisava mesmo de você. Estou vendo aqui que os pagamentos são feitos pela Cassa di Risparmio della Vallée.

– Exato. É o banco que desde sempre trabalha conosco.

– Ótimo. As contas da empresa estão com ele?

– Com ele e com a Banca Nazionale del Lavoro. Mas principalmente na Cassa. Até o engenheiro tem uma conta pessoal lá.

– E o senhor? Onde mantém a sua conta poupança?

– Eu o quê, doutor? Com o que ganho, já é um milagre se chego ao fim do mês.

Rocco e Fabio deram uma boa risada sem pensar mais no assunto. Italo continuava vigiando o estacionamento.

– Mas as coisas estão indo melhor?

Fabio olhou o subchefe de polícia. Não havia compreendido a pergunta. Rocco esclareceu o assunto:

– Quero dizer, aqui na Edil.ber as coisas estão indo melhor? Tem dinheiro?

– Ah! – disse Fabio, voltando a sorrir. – Sim, muito melhor. De um mês para cá, os pagamentos estão sendo feitos regularmente. É claro, às vezes temos falta de fundos e de liquidez, atraso nos pagamentos, os fornecedores que batem à porta. Mas agora parece que as coisas se regularizaram.

– Resumindo, seu salário é pago.

– No mês passado, sim. Esperemos que neste também – respondeu Fabio, com sua voz de mezzo soprano.

Então o subchefe se levantou.

– Obrigado, Fabio, ajudou muito. Ajudou muito mesmo.

– Agora você e Antonio ficam na cola de Pietro Berguet e do outro, o da barbinha.

– Cerruti?

– Isso mesmo. Não saiam do pé deles.

Italo engatou a marcha e acelerou. Entraram em Aosta a cem quilômetros por hora.

– Deixo você na delegacia?

– Sim.

– Mas vai avisar o juiz, não?

– No seu devido tempo. E o tempo, meu caro, não joga a nosso favor.

Nem três minutos e a viatura estacionou na frente da delegacia. Rocco desceu. Houve um trovão e de repente começou a chover, como se uma gigantesca mão houvesse aberto a torneira do chuveiro.

– Puta que o pariu... – correndo, Rocco se refugiou no portão. Na entrada, ainda estava Casella. – Não tem ninguém pra te substituir?

– Sim, depois vem um lá de cima, o de Nápoles. Aí eu saio. Ah, doutor, D'Intino e Deruta deram uma passada. Mas sem novidades.

– O que você disse a eles?

— O que o senhor me disse. Para continuar procurando sem parar.

— Achou que eles estavam cansados?

— Cansados? Eles pareciam dois, como é que se chamam, os ursinhos com os olhos pretos?

— Guaxinim?

— Isso mesmo. Dois guaxinins por causa das olheiras que tinham. — E Casella começou a rir, certo de que estava em bons termos com o subchefe. Que, no entanto, lhe deu uma dura na hora.

— Casella, de que porra você está rindo? Quer fazer companhia a Deruta e D'Intino?

— Não, doutor.

— Então, menos risadas. — E o deixou plantado ali na entrada.

Subindo as escadas, cruzou com Scipioni, que descia correndo.

— Estou indo com Italo, doutor.

— Sim, mas vão em dois carros. Vocês precisam ser autônomos. Façam turnos e mantenham-se sempre em contato comigo ou com a inspetora Rispoli.

— Sim, senhor. E obrigado.

— Pelo quê?

— Pela confiança. Serviço de escritório não é para mim. — E desapareceu com um belo sorriso nos lábios.

Quando Rocco abriu a porta da sala, não encontrou Caterina Rispoli e aproveitou a ocasião para pegar outro baseado na gaveta. Depois pegou o telefone.

— Arquiteto? Aqui é o subchefe de polícia Schiavone.

— Às ordens, doutor...

– Onde a sua filha estuda?
– No liceu científico na via Cretier. Por quê?

Eu dormi? Sonhei? Onde estou?

Ainda lá. Ainda presa com o saco de pano na cabeça. Ela respirou todo o ar possível. Ainda não estava acostumada com o fedor daquele tecido escuro e sujo que tinha no rosto. Esticou o pescoço jogando a cabeça para trás. A nuca encostou-se à coluna em que a cadeira se apoiava. Que era uma coluna, agora estava claro. E também que estava amarrada a uma cadeira. Continuou a mexer o pescoço.

Se você bater com mais força no muro, arrebenta a cabeça e acaba com essa história.

De novo a vozinha. Mas Chiara não queria lhe dar atenção.

E lá embaixo? Está doendo? Está doendo?

Menos. Lá embaixo estava doendo muito menos. Ela ainda sentia a dor, mas como uma recordação daquilo que havia sido antes de dormir. Quantas horas haviam se passado? Não sabia.

Estou vendo as prateleiras de ferro. Todas aquelas coisas enferrujadas por cima. Agora tem um pouco de luz.

Ela apoiou de novo a nuca na coluna e deixou a cabeça pender para frente. Bateu contra o tecido grosseiro do saco que não seguia mais seu movimento. Tentou de novo. Nada a fazer. O saco continuava imóvel.

Ele está preso a alguma coisa. Ele se enroscou...

Ela tentou apoiar de novo a nuca no cimento duro. Depois, se jogou para frente. O tecido duro e fedido não se soltava.

Em que ele está preso? Em um gancho? Em uma saliência? Isso! Isso!

– Issooooo!

A primeira boa notícia.

Tenho de escorregar para baixo. O mais para baixo que eu puder. Assim o pano sai. Assim me deixa livre.

Ela tinha de tentar. Era difícil, mas dava para conseguir. Retesou o abdômen e, se inclinado levemente para trás, tentou abaixar o tronco. Sentiu o rosto roçar o tecido. Bom sinal. Significava que o corpo se movia e o saco, ao contrário, continuava no lugar.

Arqueou as costas, forçando os músculos da barriga. Ganhou alguns centímetros, mas ainda não era o suficiente.

Mais para baixo. Tenho de ir mais para baixo.

Abaixou o queixo o máximo possível. Viu um pedaço de fita scotch prateada que lhe prendia o peito.

Isso aí está me amarrando à cadeira! A fita scotch. Embaixo do peito! Se eu conseguir colocar a fita pra cima dos seios... tá feito! Tá feito! Ela fica frouxa e posso me virar de lado. E mais para baixo. E tiro este saco fedido da cabeça.

Mas você não pode suar.

A vozinha tinha voltado.

Se você suar, fica tudo melado e nada mais vai escorregar, você continua presa!

– Não vou suar! Não estou bebendo água e não vou suar! – berrou.

O que isso tem a ver? Você fez xixi nas calças e agora pode ser que sue também.

– Vai tomar no cu!

Não sue...

A voz tinha razão. Ela não podia suar! Se suasse, a camiseta grudaria na pele, não escorregaria mais e a fita scotch continuaria ali, embaixo dos seios, mantendo-a presa como o inseto de um entomologista. Tinha de tomar muito cuidado. Mexer-se devagar, sem movimentos bruscos.

Você está com sede e quando tem sede demais depois você dorme. E morre, não é mesmo?

– Não enche o saco! – gritou.

Voltou a inspirar o ar fedorento, a encher o peito para mover-se lentamente para baixo, depois soltou todo o oxigênio e se abaixou com um movimento brusco. Nada a fazer. A fita continuava presa sob o seio.

É inútil. Você não vai conseguir. Você é de dar dó. Tem os peitos pequenos, mas não consegue!

Ela tentou de novo. Ar, encher o peito, escorregar para baixo, soltar o ar, subir. Estava suando.

A cabeça. Minha cabeça está girando. Está tudo girando. Mas Chiara não parou. Mais três, quatro vezes.

Você não consegue!

Depois, de repente, aconteceu. A fita prateada subiu na direção dos ombros e parou a um palmo da garganta. Ganhara alguns centímetros.

– Olha aí! – berrou Chiara. – Eu consegui, idiota! Idiota!

Parou para recuperar o fôlego. Agora tinha de esperar que o saco ainda estivesse preso.

Por favor, por favor, por favor...

Ela conseguia mover o busto. E então se jogou para o lado direito, contraindo mais uma vez os músculos abdominais, e se virou de lado. Deu um puxão uma, duas vezes, sentiu uma dor no flanco esquerdo, mas não desistiu. E finalmente...

Ar!

Uma lufada de vento chegou-lhe ao rosto, como se houvessem aberto uma janela. Respirou o mais fundo que conseguiu, mantendo o ar limpo e fresco nos pulmões. A cabeça girava, mas não era importante, era quase agradável. As maçãs do rosto e a testa estavam mais frescas.

Livre! Estou livre! Estou respirando ar de verdade! É bom!

O saco agora deveria estar atrás dela, preso a um gancho ou a uma saliência da coluna; ela o imaginou pendente e frouxo como uma pele de galinha. Cuspiu no chão aquela coisa fedida que a atormentava fazia horas, o pó que havia sido obrigada a engolir. E finalmente olhou ao redor.

Um quarto de uns dez metros quadrados. Na frente dela, prateleiras de metal com ferramentas velhas. À esquerda, uma parede com uma pia pequena que gotejava. Gostaria de se jogar sobre aquela torneira suja e enferrujada para lamber qualquer gota. À direita, outra parede com uma janela no alto. Dava para ver as nuvens. E um gato avermelhado que a observava vai saber por quanto tempo.

– E onde está esse Max?
– Na 4ª série A – respondeu Giovanna, agitando os cílios acima do verde-esmeralda dos olhos. – E Chiara? Vocês a encontraram?

Rocco fez que não com a cabeça.

– Não, Giovanna, nada ainda. Agora volte para a sua classe. Vou pedir ao diretor para falar com esse Massimiliano Turrini. – Rocco se voltou na direção do diretor, um homem de uns sessenta anos, que havia ficado de braços cruzados apoiado à porta da secretaria durante todo o tempo em que Rocco fizera perguntas a Giovanna.

– Sr. Bianchini, preciso falar com Massimiliano Turrini, da 4ª série A. Eu subo, ou o senhor manda chamá-lo? – o diretor não respondeu. Esperou que Giovanna saísse do gabinete; depois se aproximou com passos rápidos de Schiavone.

– Escute, dr. Schiavone, eu fico feliz por ajudar, mas o senhor percebe que estamos agindo só na confiança?

Rocco o olhou. Já havia catalogado Eugenio Bianchini, diretor do liceu, em seu bestiário mental. Era um *Sorex araneus*, comumente chamado de musaranho. Um nariz enorme e arrebitado, e por baixo um bigodinho curto e à escovinha, à moda de Bristow, o famoso empregado das tirinhas de Frank Dickens, com olhos pequenos e negros por trás de uns óculos pequenos e redondos.

— Me desculpe, não entendi o que o senhor quer dizer, sr. Bianchini.

— Estou tentando dizer que estamos dando aulas regularmente, e eu não gostaria que sua presença assustasse ou amedrontasse meus alunos. Temos certeza de que tudo isso é necessário?

— Sim.

— Mas eu não precisaria ver um papel assinado por um juiz?

— Não.

— Escute, sr. Schiavone, vou falar de forma direta. Max Turrini teve alguns probleminhas, eu sei, e todos nós sabemos.

— Eu não.

— Bom, enfim, de vez em quando ele vende umas coisas pouco lícitas. Se é por isso, eu...

— Não estou aqui por causa disso. O tráfico de Max Turrini será assunto para outra visita que pretendo fazer à escola.

— Peço licença para insistir. Ele é um bom menino, o pai é um médico importante e é preciso andar na ponta dos pés. É um elemento um pouco...

— Um pouco o quê? Trafica, e então? Escute, eu agradeço, mas acredite em mim, estou aqui por outro motivo. E vou usar luvas de pelica.

O diretor agarrou Rocco por um braço.

— Não só devo ser discreto, mas também proteger meus alunos.

Rocco olhou a mãozinha branca que lhe apertava o bíceps. O diretor afrouxou a pressão na mesma hora.

— Bianchini, se for por isso, o senhor também deve proteger a sua pessoa.

O diretor ficou perplexo.

– Não estou entendendo o senhor.

– Vou me explicar melhor. – Rocco se levantou da cadeira. Era mais alto que o diretor por pelo menos uns trinta centímetros. – Não é que eu, hoje de manhã, não tivesse porra nenhuma pra fazer e dissesse a mim mesmo: Rocco, por que você não dá uma chegadinha naquela escola e faz umas perguntas para os alunos, assim você passa o seu tempo?

Respirava devagar, o dr. Bianchini, e sentia aumentar no policial à sua frente uma hostilidade agressiva. Mas ele continuava sendo um diretor de colégio, e não precisava receber ordens de um subchefe qualquer. Pelo menos, não depois de vinte anos de ordens recebidas da amada consorte, sra. Bianchini, De Cicco de solteira, e de sua mãe, Rosa, 87 anos e a energia do grande ciclista Coppi no Passo Pordoi.

– O senhor sabe o que estou dizendo, dr. Schiavone?

– Não, o que está me dizendo?

– Que, se o senhor quiser falar com Massimiliano Turrini, primeiro eu quero...

Rocco o interrompeu com um gesto imprevisto. Bianchini por um momento sentiu medo de que ele fosse dar-lhe uns tabefes.

– Quantos anos tem esse Massimiliano Turrini, chamado Max?

– Vinte, eu acho.

– E está no quarto ano?

– Exato.

– Bom, então Einstein é maior de idade. Se me permite... – passou pelo diretor e saiu da sala.

Porém, o musaranho não tinha intenção de se deixar dobrar assim tão facilmente.

— O senhor não pode aparecer em uma escola sem um mandado, um papel da delegacia ou da procuradoria e achar que...
  Desta vez Rocco se virou de repente, agarrou o homem pelo colarinho, olhou-o nos olhos:
  — Escute bem, cabeça de merda. Agora eu vou lhe dizer uma coisa, uma coisa que, por causa de sua saúde, seria melhor que não soubesse; mas, já que insiste, vou lhe dizer. Estou tentando salvar uma aluna sua, Chiara Berguet, que está metida em uma enrascada do tamanho de uma montanha. E se essa notícia começar a rodar pela cidade, há boas chances de que a menina apareça morta e estirada. Agora ficou claro pro senhor, ou devo adotar métodos mais fortes?
  — O senhor... o senhor já adotou métodos fortes — balbuciou Bianchini. Rocco o soltou. Ajeitou o casaco do diretor.
  — O senhor não sabe de nada, e eu não lhe disse nada. Se nós conseguirmos salvar Chiara, o senhor também terá um pouco de mérito, e isso só será possível se parar de se meter no caminho e de encher o saco. Fui claro?
  Bianchini assentiu.
  — Vou à classe ou o senhor vai trazê-lo aqui?
  — Mando um bedel. Espere na secretaria. — E saiu rapidamente.

  Massimiliano Turrini, chamado Max e rebatizado Einstein por Rocco, compensava a falta de talento para os estudos com uma beleza insolente. Um metro e noventa de altura, loiro como um anjo, supondo que os anjos o sejam, olhos negros e profundos. Os dentes, brancos e alinhados, apareciam entre os lábios carnudos. O nariz era grande, mas em vez de destoar dava àquele rosto um toque de virilidade.
  — Então, vocês quatro estavam no Sphere.

– Isso, meu primo Alberto com Giovanna, eu e Chiara. Nós dançamos e fizemos um pouco de confusão. Mas Chiara bebeu demais.
– Como você sabe?
– Porque a certa altura ela desapareceu. Saí para procurá-la e a encontrei no banheiro, vomitando. Levei-a para fora, fiz ela tomar um pouco de ar, fumar um cigarro. Tudo bem, sabe, são coisas que acontecem, não?
– Claro.
– E depois nada, comissário.
– Subchefe, Max; é a terceira vez que lhe digo...
– Ah, é, me desculpe, é verdade. Depois nada, eu a levei de volta para casa e fui embora.

Rocco pegou um cigarro do maço e o acendeu. Max o encarava com os olhos arregalados:
– Doutor, aqui não se pode fumar!
– Verdade. E sabe o que eu fiquei sabendo? Que nas escolas também não se pode traficar.

Max abaixou o olhar.
– Você parou?

O rapaz só confirmou com um gesto.
– Me diga uma coisa. Você afana os remédios do consultório de seu pai?

Ele sorriu, ingênuo, depois coçou os cabelos loiros.
– Algumas vezes, sim... Roipnol, Stilnox, enfim, coisinhas que fazem a gente se divertir. Só que... juro pro senhor, eu não faço mais isso. – E colocou os dedos em cruz na frente dos lábios, beijando-os duas vezes.
– Agora, Max, quero que você se concentre. Quando você acompanhou Chiara, você a viu entrar em casa?

Ele refletiu por uns instantes.
– Não; ela desceu, chegou à porta, e eu fui embora.

– Quer dizer, você não esperou que ela abrisse?
– Não.
– Por quê?
– Porque sim, Max. Funciona desse jeito quando você acompanha uma menina de volta para casa. Papai não te ensinou?
– Não. Com meu pai eu converso pouco.
– Tá. Se limita a esvaziar o armarinho de remédios dele. E com a mamãe?
– Não, ela nunca me disse isso.
– Porra! – Rocco se levantou. Abriu a janela para jogar fora o cigarro. Lá fora ainda chovia. – Mas isso não para?
– Sabe que no ano passado em Aosta nevou em maio?
– Sabe que se isso acontecer neste ano eu cometo um homicídio? – O subchefe fechou a janela. – Tudo bem, Max. Volte para a aula. Este ano, como vai indo?
– Como vou indo aonde?
– Quero dizer, na escola. E não me diga *com a moto*, que eu te dou um pontapé na bunda.

Max pensou no assunto.

– Ah, como eu vou indo... Até que bem. Acho que vou ficar em matemática, física e química.
– O que, no liceu científico, é um belo resultado.
– Sabe da coisa mais engraçada? Meu professor de matemática é tio da Chiara.
– Marcello Berguet?
– O que o senhor acha, peço pra Chiara dizer uma palavrinha em meu favor? – depois pareceu pensar um pouco no assunto. – Doutor, mas por que o senhor está me fazendo todas essas perguntas sobre Chiara? Até a Giovanna ontem me perguntou sobre ela.
– Quando foi a última vez que você teve notícias dela?
– Domingo à noite.
– E desde então?

– Telefonei duas vezes, mas o celular está desligado. Então mandei uma mensagem no WhatsApp. Mas ele ainda não me respondeu. O senhor sabe de alguma coisa?
– Me disseram que ela foi para a casa da avó, em Milão.
– Mas ela tá louca ou o quê? A avó é meio demente!
– Pois é, talvez sim. Se cuide, Max. E, por favor, nada mais de tráficos estranhos.

O rapaz se levantou da cadeira.

– Juro! – abriu a porta, mas não saiu. – Dr. Schiavone, mas eu preciso me preocupar?
– Um pouco, sim.

Max olhou o policial, depois abaixou a cabeça.

– Aconteceu alguma coisa com Chiara, e o senhor não tem coragem de me dizer? Ela morreu?
– Não morreu, Max. Fique tranquilo. Você vai ver que ela vai aparecer viva.
– Que bom. Me telefona se souber de alguma coisa?
– Claro. Ou deixo o recado com sua secretária.

Max não entendeu a ironia.

– Eu continuo tentando. Talvez ela torne a ligar o celular, não? – e, com seu sorriso branco e infantil, desapareceu por trás da porta da secretaria.

Ela tinha tentado chamar o gato avermelhado. Mas ele a observou por uns minutos, depois se levantou e desapareceu sem lhe dar atenção.

Os gatos não são iguais aos cachorros.

A vozinha tinha razão. Um cachorro teria latido. Por muito tempo. E talvez alguém o tivesse escutado.

Você não precisa fazer xixi?

Claro que tenho de fazer xixi.

Ainda que não tomasse água vai saber desde quando. Olhou para as pernas. Presas à cadeira. A saia erguida, e na pele das coxas a marca do xixi que havia feito algumas horas antes.

E as meias? Por que estou sem meias? Eu estava usando meias! Não gosto de andar por aí sem elas.

A onda de dor lá embaixo aumentou. Menos que antes, mas se fez sentir. Chiara fechou os olhos. Esperou que aquela onda passasse.

– Não tem ninguém? – gritou. – Oh! – a voz rouca e cansada. – Por favor!

Se me trouxeram aqui, tem de haver alguém, não? Tem de haver alguém.

Não. Não tem uma alma viva.

– Você tem de calar a boca! Eu tô pensando!

Raptada. Me raptaram e me trouxeram aqui. Mas trazem água, trazem comida para o raptado. Talvez na tigela de um cachorro, mas não se abandona um refém, não é?

No chão não havia nada. Nenhuma tigela, nenhuma vasilha. E a velha porta de madeira tinha uma corrente que a fechava muito bem por um buraco na parede.

– Não tem ninguém?

Acho que se alguém chegar é até pior.

– Pior que isto?

Sim.

Pode ser que o meu pai chegue. Ele logo dá um jeito nas coisas. Não é, pai?

O barulho das árvores agitadas pelo vento. Depois, de repente, um estrondo. Lá fora chovia.

Já pensou se o porão se alaga?

– Vai tomar no cu!

Você vai acabar igual aos ratos.

Ela puxou os braços com todas as forças. Mas, além de machucar os pulsos, não obteve outros resultados. Não vou morrer aqui, não vou morrer aqui. Aqui eu não morro.

Tem certeza?

A Cassa di Risparmio della Vallée ocupava todo um pequeno edifício na via Frutaz. E no piso térreo ficava a agência número 1. Com o *loden* e os cabelos molhados por causa da chuva que, fazia um tempo, não dava sinais de abrir espaço para o maio perfumado, Rocco Schiavone tentou entrar pela porta giratória. Mas na metade dela se deteve. Uma voz impessoal o intimou a deixar as chaves e outros objetos metálicos nos armarinhos para esta finalidade. Rocco obedeceu. Conservou apenas o celular. Mas a porta travou de novo. Por trás do vidro, o guarda de segurança lhe fazia um gesto de modo um tanto brusco para voltar ao armarinho. Rocco ergueu os olhos para o céu e deixou também o celular. Mas a porta travou pela terceira vez. De novo o guarda o intimou. Rocco abriu os braços, como quem quisesse dizer, "não tenho mais nada". Mas o segurança não ouvia argumentos. Surdo aos protestos, intimava Rocco a voltar novamente ao armarinho. O subchefe enfiou uma das mãos no bolso. Pegou a carteira. Colocou o distintivo da polícia no vidro e fez um gesto para o guarda se aproximar e ler. Depois, como se fazer entender através de todo aquele vidro à prova de balas era impossível, mostrou a própria boca e disse devagar e pronunciando bem as palavras, "polícia-se-você-não-abrir--a-porra-desta-porta-eu-te-dou-um-pontapé-na-bunda". E sorriu. O guarda fez sinal de ter entendido e foi apertar um botão perto da porta giratória, que finalmente vomitou o subchefe para dentro do banco.

– Que caralho, eu tenho de ficar pelado para entrar aqui?
– Talvez o senhor tenha uma correntinha – tentou se justificar o funcionário da segurança.
– Não tenho correntinhas.
– Alguma placa de metal nos ossos?
– Tenho uma no colhão. Será que é essa?
O guarda não respondeu.
– O diretor. Preciso falar com ele agora mesmo.
O homem indicou uma porta ao lado dos caixas.
– Terceira sala nos fundos.
– Obrigado.
– O senhor me desculpe, só estou fazendo meu trabalho.
– Não, é o senhor quem tem de me desculpar. Também estou fazendo meu trabalho.
Voltou-se na direção dos caixas com os clientes à espera. Sentada estava Anna, que o olhava. Rocco esboçou um sorriso. Viu-a escrevendo alguma coisa rapidamente em uma folha de papel, que depois mostrou para Rocco: "Você sempre tem de se fazer notar?".
Rocco forçou a vista. Leu a mensagem. Depois abriu os braços e passou pela porta dos escritórios.

– Dr. Schiavone, é um prazer conhecê-lo – disse Laura Turrini, diretora do banco, 45 anos que nem pareciam.
– Dra. Turrini... me satisfaça uma curiosidade, seu filho é Max Turrini, quarto ano A?
– Deus do céu! O que ele aprontou desta vez?
– Nada, nada. Só uma coincidência.
Com um suspiro, Laura Turrini se livrou do nó de ansiedade que se havia alojado em sua traqueia.
– Felizmente, que alívio. Meu marido e eu estávamos pensando em mandá-lo para uma escola particular, sabe?

– Assim ele passa direto dos barbitúricos do pai para o cartel de Medellín...

– Mas, por favor, sente-se. – E indicou o sofazinho da sala. – Posso oferecer-lhe um café, água...

– Água não, obrigado; já basta aquela que cai lá fora – e indicou a janela que chorava milhares de lágrimas.

Laura sorriu e sentou-se ao lado do policial. O tailleur elegante de cor indefinida entre o rosa e o lilás se chocava com a pele clara e as sardas. Os cabelos louros eram fruto do trabalho de um bom cabeleireiro. A cor original, Laura a havia perdido já fazia tempo. Os olhos negros se moviam de um lado para outro. Lançavam mensagens, se retraíam, sorriam. Laura Turrini falava com os olhos. E, naquele momento, eles estavam fixos no rosto de Rocco.

– Sabe? Ouvi muita coisa a seu respeito. Aqui em Aosta, as notícias correm. O senhor é muito competente.

– Parece.

– Só tem um defeito. Não tem conta aqui. – E começou a rir. Tinha os mesmos dentes perfeitos do filho. Insistiu um pouquinho na risada, como para mostrar a perfeição de molares e incisivos. Vai saber quantas vezes havia treinado aquela pose na frente do espelho. O pescoço ligeiramente inclinado para trás, a cabeça alta, o queixo projetado para frente e os lábios abertos para mostrar toda a arcada.

– Verdade. Não tenho conta aqui. – Rocco passou na hora para os finalmentes. – O que me diz da Edil.ber? – e o sorriso de Laura Turrini se apagou.

– O que o senhor quer saber?

– Eles têm conta aqui?

– Digamos que este banco é um ponto de referência deles.

– Linha de crédito?

— Sim. Sempre demos apoio à Edil.ber. Mas posso saber por que o senhor está me perguntando essas coisas?
— Estamos tentando entender o que aconteceu há alguns meses, com todo o problema dos funcionários...
Laura assentiu, alisando a saia sobre os joelhos.
— Sim. Problemas com os pagamentos. A Edil.ber estava com problemas de caixa, mas depois, graças a Deus, tudo se ajeitou.
— Foram vocês que apoiaram a Edil.ber?
Laura fez uma pausa.
— Sim — respondeu.
— Sei que a senhora não tem obrigação de responder; posso saber com quanto dinheiro vocês ajudaram a Edil.ber?
— O senhor disse. Não posso responder.
— Um juiz ajuda?
— Acho que sim.
Rocco assentiu.
— Mas a senhora pode me dizer há quantos anos trabalham com a sociedade de Pietro Berguet?
— Claro. Pelo menos quatro.
— Pietro é o cérebro da firma?
— Eu diria que sim. No entanto, o engenheiro Cerruti também é. São uma dupla bem sintonizada. Cerruti trabalha na firma faz pouco tempo, mas logo mostrou seu valor.
— E o irmão de Pietro? Marcello?
— Marcello? Marcello é professor e não trabalha na sociedade. Na verdade, sabe de uma coisa? É professor do meu filho. Na sociedade ele só tem um percentual. Está no conselho de acionistas, mas não toma decisões importantes.
— A senhora conhece bem a família Berguet?
— Claro. Eu e Giuliana somos amigas desde o liceu. Os nossos filhos, o senhor deve saber, são namoradinhos.

— Diga-me uma coisa, dra. Turrini. Houve alguma movimentação importante de dinheiro na conta pessoal de Berguet nos últimos dias?
— Não posso responder a essa pergunta também.
— Ele tem boa saúde, economicamente falando?
— *No comment.**
— Ainda o juiz?
— Ainda o juiz, dr. Schiavone.
— A senhora não mentiu para mim, ou mentiu?
Ela arregalou os olhos:
— Mas como isso lhe passou pela cabeça? — Laura Turrini quase gritou.
— Agora eu lhe agradeço e peço desculpas pela invasão. Desejo-lhe um bom dia.
Rocco se levantou, e também Laura Turrini. Rocco achou que ela estava muito aliviada com o término daquele interrogatório disfarçado de bate-papo.

Rocco odiava viaturas. Sempre tinham uma embreagem que demorava a engatar, ruídos misteriosos e preocupantes que se alojavam sob o tampo do motor, nunca tinham acendedor de cigarros, os bancos eram desconfortáveis e afundados e os limpadores de para-brisa deixavam riscos no vidro por culpa da borracha estragada. Estava levando o carro à delegacia para pegar o dele, mas a "Ode à alegria", de Beethoven, o toque do seu celular, começou em um som mais alto que o barulho das gotas de chuva no teto do carro.
— Me diga, Italo...
— Então, ouça, doutor...
Ouça doutor, pensou Rocco. Italo não estava sozinho.

---

* Sem comentários. (N.T.)

— E me diga...
— Talvez não seja nada, mas Pietro Berguet saiu da Edil.ber e entrou em uma loja.
Rocco deu sinal e estacionou.
— Deve estar precisando de alguma coisa, não?
— Não acredito. É uma loja de coisas para criança. Se chama Bebiruta!
— Bebiruta? Mas que porra de nome é esse?
— E eu vou saber? Não fui eu que dei o nome.
— E o que ele precisa fazer de tão urgente numa loja para crianças?
— De zero a dez anos? – acrescentou Italo.
— Scipioni está com você, certo?
— Certo.
— Então deixe ele na cola do Berguet. Você segue aquele outro, como ele se chama? Cerruti, o vice.
— Debaixo dessa chuva?
— Mas por que, você está sem carro?
— Nós dois estamos com o mesmo carro!
— Puta que pariu! – xingou Rocco e deu um soco no plástico do painel de controle, abrindo uma rachadura logo acima do rádio. – Mas eu tinha dito para vocês trabalharem separados!
— Doutor, o outro carro não tinha gasolina.
— Tamos indo bem. Com um táxi, você vai até a delegacia e lá pega outro carro. O táxi eu pago.
— E quem é que já pegou táxi em Aosta?
Rocco olhou para fora da janela, xingando entredentes. Depois, alguma coisa na rua chamou sua atenção. Desceu do carro.

— Doutor? Doutor? – Italo olhou para Antonio Scipioni.
— Ele desligou.

— Acredito, você deixou ele nervoso com essa história do táxi.

— E é culpa minha?

A porta de trás se abriu de repente.

— Mas quem...?

Rocco Schiavone tinha acabado de entrar no carro, enxugando os cabelos.

— Doutor!

— Agora você pega o meu carro — e entregou as chaves para Italo. — É aquele Lancia ali, está vendo?

— Quer dizer, a gente estava conversando, e estava...

— A dez metros. Você, Antonio, fique na cola do Berguet. A loja é esta? — e olhou através do para-brisa.

— Isso mesmo — disse Scipioni.

A vitrine dizia: *Bebiruta! Tudo para os seus Bebirutas! De zero a dez anos.*

— Alguém sabe me dizer o que é um bebiruta?

— Um bebê biruta? — arriscou Scipioni.

— Muito bem, Antonio! Como é que passou pela sua cabeça?

— Sei lá, doutor. Faz meia hora que estou aqui na frente dessa vitrine pensando nisso.

— E quem sabe quanto tempo ainda vai ficar. Bom. Agora, se mexa, Italo.

— Doutor, o senhor vai fazer o quê? — perguntou Pierron.

— Tem guarda-chuva?

— Atrás — e Scipioni indicou o espaço entre os bancos. Rocco se virou, pegou o guarda-chuva e desceu do carro. — Qualquer novidade, me chamem — e abriu a porta.

— Espere — Italo o deteve.

— O que você quer?

— Tem gasolina? – perguntou, mostrando as chaves do Lancia.

Rocco ergueu os olhos para o céu. Enfiou a mão na carteira, tirou cinquenta euros.

— Tá aqui, coloque gasolina, fique com o troco e não me encha mais o saco! – e desceu sob a forte chuva de maio.

Bastou pisar em cheio em duas poças d'água e Rocco Schiavone perdeu o décimo primeiro par de Clarks desde que estava em Aosta.

— Puta que pariu!

Além do mais o guarda-chuva de Scipioni, de claro pedigree chinês, já havia perdido três varetas e estava dobrado sobre si mesmo como uma panqueca, deixando escorrer fios d'água no *loden* e no pescoço do subchefe.

— Que Deus e todos os Santos amaldiçoem esta cidade, a chuva, o vento, e essa porra desse frio!

A delegacia ficava a uns cem metros, ele só precisava atravessar a rua. Os carros passavam rápidos pelo corso Battaglione Aosta, deixando sobre o asfalto faixas de água espumosa como se fossem lanchas. Não havia faixa de pedestres, mas para um romano isso nunca fora um problema. Os nativos da capital, entre eles Rocco, estão acostumados a atravessar até depois de uma curva fechada em uma avenida com sete pistas e de velocidade alta. É preciso ressaltar, porém, que grande parte das despesas do município com a saúde é reservada às pessoas atropeladas por bólides enlouquecidas. Que, como é mais do que sabido e está escrito até nos guias turísticos, em Roma não param nem em uma faixa de pedestre sendo atravessada por uma criatura nonagenária de andador.

Sem pensar no assunto, Rocco desceu da calçada. Os carros buzinaram e piscaram os faróis, porém, graças à experiência romana, o subchefe de polícia, elegante como um toureiro, conseguiu atravessar e entrar ileso no prédio. Com exceção dos Clarks, agora duas cascas de laranja encharcadas, prontas para serem jogadas no lixo comum, outros danos a chuva não havia causado.

– É, eu sei... o que você quer fazer? Por outro lado... – Furio não aguentava mais, sentado fazia horas no bar Settembrini, na rua homônima de Roma, no bairro Prati, ouvindo as dores de amores de Adele. O assunto era o relacionamento entre ela e Sebastiano, que parecia ter chegado ao ponto final. Em vão Furio tentara suavizar a situação, explicar-lhe que Seba era desse jeito, parecia nem se dar conta, mas, pelo contrário, ainda a amava como no primeiro dia. Mas Adele não ouvia a voz da razão. Falava, falava, falava, e agora Furio estava pouco se importando com o destino daquele casal.

Continuava a repetir, como um disco quebrado:
– É, eu sei... o que você quer fazer? Por outro lado...

Uma hora da tarde. Sentado à mesinha vacilante desde as dez da manhã, tinha maltratado o estômago com três cafés, um suco de laranja e um muffin de chocolate imenso. Mas onde é que Adele encontrava energia? Observava a boca da moça se movendo, articulando palavras, mas não entendia mais o sentido do discurso, um barulho de fundo ininterrupto sem uma lógica precisa.

– É, eu sei... o que você quer fazer? Por outro lado...

Ele que se foda, pensou Furio. Se Adele quer dar um pé na bunda dele, que dê. No fim das contas, já fazia tempo que ele, Brizio e até Rocco diziam para Seba: "Olha, se você continuar assim, ela vai te dar um pé na bunda. Você não lhe dá a menor atenção". Seba passava horas em casa com a cara emburrada na frente da televisão, ou então grudado na Internet. E Adele? Para ela, que fora da porta de casa tinha uma fila de homens prontos a trocar de lugar com Sebastiano, ele nem ligava.

– Aquele lá está pior que um urso, agora. E não presta atenção nem no que come. Viu como ele engordou?

Na verdade, pelo que todos lembravam, Seba sempre tinha sido gordo, mas, para dar razão a ela, Furio continuava assentindo.

– É, eu sei... o que você quer fazer? Por outro lado...

– Tentei deixar ele com ciúmes, até com o Cravatta. Durou dois dias. Depois ele voltou a ser o que era.

De repente, para quebrar aquela monotonia, para interromper aquele ritmo cadenciado e um pouco entontecedor das lamúrias, Adele agarrou a mão de Furio.

– Furio, me ajude! – ela pediu.

– Te ajudar? E como posso te ajudar? – Furio sabia que, se encontrasse a resposta, o encontro acabaria ali. Precisava de uma solução dramática para o problema, que desse esperanças à sua amiga e o tirasse daquela mesinha onde já estava mofando.

– Vá embora – ele disse.

– E vou para onde?

– Pra casa de sua mãe, pra casa de seu irmão, em Brescia. Vá embora sem dizer nada a ele e desligue o celular. Se ele me perguntar, não sei de nada.

– Meu irmão não está em Brescia. Mandaram ele para Berlim. Na minha mãe, nem morta.

– Mas você tem uma amiga?

– Em Roma?

– Não, não em Roma. Aqui ele encontra você, se quiser. – Depois lhe ocorreu uma ideia meio maluca, mas falou com seus botões: por que não? Poderia dar certo. – Vá para a casa de Rocco.

– Em Aosta?
– É, vá lá. Rocco consegue segurar as pontas.
– Furio, não sei não. Não falo com ele faz meses.
– Tente ligar para ele, o número é o mesmo. Vá lá e fique tranquila. No Seba, penso eu. E conto pra você como ele reage, se arranca os cabelos ou não. Pelo menos, assim você decide de uma vez por todas o que quer fazer.
– Sabe que é uma ideia?
– Mesmo?

Furio estava feliz. Tinha encontrado a solução; Adele, o sorriso, e finalmente ele poderia sair do bar Settembrini e, com o estômago revirando, ir comer macarrão à matriciana na casa da Stella e do Brizio, que faziam dois anos de casamento.

As horas passavam, e Chiara Berguet ficava cada vez mais em perigo. Talvez o pedido de dinheiro já tivesse sido feito, os acordos já tivessem sido fechados e o maquinário do resgate já estivesse se movendo. Não dava mais para retardar, tinha chegado o momento de ir falar com o juiz. Baldi o havia escutado por quinze minutos. Sem assentir, sem se mover; parecia um mangusto que observa a cobra que vai ser sua presa. Ou vice-versa. Quando Rocco terminou de esclarecer a situação, Baldi respirou profundamente. E, soltando o ar, disse:
– Por que só agora?
– Porque eu queria estar convencido. E agora estou.
– E se for tarde demais?
– Não acredito.
– E o que o leva a acreditar nisso?
– Ela desapareceu domingo, tarde da noite. Hoje, no mais tardar, já terão feito contato.

Baldi, hiperativo como era, se levantou de um salto, atravessou a sala e, sem dizer nada, largou Rocco sentado à escrivaninha. Mas o policial não se espantou. Tinha se habituado às reações surreais do juiz. Observou que, na escrivaninha, depois de meses havia reaparecido a foto da esposa, sinal de que o relacionamento conjugal retomara o caminho da serenidade. Quando Baldi tornou a sentar-se, tinha um doce na mão e mastigava ruidosamente.

– Servido?
– Não, obrigado.
– É horrível. É da máquina automática. Como o senhor está procedendo?
– Coloquei dois homens na cola do pai.
– Mmmm... – e o juiz engoliu outro bocado do bolinho.
– Não tem denúncia. Eu precisaria monitorar os telefones sem uma denúncia.
– Viola alguma lei? – perguntou Rocco. O juiz nem respondeu. Amassou o plástico que revestia o doce e o jogou no lixo. A embalagem bateu na borda e rolou pelo chão.
– Plástico... – disse Baldi. – Morreremos sufocados pelo plástico, sabe?

Rocco assentiu.

– Em algum lugar do oceano tem uma ilha inteira feita de plástico, do tamanho da Europa. No entanto, bastaria tão pouco.

Não havia assunto – política, meio ambiente, defesa – para o qual o juiz Baldi não tivesse uma solução. Dos salários dos políticos ao problema das aposentadorias ou dos armamentos, dívida pública e trabalho, tudo para ele tinha uma saída simples e de fácil execução.

– O senhor sabe como poderíamos livrar nosso planeta do plástico? Jogando-o fora da órbita terrestre, lá longe, no espaço sideral. Cada continente constrói foguetes que, em vez de colocar em órbita satélites, dos quais hoje já temos bastante, lancem toneladas de plástico na imensidão. O que significa um continente vagando pela galáxia? Nada, uma gota no oceano. E para nós, ao contrário, seria a vida!

– Me parece uma ideia boa e cara – contestou Rocco.

– Cara por quê? Se o Estado construir os foguetes, seria o caso apenas da matéria-prima e do combustível.

– A mão de obra?

– Mobilização de todos os folgados que ocupam cargos públicos sem fazer nada. Só nesta procuradoria eu poderia enumerar uns dez.

– Não seria melhor, antes disso, proibir embalagens de plástico? – propôs o subchefe.

– Vou pensar nisso... Tornando ao assunto, estou de acordo com a sua escolha. Vamos agir discretamente. Sem muito alarde. Não podemos arriscar.

– Eu peço ao senhor apenas uma investigação patrimonial da Edil.ber. Não creio que estejam indo bem. Além disso, quero entender o relacionamento que eles têm com o banco Della Vallée. A diretora se chama...

– Laura Turrini. Eu a conheço muito bem. Em que o senhor está pensando?

– Não sei. Mas se alguém enfrentou protestos de funcionários e sindicatos por pagamentos e depois as coisas se arrumaram, bem, é preciso que alguém lhes tenha antecipado esse dinheiro.

– E o senhor quer saber precisamente se foi o banco.

– Precisamente.

– O que o leva a pensar que não tenha sido o banco?

– Porque tenho certa idade, e não é a primeira vez que me acontece algo assim. O senhor sabe, eu sei: os empresários com frequência precisam de dinheiro líquido.

— E o senhor suspeita que não tenha sido o banco a dar uma ajuda?

— Exato, doutor.

— O noticiário está repleto dessas histórias, Schiavone. Mas, deixe-me dizer, nesse ponto o senhor está enganado, e muito. A Turrini é uma pessoa de grande perfil moral, e o banco que ela representa é um espelho de honestidade. Faz anos, nunca topei com nada que pudesse suscitar uma suspeita que fosse.

— Mas é uma pista, não?

O juiz abriu uma gaveta e tirou dela uma garrafa de água. Desenroscou a tampa e, com um gole, deixou-a pela metade.

— Ahhh... coisa nojenta... De minha parte, eu gostaria de verificar se houve alguma movimentação de dinheiro no banco. Se, como o senhor diz, a menina foi levada de casa, Pietro Berguet vai ter de inventar alguma história para pagar, certo? — com um segundo gole, esvaziou a garrafa e a jogou no cestinho, desta vez acertando em cheio.

— Não creio que já tenham feito o pagamento. Muito cedo.

— É verdade, Schiavone. Tem razão. Além do mais, quem tem uma firma grande como a Edil.ber poderia usar dinheiro do exterior, fundos; resumindo, não é que eles vão ao caixa do banco para sacar dois milhões de euros.

— Não. Os sequestradores querem dinheiro vivo, nada de transferência bancária.

— Sério? — disse, irônico, Baldi. — Para arrumar dinheiro vai levar certo tempo. Não é coisa de poucos dias. E talvez mexam em mais de uma conta aqui na Itália, é fácil também fazer isso no exterior. Tudo bem, vou cuidar dessa parte. O senhor fique na cola da família.

Rocco se levantou. Porém, Baldi o deteve.

— Sabe? A Edil.ber está concorrendo a uma licitação muito grande aqui na Província. Precisamos andar na ponta dos pés.
— Por isso mesmo, antes de vir falar com o senhor, procurei me informar, dr. Baldi – respondeu o subchefe.
— E fez bem. Quem sabe do caso na delegacia?
— Eu e meus agentes de maior confiança.
— O Gordo e o Magro? – perguntou Baldi, se referindo a Deruta e D'Intino.
— Não, eles não.
— Se alguma coisa vazar para os jornais, vou considerar o senhor o responsável.
Rocco olhou o juiz nos olhos.
— E eu poderia dizer o mesmo. Quem me garante que aqui na procuradoria não apareça um cabeça de merda com a boca grande demais?
Baldi o encarou por alguns segundos.
— Vou fazer de conta que não escutei.
— Pelo contrário, preste bem atenção no que eu disse. Se o fofoqueiro estivesse em minha casa, hoje o senhor teria lido sobre o caso nos jornais. – Agarrou *La Stampa* e o agitou sob o nariz de Baldi. – E aqui não tem nada.
Baldi assentiu. Sorriu. Pegou o jornal.
— Acho que eu e o senhor vamos percorrer uma longa estrada juntos.
— Não sei, doutor. Eu, a única estrada que gostaria de percorrer é a que me leva a espichar os ossos numa praia da Côte d'Azur pelo resto da vida.
— Faça como eu. Em vez de pensar em uma casa na praia, por que não se concentra em um barco? Com ele, dá para mudar de praia todos os dias.
— Odeio barcos, odeio as ondas e o fedor das algas. Tenho de poder caminhar; de resto, nem tenho licença para pilotar barco.

— Mais cedo ou mais tarde, eu compro um dois mastros dos sonhos, o senhor vai ver, e desapareço de uma vez por todas.

— Vou deixar o endereço da minha praia. Por outro lado, o senhor talvez possa me dar uma mão. Eu precisaria xeretear uma loja, se chama Bebiruta.

— Como se chama?

— Bebiruta — repetiu Rocco, sem mudar de expressão.

— Mas que nome é esse?

— Segundo um agente meu, nasce da união de bebê com biruta.

— E então, por que não birubebê?

— Talvez porque soe mais como alguém que está engasgado?

— Verdade. Beberuta?

— Muito estranho. Além do mais, assim pode até lembrar beberrão. Ou seja, ninguém entra na loja, e tchau para as vendas.

— Dr. Schiavone, o senhor não acha que estamos nos metendo em uma discussão sem sentido?

— Tenho a mesma impressão que o senhor.

— Bebiruta. E por que o senhor quer informações sobre essa loja?

— Porque o nosso Pietro Berguet está lá. Em uma hora como esta, me parece estranho que um construtor vá comprar roupinhas para crianças de zero a dez anos. Além do mais, Chiara é filha única, e tem dezoito anos. O que o senhor acha?

O juiz pensou no assunto.

— Em uma hora eu lhe mando um belo fax na delegacia. Agora o juiz Baldi tem de começar a trabalhar. — Levantou-se com a mão estendida para Rocco. E a este só restou apertá-la.

— Por favor, Schiavone, máxima descrição. Está em jogo a vida de uma menina.

– Acabei de dizer isso para o senhor.
– Eu estava apenas sugerindo que o senhor usasse métodos mais de acordo com o cargo que ocupa.
– Sempre fiz isso.
– Não é o que me parece, e o senhor sabe.
– Posso recuperar minha mão?
– Claro. – E o juiz finalmente a soltou.

Quanto tempo se passou? Quantos dias? Onde foi que eu li? Ou talvez tenha sido na televisão. Dá para resistir sem beber água no máximo uma semana. E eu, há quanto tempo estou aqui? Dois dias? Três? Lá fora está escuro de novo. A noite está caindo.

Tinha passado o tempo se concentrando para não sentir coceira, para não sentir dor. Estava fraca, todos os músculos que conseguia mover doíam. Além disso, sentia formigar os glúteos, as mãos e os pés. Haviam adormecido. O sangue não circulava como deveria.

Uma semana é o tempo máximo sem beber. E amarrada, por outro lado, quanto? Seis dias? Cinco? O gato avermelhado. Cadê aquele gato avermelhado com o sininho na coleira? Se tem um gato avermelhado com sininho, deve ter uma casa aqui por perto.

É, mas eles não te ouvem.

Ela tinha gritado até perder a voz e cuspir um líquido avermelhado. Tinha ferido a garganta, à toa. Ninguém tinha ouvido.

Pode ser um gato de rua. Os gatos de rua ficam na cidade. Então, estou perto de uma cidade.

E quem te disse? Os gatos estão em todos os cantos. Até no campo. E quem te disse que você está em Aosta? Você poderia estar em qualquer lugar.

– Cadê vocês? Cadê vocês? Por que vocês não vêm? Por quê?

Cadê o cara que me amarrou aqui? Aonde ele foi? Por que ele não volta me trazendo comida? Estou com sede. Estou com sede e fome.

A velha porta de madeira tremeu com um impacto repentino. O coração de Chiara parou de bater, o sangue gelou-lhe nas veias e o estômago ficou menor que uma avelã.

Olha eles. Estão chegando!

Mais dois impactos. Esperava ver a corrente passar pelo buraco e a porta se abrir, e talvez um homem com uma balaclava entrar com comida e água.

Meu Deus! Se eles entram agora, vão me ver sem o saco na cabeça! E se o sequestrador entra sem a balaclava, eu vejo o rosto dele, e ele me mata!

– Estou de olhos fechados! Estou de olhos fechados! – gritou, com o pouco de voz que lhe restava. – Não estou mais com o saco na cabeça, mas estou de olhos fechados. Não estou vendo nada, juro!

Ficou esperando. Com as pálpebras cerradas. Esperou ouvir o barulho da corrente passando pelo buraco, a porta se abrindo.

Mas não aconteceu nada.

Os segundos se passaram. Ela reabriu os olhos.

– Não... não tem ninguém? Por favor, respondam!

O juiz tinha sido muito rápido. Nem meia hora depois o fax de Rocco havia vomitado uma página cheia de informações sobre a loja de roupas para recém-nascidos. Enquanto Rocco a lia, Italo Pierron esperava sentado na cadeira. Caterina não estava mais na sala. Havia voltado para casa mais cedo, por ter sentido a febre subindo no corpo.

– Loja Bebiruta. De um tal Carlo Cutrì. Morador de Lugano. Tem um sócio, um valdostano, Michele Diemoz. – Schiavone colocou a folha na escrivaninha. – Acho que deveríamos ir fazer uma visita a ele. Que horas são?
– Seis e quinze.
– Vamos lá.
– Rocco, estou morrendo de sono. Lembra? Estamos de pé desde as duas horas.
– Então vá para casa. E mande o Scipioni ir também. Ele continua na cola de Berguet?
– Sim. Ele telefonou. Berguet voltou para casa perto das cinco e meia e não saiu mais. A esposa e o cunhado não saíram de casa. Eu fiquei na cola daquele cara, Cerruti. Ele tem um Audi TT e, na minha opinião, como segundo ofício leva meninas para discotecas.
– O que ele fez?
– Foi a um tabelião, tá aqui o endereço. – Pegou um papel e o colocou na escrivaninha. – Dr. Enrico Maria Charbonnier. Na via Piave, três prédios depois do seu.
– Tudo bem. Registrado. Ótimo. Você, Italo, vá dormir tranquilo. Eu vou à loja sozinho.
– Obrigado. Amanhã?
– Na hora de sempre.
– Às nove?
– Tem alguma loja que venda Clarks aqui em Aosta? Aquela onde eu comprava fechou, por falência.
– Você acabou com eles?
Schiavone assentiu.
– Onze pares?
Schiavone tornou a assentir.
– Mas por que você não compra outros sapatos?
– Mas por que você não cuida da sua vida? Tem ou não tem?

– Acho que não, não sei...
– Se ficar sabendo, compra um par para mim? 44.
– Entendido...
Rocco se levantou da cadeira.
– Estou indo, senão eles fecham. Notícias dos irmãos De Rege?
– D'Intino e Deruta? – disse Italo, se levantando. – Parece que não. *Missing in action.*
Schiavone assentiu e, sem acrescentar mais nada, saiu da sala.

Lá fora estava quase escuro, e a última luz do dia mal chegava às sombras do aposento.
Tinha sido o vento que batera a velha porta de madeira carcomida pelo tempo. Chiara começou a tremer de frio. A chuva não havia parado nem por um segundo, e a umidade da salinha lhe entrava nos ossos. Em poucos minutos tudo ficaria completamente escuro. E então o cérebro iria funcionar em zigue-zague, sem uma meta nem um ponto de referência.
Não gosto disso. Não gosto disso. No escuro, a gente vê coisas que não existem. A gente vê as sombras cinzentas dos ratos, as aranhas grandes. E respira, o escuro... como um corpo enorme que se esconde e respira. Se aproxima, se afasta. Está agachado em um canto, depois, assim que eu dormir...
Doze horas de escuridão. Doze horas de presenças, formas, pesadelo e escuridão.
Não aguento. Tudo me dói. A cabeça... dá marteladas. Lá embaixo, como uma onda. As pernas. Os braços. Tudo. Pregos? Pinças? Tenazes? Chamas? Lâminas? Tudo está em cima de mim...
Tente dar uma cabeçada na coluna. Assim você desmaia e, pelo menos, dorme, lhe sugeriu a vozinha.
Chiara tentava não escutá-la.

Precisa de quê? Um golpe seco e pronto! Você dá uma boa de uma dormida!

Se eu puxar os pulsos, acabo soltando eles. Vou machucar, mas solto. Se eu esperar, vou ter cada vez menos força. Quanto antes tentar, melhor.

Tente com as pernas. As pernas são mais fortes.

As pernas?

As pernas.

Dessa vez a vozinha estava certa. As pernas são mais fortes. Principalmente as dela, que, aos doze anos, tinha sido uma promessa no esqui. Os quadríceps e as panturrilhas eram fortes. Ela tinha de experimentar. Poderia conseguir.

Se ela só tivesse um golinho de água.

E blá-blá-blá, em vez de agir você fala e chora. Fala e chora. Força!

Ela começou a esticar as pernas para frente. Estavam presas à cadeira na altura dos tornozelos.

Se for uma corrente, você pode puxar a vida inteira, nunca vai quebrar.

– Se for uma corrente, idiota. Mas não faz barulho; então, não é uma corrente. É fita scotch!

Fechou os olhos e fez força de novo, para frente e para trás, para frente e para trás. Nenhum resultado. O apertão não afrouxava, não cedia. Ela acompanhava as manobras pulando na cadeira. Os glúteos formigavam e doíam. E também os quadríceps e os músculos do braço. Mas Chiara não parava. Forçava as pernas, esticava-as para frente, chutava-as para trás. Os tornozelos presos na cadeira. Deu mais uns chutes. Ouviu um crac de repente, um barulho de madeira meio podre que se quebra, e aí a cadeira cedeu. Ela caiu de lado, rolou no chão batendo a cabeça no piso. Uma lâmina de fogo entrou em sua coxa.

Gritou com todo o fôlego que tinha. Esticou as pernas, agora livres das amarras. Uma perna da cadeira ainda estava presa no tornozelo direito. Atrás da perna esquerda, poucos centímetros abaixo dos glúteos, um punhal de madeira havia penetrado na carne. A dor insuportável a paralisava.

O que é...? O que é...? Um... um pedaço de madeira? Uma lasca bem grande? Está enfiado na perna. Está enfiado. Deus do céu, como dói. Está queimando. Queimando!

Uma das pernas da cadeira, quebrada, havia se enfiado no bíceps femoral. A mancha escura da ferida ficava cada vez maior.

Sangue? Tá saindo muito sangue.

Os músculos tremiam como se fossem gelatina. Chiara semicerrou os olhos e se viu, caída no chão, de lado, a perna esquerda ferida e sangrando, a direita dobrada para trás, as mãos atadas às costas da cadeira, o rosto pressionando o piso frio. E a dor que aumentava de minuto em minuto.

Se eu ficar imóvel, melhora. Se eu ficar imóvel, melhora. Fico imóvel, não me mexo, e tudo passa.

Muito bem. Fique imóvel. Assim, você perde todo o sangue e morre.

Tinha parado de chover. As ruas estavam inundadas e cheias de poças d'água, pior que um campo minado. Rocco andava prestando atenção para não pisar nelas. Soou o telefone.

Era Furio, de Roma. O coração de Rocco começou a bater as asas.

– Meu amigo, tudo bem?

– Tudo bem, Rocco, tudo bem. O que você me conta?

– O que eu te conto? As habituais enchações de saco.

– Escute, eu só vou te ocupar um minuto.

– Diga.

– É a Adele.

— Ela largou o Seba de novo? – perguntou Rocco, irritado.
— Não. Mas quer fazer isso. Aquele lá é um bundão.
— Eu sempre disse isso.
— Eu e ela tivemos uma ideia. Ela desaparece de circulação por uns tempos. Ele fica com ciúmes e talvez vá procurá-la, e ela tem a prova de que precisa.

Rocco pensou no assunto.
— É, me parece uma boa ideia. Mas onde ela vai se esconder? O Seba vai encontrá-la em qualquer canto.
— Eu tive uma ideia genial.
— Vamos ouvir. Mas fale rápido, porque estou no meio de um caso horrível.
— Rapidinho – disse Furio. – Ela vai pra sua casa.

Rocco se deteve.
— Minha casa? Como, na minha casa?
— O Seba nunca vai pensar que ela está na sua casa.
— Mas... e onde ela se enfia?
— Na sua casa, não?
— Mas você alguma vez esteve na minha casa de Aosta? Eu só tenho uma cama.
— E cê não tem um sofá cama?
— Tenho, mas a Adele...
— Fica tranquilo, é só por uns dias. Depois ela volta para Roma.
— Eu acho que vocês estão loucos. Mas... tudo bem... fala para ela me telefonar quando decidir.
— Certo. Ah, e boa sorte, agora tenho de sair.
— Olha que eu estou te esperando, sabe?
— Assim que o tempo esquentar, eu vou. Prometo.
— E eu acredito nisso. Se cuida, Furio.

Adele em sua casa. Era uma coisa estranha e maluca. Por dois motivos. Em primeiro lugar, porque ele tinha uma ligeira impressão de estar fazendo algo errado com o Seba. Mesmo se, pensando bem, estivesse fazendo aquilo para o bem dele. Em segundo lugar, Adele. Uma amiga, a mulher do Sebastiano, e para Rocco a mulher de um amigo virava na mesma hora um homem. Mas, enfim, tê-la em casa, talvez de manhã, mal eu acordo... enfim, tinha de fazer força para não fazer papel de idiota.

E, além disso, Marina? O que ela diria? Ela e Adele nunca tinham gostado uma da outra. Ela aceitaria a coisa com tranquilidade?

Talvez fosse o caso de arrumar um hotel. E, por outro lado, na sua casa ninguém tinha botado os pés. E ninguém deveria botar.

Rocco virou a esquina; no fim da rua estava o letreiro luminoso da Bebiruta. A rua estava escura e deserta, e, se não fosse pelo neon da loja, com certeza ele teria pisado no rio de água na sarjeta que, como uma torrente na época da cheia, descia na direção do centro da cidade. Cauteloso, se aproximou da vitrine. Aproximou-se e olhou para dentro. A loja estava vazia. As luzes brilhando com toda a força davam ao ambiente um ar de hospital. Uma vendedora, uma moça de uns trinta anos, baixa e gorduchinha, estava no caixa. Apertava teclas, arrancava notas fiscais, tornava a fechar a gaveta e recomeçava. Ela fez isso pelo menos umas seis vezes. Quando Rocco entrou, ela quase deu um pulo na cadeira. Olhou o subchefe de polícia e, pálida, disse:

— Boa noite. Posso ajudá-lo?

— Sim. Estou procurando macacãozinho atoalhado. Como aqueles na vitrine.

A loja estava quente, quase uma estufa, e reinava um cheiro de plástico.

— Tudo bem! — e a moça saiu de trás do balcão. — Se o senhor me mostrar...

Rocco os mostrou.

– Aqueles ali. Um amarelo e um verde. Eram macacõezinhos atoalhados para recém-nascidos. De preço exorbitante; nada mais havia passado pela cabeça de Rocco.

– Mmmm... – a moça estava pensando. – Quantos anos tem a criança?

– Anos? Tem quatro meses.

– Ah, sim, é... verdade. Aqueles macacõezinhos, acho que depois de um ano...

– ...não servem mais. A não ser que a criança tenha sérios problemas de crescimento – precisou Rocco.

– Então tinha de ser... espere... – aproximou-se de uma prateleira cheia de caixas. – Tinha de ser... – procurava com o olhar, mantendo um dedo na boca. Subiu na escada portátil, que rangeu. Rocco se preparou para um salto de emergência no caso de os degraus cederem.

– Não, não estão aqui. Espere um pouquinho... – e se aproximou de um móvel cheio de gavetas. Começou a abri-las de modo compulsivo. – Nada, nem aqui. Me desculpe, sabe? Mas faz pouco tempo que trabalho nesta loja. Talvez no estoque?

– Está me perguntando?

– Não, estava pensando que talvez estejam no estoque. Um instante.

Abriu uma portinha espremida embaixo das prateleiras e desapareceu. Rocco se aproximou do caixa. A moça havia deixado a gaveta aberta. Vazia. Nem uma nota de dinheiro. Apenas umas moedinhas e uns clipes de metal. As notas fiscais que a moça havia acabado de pegar estavam em cima do balcão, empilhadas em ordem. A última trazia o valor de 320 euros. Ele ouviu um barulho e, depressa, voltou para o centro da loja. A moça apareceu na portinha. Estava com uma caixa na mão.

— Olha, encontrei um. Vermelho. Pode ser?
— Posso dar uma olhada?
A moça levou a caixa ao balcão. Abriu-a. Tirou o papel de seda e mostrou o macacãozinho. Tinha a cara de um bichinho costurada nele.
— Quanto custa?
— Espere... – procurou na caixa. Não encontrou o preço. Depois foi até a vitrine. Voltou.
— Setenta euros!
— Caramba! – disse Rocco. – Tudo bem, vou levar. Ainda que eu quisesse dois deles, mas, com esse preço...
— Deve ser de um material muito bom, sabe?
— Acha?
— Acho que sim.
O subchefe pegou a carteira e tirou o cartão de crédito. A moça olhou o cartão magnético como se fosse um espécime de viúva-negra.
— Não. Nada de cartão de crédito ou débito. Só dinheiro, por favor.
— Não tenho.
— Mas a maquininha não funciona.
— E agora, como é que a gente faz?
— Ahn... – disse a moça.
— E se eu voltar amanhã?
— Isso, pode ser. Parece uma boa ideia.
— Tudo bem, então eu volto amanhã. Deixe reservado, certo?
— Claro, claro. – A vendedora tornou a colocar o macacãozinho dentro da caixa.
— Eu aconselho a abaixar um pouco a temperatura. A gente torra aqui dentro.
— Pode ser, mas não sei como fazer.

– Deve ter um termostato em algum lugar, não?
– O senhor acha? Vou procurar.

Rocco assentiu e voltou para a porta da loja, que estava embaçada pela diferença de temperatura com o exterior.

– Foi um prazer.
– O prazer foi meu. Até amanhã.
– Até amanhã... como a senhorita se chama?
– Carmelina. Melina, para os amigos.
– Até amanhã, Melina.
– Vou ficar esperando.

Prezada Melina, pensou Rocco, é claro que vou voltar. Mas não amanhã. Muito, muito antes.

Para casa. O céu molhado. Nuvens baixas, a temperatura caindo. Ela sentiu um arrepio por baixo do *loden*. Com certeza voltaria a chover. As lojas estavam fechando, mas ainda dava tempo de parar na pizzaria para comprar o jantar. O asfalto refletia as luzes coloridas das placas das lojas e as sombras dos passantes. Os vidros do pub e do café estavam embaçados. Até o da pizzaria que vendia pizza em fatias. Estava a poucos passos do local quando viu Anna. Rocco se deteve no meio da rua. Abaixou a cabeça e se refugiou no canto embaixo do prédio, longe dos postes de luz. Viu Anna descer da calçada e rumar direto para casa. Não o tinha visto, ou então fingira não o ver. Por outro lado, ao telefone ela tinha sido clara. Ele esperou que a mulher desaparecesse por trás do portão, depois voltou a caminhar com passos decididos na direção da pizzaria. Estava cansado, os ossos lhe doíam. Só queria ir para casa e dormir por algumas horas.

Marina não está. Não a encontro na área. Nem na cama. Me sento à mesa da sala. Abro o pacote da pizzaria. Os pedaços de pizza me parecem cascas cheias de pus, chagas de queimaduras, herpes. Não vou conseguir comer essas solas de sapato. O supplì* *está preto, devem ter fritado em óleo de motor. E a Coca está quente. Mesmo que faça frio, a Coca tem de ser gelada. A Coca-Cola quente gruda no céu da boca e acaba com a vontade de viver. Supondo que alguém a tenha.*

Sono. Estou caindo de sono. É estranho. O dia inteiro eu pensei naquela menina, Chiara, e não sei nem que cara ela tem. Se é alta, magra. Se parece com a mãe? Com o pai? Amanhã eu vou te buscar, com certeza. Vou te buscar.

Deus do céu, este sofá. Ele afunda. Afunda demais.

"*Agora me diga. Por 100 mil euros. Fazia par com Marilyn Monroe em* Os homens preferem as loiras.*"*

Não sabe. Esse menino tem vinte anos, o que é que ele sabe? Jane Russell, idiota!

"*Lauren Bacall*"?

Você acaba de perder 100 mil euros. Participa de um quiz na TV e não tem conhecimento básico? O que você foi fazer aí, eu pergunto. Mude de canal!

"*E esse é Ferribotte, chamado de o taciturno, porque é lacônico; mas quando fala,* TAC! *Cada frase é uma sentença!*"

Não, o filme Os eternos desconhecidos *não. Agora tenho de assistir inteiro.*

"*Quem bebe cerveja vive até os cem anos!*"

"*Viu?*"

---

* Bolinho de arroz típico da culinária romana. (N.T.)

Quarta-feira

"Você dormiu."
"Que... que horas são?"
"Não sei. É tarde", me responde Marina, arrumando os cabelos. Mas como ela faz? Se os coloca para trás, parece dar um nó neles, e eles não se soltam. O que ela tem, uma cola nas mãos?
É tarde. Lá fora está escuro. Na televisão está passando um desenho animado.
"Estava assistindo a um filme."
"Eu sei. Mas ele acabou já faz um tempinho."
Marina sorriu para mim.
"Onde você estava, Marì?"
"Por que você não vai para a cama?"
"Porque não posso. Não posso mesmo. Dói tudo."
As costas, o pescoço, as escápulas, a pelve e até as pernas.
"Lembra quando eu voltava para casa, no início, e você me fazia massagem?"
"Como não? Todo santo dia que Deus manda."
"Você não gostava?"
"Nem um pouco."
"Por que nunca me disse?"
"Não sei... você parecia feliz."
"Agora posso lhe revelar: eu odiava as massagens."
Começamos a rir.
"Tem tanta coisa que eu nunca lhe disse."
"Por exemplo?"
"Não gostava de você com os cabelos curtos."
"O que mais?"
"Nem quando você usava sapatilhas."

"Nunca tive."
"Um verão, sim. Em Santo Stefano."
"Você tinha me dado."
"Errei."
"Por uns tempos, pensei que você tivesse outro."
"Eu? E quem?"
"Prosperi."
"Giorgio? O marido da Serena? O cirurgião?"
"Ele mesmo."
"Querido, ele me tirou o apêndice."
"E daí?"
"Como, e daí? Era o marido da minha melhor amiga."
"Isso mesmo, um clássico. Você sempre convidava os dois para jantar."
"Nós sempre convidávamos os dois para jantar."
"Ele até torcia para o Lazio. Você se fazia de boba com ele."
"Querido, Giorgio e eu nos conhecíamos fazia uns trinta anos. Vamos acabar com essa história. O que mais você nunca me disse?"
"Que sinto saudades de você, Marina, eu morro de saudades."
"Não é verdade. Sabe por que você diz isso? Porque tem medo."
E de que eu teria medo?
"De quê?"
"Não sou eu que faço falta a você. É você."
"Está enganada. Lembra aquela frase? O desejo de uma pessoa é imortal."
"Mas, se você o satisfaz, ele desaparece. E desaparece também a necessidade daquela pessoa."
"E como o satisfaço?"
"Talvez você já tenha feito isso."

Ela acaricia os meus cabelos. Eu a olho nos olhos.
"Sabe de uma coisa, Marina? Acho que estou ficando com a vista mais fraca."
"A vista fraca não tem nada que ver." E enxuga uma lágrima minha. *"São duas horas, Rocco. Vai pra cama."*
"Não posso. Te digo que não posso."

  Enzo Baiocchi respirava devagar sob o lençol, olhando o teto. Que era azul. A luz de segurança pintava tudo de azul. O teto, as mãos, as unhas, a mesinha de cabeceira de ferro, a cama vazia ao lado, a porta e as grades. O horário era exato. Duas e vinte da manhã. O último vigia tinha passado fazia dez minutos, e o furgãozinho da limpeza chegaria em uma hora. Ele tinha de se mexer. Em primeiro lugar, calçou as meias e os tênis, fechando-os com o velcro. Tirou a camisa do pijama para ficar com a camiseta preta. Beijou o crucifixo de ouro que trazia ao pescoço, depois se levantou e foi à janela. O pátio estava deserto. Só as plantas se moviam com a brisa noturna. Um gato atravessou rapidamente o caminho de cascalho, depois desapareceu por entre as folhas de uma dracena.

  Dentro de três dias o levariam pra cadeia, e tchau para os lençóis limpos e a comida da enfermaria, tchau para a música que, todas as manhãs, os paramédicos tocavam a pleno volume, tchau para o jornal e, acima de tudo, tchau para o trabalho feito na terceira barra da grade à esquerda da janela. Tinha levado duas semanas de trabalho para soltá-la da base. E agora saía como o molar de um velho com piorreia. Tinha feito a dieta, tinha perdido três quilos, e passava muito bem por entre as barras. Nem precisou se esforçar muito. Estava no piso térreo e, com um salto de meio metro, já estava no canteiro de flores. Olhou ao redor. As luzes da enfermaria estavam apagadas. Só aquela luz azul e espectral advertia que os pacientes estavam dormindo a sono solto. Na sala de controle, por outro lado, a luz estava acesa. Naquela hora o enfermeiro, o médico plantonista e os dois guardas jogavam War, o jogo de guerra e de conquista do mundo com minúsculos tanques de guerra coloridos, os dados e o mapa-múndi. Uma moda importada por Frangipane, o enfermeiro mais novo, que remediava o tédio noturno. Para evitar as câmeras de circuito fechado, Enzo deveria chegar ao muro externo e andar com as costas coladas nele. Avançou devagar, tentando não fazer barulho ao passar sobre o cascalho. Chegando ao muro, longe da luz das lâmpadas amareladas, um centímetro depois do outro, lento como um bicho-preguiça, Enzo se aproximou do portão de ferro, hermeticamente fechado, na frente da sala de controle.

– Ataco o Oriente Médio do Egito com sete tanques de guerra – era a voz de Frangipane.

– Vou acabar com você! – esse era Vito, o guarda.

Só havia um ponto descoberto antes de Enzo chegar ao portão. Iluminado pelos postes, sem possibilidade de se esconder, tinha de atravessá-lo correndo e esperar que ninguém olhasse naquele momento o centro do pátio. Só havia dois guardas. Por sorte, os cortes no pessoal feitos pelo último governo haviam diminuído o número de funcionários da segurança nos cárceres. Isso tornava a coisa mais simples. Se estivessem com a equipe completa de funcionários, Enzo nunca poderia ter pensado em uma fuga. Nas torres estariam pelo menos quatro, mais outros três no pátio. Agora, ao contrário, com apenas dois guardas penitenciários ocupados em não perder a China ou a República de Sakha, a coisa poderia ser feita. Poderia dar certo.

– Um, um, dois, mas que porra de sorte! – berrou Frangipane.

– Rá, rá, rá. No Oriente Médio você não põe a mão, idiota. Por outro lado, eu te ataco da África do Norte – berrou Vito.

— Mas você está louco, Vito. — uma terceira voz. Devia ser o médico de plantão. — Assim Paolo invade você vindo do Brasil, não?

— Mas cuide da sua vida, doutor! — era Paolo, o outro guarda, que evidentemente já acariciava seus sonhos de expansão na África assim que Frangipane ficasse enfraquecido naquela frente.

Enzo fechou os olhos, respirou e, não obstante seus sessenta anos bem vividos, saiu correndo feito um relâmpago na direção do portão de ferro. Um pijama azul-celeste com uma camiseta preta atravessou o pátio iluminado pelas lâmpadas halógenas. Veloz como um sonho quando a gente acorda. Ninguém o viu. Ninguém se deu conta. Ninguém estava olhando para o monitor de controle.

Enzo se agachou ao lado do portão. Respirava com dificuldade e enxugava o suor. Agora tinha de esperar. Logo o portão de ferro se abriria, e o furgãozinho entraria para carregar o lixo da enfermaria. Três sacos cinzentos que já estavam na frente da sala de controle. Era o segundo momento mais difícil. Pular de lá de trás e se enfiar de cócoras no fundo do contêiner, esperando que caíssem por cima dele os sacos com o lixo orgânico de sete internos, cinco enfermeiros, dois médicos e quatro guardas que se revezavam. A única coisa era não ceder ao sono. Mas a esse respeito Enzo Baiocchi estava tranquilo. Tinha tanta adrenalina no corpo que não teria dormido por dias, semanas, talvez meses. Com certeza não teria descansado antes de fazer uma visita ao filho da puta. Coisa que esperava fazia cinco longos anos.

Às três da madrugada as luzes nas salas da delegacia estavam apagadas. Apenas no piso térreo e na sala de operações havia algum sinal de vida. Na porta de entrada, o agente

Miniero, recém-transferido do Vomero, procurava resolver um rébus na revista de palavras cruzadas.

– Bom dia!

A voz do subchefe o fez voltar à realidade. Pulou em posição de sentido.

– Doutor. Tão cedo assim?

– É. – Envolto em seu *loden*, ele subiu para a sala sem acender as luzes, já conhecia o trajeto de cor. Entrou em sua sala, pegou o telefone e digitou o número.

– A... alô?

– Italo! Sou eu, Rocco.

– Mas...

Estava vendo o agente Pierron olhar de lado, tentando entender se aquele telefonema pertencia à realidade ou ao sonho que havia acabado de deixar no travesseiro.

– Que... que horas são?

– Três horas!

– E o que... o que está acontecendo?

– Acontece que você vai se vestir e vir correndo para a delegacia. Temos de fazer uma visita.

– Mas a esta hora?

– Tem uma menina presa em algum lugar que, talvez, já esteja morta. Preciso te lembrar disso?

Pierron não respondeu.

– Italo! Você voltou a dormir?

– Não, não. Me dê dez minutos.

– E não me venha com uniforme!

Rocco desligou o telefone e ao mesmo tempo abriu a sua gaveta da "prece laica matutina", como havia batizado a sua necessidade quotidiana de marijuana.

A temperatura, à noite, cai. É coisa que todos sabem. Mas aquela noite de maio estava exagerando. Ele deu a última tragada. Um sorriso ligeiro já aparecia no rosto dele. Jogou a bituca na rua e fechou a janela. Agora Italo deveria estar chegando, e resolveu ir encontrá-lo.

Ele apagou a luz e saiu da sala. No corredor escuro, a luz fraca da máquina de vender doces iluminava duas sombras. Duas figuras estavam em pé, paradas no meio do corredor, com as mãos pendentes, pareciam recém-saídas de um pesadelo.

– Mas que porra...? – disse o subchefe.

Eram Deruta e D'Intino. A aparência devastada deles fazia com que parecessem dois mendigos resgatados das águas de algum pântano malcheiroso. Não eram mais dois agentes da segurança pública, mas uma distante lembrança disso. Seus uniformes tinham uma forte tendência ao marrom. Os rostos pálidos, lunares, estavam salpicados de gotas de lama negra que corriam ao longo das bochechas desenhando uma teia de aranha de horrores. D'Intino estava encharcado e ainda trazia o chapéu deformado na cabeça. Deruta estava em mangas de camisa, rasgada na frente, enquanto o fundilho das calças tinha parado embaixo das solas dos sapatos. Dois sobreviventes de uma colossal derrota, coisa da batalha de Caporetto, do front russo em 1943.

– Mas que merda vocês fizeram?

Quem falou foi Deruta:

– Nós revistamos a casa de Viorelo Midea.

Rocco teve de forçar a memória para lembrar quem era Viorelo Midea. A incerteza foi percebida por Deruta:

– O romeno, o que morreu no acidente.

Rocco disfarçou sua confusão.

– Eu sei, eu sei. E daí?

– Nós encontremo! – disse D'Intino, feliz. Depois se virou de lado e vomitou ao lado da máquina de café.

Quinze minutos depois, na sala dos passaportes, Italo e o agente Miniero haviam dado aos dois pobres coitados um pouco de chá da máquina, enquanto Rocco observava a cena com certo distanciamento.

– Foi duro, doutor – dizia Deruta.
– Duríssimo.
– Mas como vocês fizeram? – perguntou Italo.
– A gente pensou no assunto.
– E esta é a grande notícia do dia – disse Rocco.
– Aconteceu o seguinte. Nós começamos pela casa dos abissínios.
– Eritreus – Schiavone o corrigiu.
– Isso, enfim, aqueles lá. E passamos pelo prédio todo.
– A gente enfiava a chave em todas as portas – continuou D'Intino. – Nada. Não funcionava.
– Imagine que uma velha chegou a jogar uma bolsa em cima do D'Intino, porque não viu o uniforme. Nós investigamos todo o prédio ao lado, e o outro.
– Nada, nada funcionava. Foi de enlouquecer, doutor!
– Então, eu pensei numa coisa! – disse Deruta.
– Na verdade, quem pensou fui eu! – contestou D'Intino.
– Mas que cê tá dizendo? Eu te disse pra ir ao bairro...
– Não, eu disse; e depois cê disse: Não! Mas eu te convenci que...
– Tudo bem, vocês dois pensaram. Vamos prosseguir – interferiu Rocco.
– A gente pensou que, se o Midea não tem dinheiro, é capaz de viver em uma casa pobre.
– Mas... – disse Italo, contendo uma risada. – Nada mal.
– Verdade, Italo, muito bem. Essa é uma dedução incrível. Quem mais teria pensado nisso?

D'Intino sorriu para o subchefe de polícia.

— E não é? E assim a gente andou por uns bairros pobres. Que, no entanto, em Aosta não tem de monte!

— Não.

— E aí este cretino — disse Deruta, indicando o colega —, o que foi que ele fez?

— Não sei. O que D'Intino fez? — perguntou Rocco.

— Uma marcha a ré no estacionamento e bum! — bateu as mãos para dar destaque ao fato. — Foi se enfiar em um furgão.

— E o carro?

— Quebrou os para-lama e também um pouco os farol — respondeu D'Intino com os olhos baixos. — Agora não tá andando direito e sai fumaça do motor.

Rocco ergueu os olhos para o céu.

— Mas no azar a gente teve muita sorte — prosseguiu Deruta.

— Vamos direto ao ponto? — Rocco já não aguentava mais. Ou chegavam ao ponto ou ele jogaria em cima dos dois todos os arquivos da sala dos passaportes.

— A gente bateu em um furgão de romenos. Que estavam enchendo de coisa pra levar para a Romênia.

— Romênia, Deruta, Romênia!

— Romênia, isso. Mas, doutor, não interrompe a gente, senão a gente perde o fio da meada.

— É verdade — D'Intino reforçou a ideia.

— Não interrompo mais vocês.

Deruta respirou fundo.

— Então, a gente bateu nesses romenos. Quer dizer, o D'Intino bateu nos romenos, a culpa é dele. Mas nós perguntamos pra eles, já que eram romenos, se eles conheciam o Viorelo Midea. Um deles sorriu e disse que sim!

— E disse até onde ele morava. E nós fomos lá!

– Agora é que vem a coisa boa. A gente chegou na casa. Enfiamos a chave para ver se funcionava e, bum! – Deruta bateu outra vez as mãos.
– Eles caíram em cima da gente! Eram quatro, doutor. Eles davam socos como uns loucos.
– Eu e D'Intino também começamos a dar socos, não dava pra entender mais nada. E eu dei um belo de um soco com os olhos fechados. Só que acertei D'Intino nas costelas.
– Que já me doíam.
– Os socos vinham de todos os lados. Levei um bofetão no rosto e um na orelha.
– E eu um nas costelas, mas esse foi o Deruta quem me deu, e um na cabeça, bem no alto da cabeça!
– Mas quem estava batendo em vocês? – berrou Rocco.
– Os moradores da casa. Então, eu e D'Intino fugimos pelo portão, mas eles seguiram a gente. D'Intino caiu na poça d'água.
– Sim, doutor; o senhor sabe aquelas poças d'água do lado da rua? Como elas se chamam...
– Poças d'água – respondeu Rocco.
– Isso, é isso mesmo. Eu caí em uma.
– Eu, por outro lado, me jogaram uma coisa na cabeça e eu caí. Mas quando a gente se recobrou, eles, com a luz da rua, mesmo que era de noite, perceberam que a gente era da polícia e pediram desculpas pra gente.
– Sim, porque eles estavam pensando em ladrões.
– Em ladrões? – perguntou Italo.
– Em ladrões. Porque naquela casa morava o Viorelo e mais quatro do Senegal, eles são bons de briga, esses do Senegal. E, por fim, esses quatro do Senegal com um amigo deles da Tunísia, eles voltaram para casa...
– Algumas horas antes...

– Sim, muito bem, D'Intino, algumas horas antes, e encontraram a casa toda revirada.

– Só que eles não podem fazer denúncia, porque nenhum tem visto permanente.

– Na verdade, até o aluguel está atrasado.

– Bom. Mais alguma coisa?

– Sim. Quer saber o que eles roubaram?

– O que eles roubaram? – perguntou Rocco.

– Nada – respondeu Deruta.

– Como, nada?

– Nada de nada.

– Tudo bem – interveio Italo –, não é que na casa tenha joias e dinheiro no cofre, certo?

– Não, não. Tinha uma televisão, um iPod e um aparelho de som. E estava tudo ali. Só abriram as gavetas, os armários.

– Resumindo, fizeram a maior confusão, e pronto.

Italo sorria; Rocco, por sua vez, pensava.

– É estranho – disse. – Um ladrão profissional não vai à casa desses mortos de fome. É um pobre coitado como eles e não pega nada. É uma coisa estranha.

– Nós pensamos a mesma coisa! – disse D'Intino, orgulhoso. – Quer dizer, eu pegava o iPod, não?

– Bom. Muito bem. Se estivéssemos em tempos de guerra, eu recomendaria uma medalha para vocês. Mas não estamos em guerra.

– Que pena – disse D'Intino, entredentes.

– Mas vocês fizeram um belíssimo serviço. Agora vão para casa. E amanhã vocês podem até vir trabalhar mais tarde.

– A que hora? – perguntou Deruta.

– Mais tarde – disse Rocco.

– Escute, mas o que a gente tem de fazer com o fato de eles todos estarem sem documentação?

– E o que deveriam fazer? Nada.
– Não prendemos eles? – perguntou D'Intino.
– Eu diria que não – respondeu Rocco.
– E o aluguel atrasado?
– Por enquanto, fiquem em paz e tranquilos. Vão para casa. – Fez um gesto para Italo e saíram juntos da sala dos passaportes. Deruta sorriu para D'Intino:
– Bom trabalho! – disse-lhe, apertando a mão do colega.

O portão de ferro balançou. Enzo lentamente se afastou do muro. Uma luz alaranjada brilhava para advertir que as portas estavam se abrindo. Na soleira da sala de controle apareceu a figura de Paolo, um dos dois guardas. Quando o portão se escancarou, finalmente apareceram os faróis do pequeno furgão, que engatou a marcha e entrou devagar no pátio da enfermaria. Enzo agiu em um piscar de olhos. Rápido, passou da sombra de seu esconderijo para a traseira do furgãozinho que, muito lentamente, já havia passado pela entrada. Conseguiu colocar um dos pés nos para-lamas acima da placa, se agarrou com as duas mãos ao contêiner de metal e, mesmo o veículo estando em movimento, conseguiu subir nele. Escorregou como uma enguia e se deixou cair no interior do contêiner de lixo. Caiu em cima de um amontoado de sacos cinzentos que fediam a coisa podre. Tapou o nariz e a boca com a mão e esperou enquanto o portão de ferro se fechava depois da passagem do furgão.

Meia hora de espera. Então os sacos jogados pelo funcionário voaram, um depois do outro, para dentro do contêiner de ferro, batendo no rosto e no corpo de Enzo. Aqueles sacos da enfermaria fediam a morte. Enzo engoliu em seco algumas vezes, mas depois não aguentou mais e vomitou os restos do jantar. Sentiu o furgão sair andando. Deitado de costas naquele colchão horrendo, com o olhar na direção da abóbada negra do céu, viu passar os postes de luz do pátio, os muros externos, as torres, depois sentiu o furgão ganhar velocidade. Cada vez mais. Cada vez mais. Trocava de marcha e corria cada vez mais. Enzo Baiocchi estava livre!

Rocco estacionou longe da loja. Depois, junto com Italo, seguiu pela calçada. A rua estava escura, os letreiros estavam apagados. Havia apenas dois postes no início da rua e na curva. Mas não eram suficientes. O ar havia ficado frio, nórdico e inóspito.

– Você me explica o que quer fazer?

Porém, Rocco não respondeu. Ao chegar diante da loja Bebiruta, olhou ao redor. Se afastou alguns metros até alcançar um portãozinho de ferro. Pulou-o com facilidade.

– Aonde você está indo?

– Venha! – e o subchefe entrou no pátio de um pequeno condomínio. Italo, murmurando palavras de ódio e de rancor contra o chefe, foi atrás dele.

Primo Cuaz era forçado a seguir os programas televisivos da madrugada não por gosto, mas porque desde mocinho havia trabalhado única e exclusivamente à noite, e dormido durante o dia. Aos 84 anos, era difícil mudar de hábito. Isso sempre lhe havia acarretado uma série de problemas. A pele branca, a vista fraca, e horários absurdos para as refeições. Seu café da manhã era às duas da tarde; o almoço às nove; e o jantar às cinco da madrugada, quando caminhoneiros ou então operários como sua esposa tomavam o primeiro café. Muitas vezes tinham se encontrado, ela com os croissants e ele com o macarrão ao sugo falando sobre o dia recém-terminado ou ainda a ser enfrentado. Desde que havia se aposentado, ele não fazia nada além de andar pela casa enquanto Iside ressonava tranquila, sozinha, na cama de casal. Tinha tentado inverter essa situação com a ajuda de soníferos ou permanecendo dias inteiros sem fechar um olho para se adaptar ao resto da humanidade. Mas não conseguia mesmo. Às seis da manhã ia para a cama e despertava às duas da tarde, pontual como um despertador alemão. Em uma daquelas noites solitárias, Primo havia feito um cálculo. Ele dormia oito horas; Iside, a mesma coisa. Em sessenta anos de casados, era como se, juntos, tivessem passado apenas vinte anos. Os outros quarenta, cada um dormindo em seu canto. Para fazer amor, costume que haviam deixado de lado apenas sete anos antes, se encontravam naquela zona de sombras entre o despertar de um e o serviço do outro, entre ela voltar para casa e ele sair com seu uniforme. Estavam convencidos de que era exatamente essa dificuldade logística que tinha mantido vivo o desejo e a necessidade que eles sentiram um do outro por tantos anos. Quatro filhos e seis netos eram o resultado visível disso para os olhos alheios. Às quatro horas daquela quarta-feira de maio, fria como uma placa de mármore, Primo havia desligado a televisão durante os créditos de *No tempo das diligências*. Foi à janela para observar o céu. Nada de estrelas. Nuvens. No pátio do condomínio, todas as luzes estavam apagadas. Mas a vista fraca durante o dia – vai saber o motivo – à noite parecia melhorar de forma milagrosa. Alguma coisa não estava certa. Ele colocou os óculos e forçou a vista. Teria jurado que no condomínio havia duas figuras que andavam furtivas. Muito furtivas.

Ladrões, pensou. Cinquenta anos de honrado serviço reviveram com um rugido nas velhas artérias, nos ossos e no cérebro. Ainda tinha a pistola na caixa de chocolates no alto da estante de ferro dos livros. Com passos ágeis, correu para pegá-la. Caíram latinhas de tomate. Colocou-as no lugar, mas, ao se voltar, deparou-se com a esposa na soleira da porta.

— O que está acontecendo?
— Ladrões. No condomínio.
— E que é que você tem com isso? Você está aposentado!
— Me deixa passar, Iside. Me deixa passar.
— Primo, por favor!

Porém, o velho vigia noturno não escutava nada. Afastou, brusco, a mulher e saiu de casa. Iside bocejou e resolveu voltar para a cama.

— *Fè tcheuca senque te vou** – murmurou. Ele era adulto e vacinado.

Italo havia se juntado ao subchefe na frente da janela do piso térreo no pátio interno do condomínio.
— Italo, se meus cálculos estiverem certos, esta é a traseira da loja.
— Pode ser. E então?
— Agora você espera e fica vigiando.
— Mãos ao alto!

Italo e Rocco se voltaram. Na sombra, uma figura brandia um revólver.
— Peguei vocês! Agora eu chamo a polícia.

Rocco sorriu.
— Olha, nós somos da polícia.

O homem deu um passo à frente e ficou um pouco sob a luz.
— Quem são vocês?
— Subchefe de polícia Schiavone e agente Italo Pierron.

O velho ajeitou melhor os óculos.

---

* Frase em arpitan ou valdostano, duas línguas minoritárias faladas no Vale de Aosta. Sonoramente próxima de *fais ce que tu veux* em francês, ou "faça como preferir". (N.T.)

– Não acredito.
– O senhor deixa eu colocar uma das mãos no bolso? Primo assentiu. O subchefe entregou o distintivo ao vigia noturno aposentado. Que não conseguia ler. Virava o distintivo de modo a fazer com que um pouco de luz incidisse sobre ele.

– Não... não dá pra ler... – enfiou a pistola embaixo do braço e, segurando a carteira com as duas mãos, finalmente encontrou a inclinação certa. – Ah... sim. – Devolveu os documentos para Rocco. – E posso saber o que os dois estão fazendo a esta hora da noite nos fundos da loja?

– Precisamos entrar na loja sem que nos vejam, porque suspeitamos que estejam envolvidos em negócios ilícitos.

– A loja de roupas de criança? – perguntou Primo, espantado.

– Isso mesmo. Agora, se o senhor não se importa...
– O que o senhor vai fazer?
Rocco bufou.
– Eu já lhe disse! Tenho de entrar aqui.

Tirou do bolso o canivete suíço. Escolheu uma lima pequena e começou a trabalhar na persiana. Arrancava pedaços de madeira e verniz.

– E se tiver alarme? – perguntou Italo.
– Não tem – disse o vigia noturno.
– É. O alarme chama as forças da ordem. E o que estes aqui menos querem é que os *carabinieri* e a polícia entrem na loja deles – acrescentou Schiavone.

– Mas quem são eles? – perguntou Italo.
– O senhor é um agente ou não? Não fique o tempo todo fazendo perguntas para seu chefe.

Caiu um pedaço grande de madeira. Naquele ponto, Rocco sacou a lâmina do canivete.

— Só precisa de um pouco de paciência — disse, enfiando-a na abertura recém-feita. — Nada, tem um reforço de ferro. Eu precisaria de um alicate. A gente tem no carro?
— Fiquem aí. Eu dou um jeito nisso. — O vigia noturno deixou os dois policiais sozinhos.
— O que a gente vai fazer?
— Esperar o alicate, não?
— Dá pra você me explicar melhor?
— Bom, aqui eles emitem notas fiscais falsas. Quer dizer, registram valores sem receber dinheiro.
— Mas o quê, eles são burros?
— Não, Italo, não são burros. Eles fazem lavagem de dinheiro. Fingem receber somas inexistentes, pagam até os impostos e colocam dinheiro limpo no banco.
— Mas veja só... quem faz isso?
— Quem você acha? Os jesuítas?

Iside ouvia o marido remexendo no armarinho da cozinha.
— Primo, o que está fazendo aí?
— Nada, continue dormindo.

Fácil se safar assim para aquele idiota que tinha ressuscitado a Beretta, que, aliás, Iside descarregara anos antes, e agora vai saber que diabos estava aprontando na cozinha. Ela calçou os chinelos e foi verificar. Primo pegou alicates, tenazes, metade da caixa de ferramentas.
— Mas o que foi?
— A gente precisa forçar uma persiana.

Iside não entendia.
— A gente precisa? Mas você não tinha ido prender os ladrões?
— Mulher, você não consegue entender!
— Eu entendo muito bem. Pode me explicar o que está acontecendo?

— Tudo bem, mas não abra o bico. Lá fora estão dois policiais que precisam entrar na loja Bebiruta porque eles suspeitam que lá fazem negócios ilícitos.

Iside pensou no assunto.

— Mas me explique uma coisa: por que eles não fazem isso à luz do dia, com um mandado de um juiz, como sempre fazem na televisão?

— Porque aquilo é televisão, Iside, e não a realidade.

— Pra mim, parece estranho. Às quatro da madrugada eles precisam forçar janelas? Você não está ficando gagá, Primo?

Desconfiado, o homem saiu de casa.

Primo Cuaz voltou com duas tenazes, um martelo de borracha e uma furadeira de mão.

— Por que os senhores estão entrando às quatro da madrugada, forçando a janela, em vez de esperar o dia com um mandado judicial? – perguntou Primo.

— Porque o juiz não sabe disso, porque os donos desta loja não devem saber que nós entramos, e porque os únicos que podem saber somos nós três; além do mais, meu senhor, a gente não prende essa gente com o mandado de um juiz. Esse é o tipo de gente que atira em você antes de perguntar quem você é.

— Que tipo de gente é essa? – perguntou o velho vigia noturno com um fio de voz.

— Gente muito ruim – disse Rocco. – O senhor pense no pior. E não chegou nem perto.

— Terroristas?

— Antes fossem!

Primo estendeu os braços.

— Olhe, peguei umas ferramentas.

— Obrigado, só as tenazes já serviam.

Rocco começou a trabalhar. Forçou algumas vezes até que se ouviu um CRAC!, e então a persiana se abriu.

Agora precisava lidar com a janela.

– Fácil. É de madeira, velha e sem vidros duplos. Me dá o casaco.

Sem entender, Italo o entregou. Rocco envolveu a mão com ele e, com um golpe seco, estilhaçou o vidro. Fez um barulho apenas perceptível.

– O senhor tem certeza de que sempre foi policial, doutor? – perguntou Primo.

– Talvez em outra vida, não.

– Eu diria que não! – disse o vigia noturno dando uma cotovelada em Italo, enquanto, com cuidado, o subchefe tirava os cacos de vidro dos caixilhos da janela. Depois devolveu o casaco para Italo.

– Cuidado ao vestir. Pode ser que algum caco ainda esteja aí dentro.

– Mas é coisa de louco...

– Agora a gente entra. A propósito, eu me chamo Rocco; e o senhor?

– Primo.

– Obrigado, Primo. Volte para casa. Nem preciso dizer que o senhor não nos viu.

– Nem precisa dizer.

Italo devolveu as ferramentas ao sr. Cuaz que, saltitando, se encaminhou para casa.

– Foi uma noite excelente. Obrigado, Rocco.

– Quem agradece sou eu, Primo.

O subchefe enfiou a mão no vidro recém-quebrado e girou a maçaneta. A janela também se abriu.

– Vamos dar uma olhada.

O depósito da loja, com uns cem metros quadrados, estava cheio de caixas de papelão empilhadas umas sobre as outras. A maior parte trazia ideogramas chineses. Usando o celular como lanterna, os policiais andavam naquela selva de colunas de papelão. Rocco parecia caminhar na garagem de casa. Tranquilo e imperturbável, lia as etiquetas nas caixas, apalpava-as como se fossem frutos maduros, quase assobiava, absolutamente tranquilo. Italo, por sua vez, estava tenso. Lento, com os ouvidos prontos para captar qualquer barulho estranho, suava e já sentia as axilas molhadas, apesar da temperatura baixa.

– O que a gente está procurando? – perguntou em voz baixa. O subchefe não respondeu. – Rocco, talvez fosse melhor agir durante o dia. Não estou tranquilo – e se voltou na direção da janela recém-aberta.

A "Ode à alegria" de Beethoven ressoou no local escuro.

– Porra! – berrou Rocco.

O sangue gelou nas veias de Italo.

– O toque do celular, bundão! – disse.

Rocco atendeu rapidamente.

– Quem é?

– Por que você está falando em voz baixa?

Era Anna.

– Anna, o que foi?

– Você não me ligou o dia inteiro. Isso te parece uma coisa normal?

– Você me mandou ir tomar no rabo ontem mesmo. Por que eu deveria ligar pra você?

– Não sei. Talvez para me pedir desculpas?

Rocco estendeu os braços. Italo continuava olhando ao redor, como um hamster numa armadilha.

– Anna, não é hora. Estou no meio de uma operação.

— Claro que sim. E como ela se chama? Elisabetta? Barbara?
— Porra, Anna, amanhã eu te telefono. Juro.
— Economize o telefonema. E boa noite.
E desligou.
— Mas quem era? – Italo quase gritou.
— Uma amiga minha. E olha que eu te escutei. Você me chamou de bundão.
Italo abaixou os olhos.
— Desculpe. Fiquei apavorado.
— Que não aconteça mais – Rocco o advertiu. – O chefe aqui sou eu.
— Tudo bem. Mas você deveria desligar o celular.
— E como a gente ia iluminar?
— Eu tenho uma lanterna.
— E sou eu o bundão? Acende ela!
Italo obedeceu.
Atrás de um monte de caixas se abria um espaço vazio. No centro, uma velha escrivaninha de ferro, igual às das agências dos correios. Uma cadeira em couro sintético e uma luminária de aço. Schiavone se aproximou da mesinha, que tinha duas gavetas. Na primeira, havia um monte de objetos sem valor e papéis. Na outra, um registro. Rocco sentou-se, acendeu a luz e, como um contador, começou a estudá-lo.
— A luz! – gritou Italo com voz rouca.
— Fique calmo. Então, o que é que a gente tem aqui?
Uma lista com diversos nomes. Ao lado de cada nome havia um valor. Alguns estavam sublinhados com vermelho.
— O que é isso?
— Uma lista. Olha só. Federico Biamonti... Gressoney. 130 mil. Paride Sassuoli. Pila. 85 mil.
— Mas o que isso quer dizer?

Rocco desviou o olhar do registro.

– Dívidas, Italo. Dívidas. Você é bom para tirar fotos?

– Como?

– Pegue o celular e fotografe cada página desta coisa. São só cinco folhas. – Levantou-se da cadeira cedendo o lugar para Italo. – E vá rápido, antes que clareie.

Italo apertou o botão da máquina fotográfica do celular e começou a trabalhar. Rocco terminou de olhar ao redor. Aproximou-se de uma caixa grande. Pegou o canivete e a abriu. Dentro, havia caixas menores.

Som para automóveis.

Abriu outra. Chaleiras elétricas.

– Terminou?

Italo tirou foto da última folha e colocou o registro no lugar. Apagou a luz. Ao mesmo tempo, uma chave girou em uma fechadura.

– Puta que...

– Aqui! – disse Rocco. Veloz, Italo se juntou ao subchefe atrás da coluna de caixas.

– O que está acontecendo?

– Tem alguém.

Desligaram a lanterna e os celulares.

– *Las crismas ai gueive iu mai rar...* – alguém cantarolava, destruindo um clássico atemporal. – *And de rilli good play iu meique it eueiii...* – uma depois da outra, as luzes de neon se acenderam. O depósito se iluminou como um supermercado no horário de pico. Italo arregalou os olhos. Rocco estava imóvel. Tinha em mãos o canivete.

– *Dis iar tu sei iu from rier...* – uma sombra avançou pelo depósito. Rocco e Italo se encolheram como dois camundongos atrás das caixas. – *Las crismas ai gueive iu mai rar...* – a sombra assumiu uma forma. Era um homem. Baixo, com barba. Agarrou uma caixa, abriu-a, olhou o conteúdo e depois a colocou nas costas. – *Tu sei iu from rier...* – o corpo voltou a ser uma sombra; as luzes de neon se apagaram, a chave girou de novo na fechadura. Rocco e Italo estavam uma vez mais mergulhados em sombras.

– Porra, foi por pouco.

– É mesmo? Podemos ir embora, Italo.

O agente enxugou o suor, depois seguiu o subchefe. Sem acender a luz, os dois se aproximaram da janela forçada e olharam para fora no pátio. Tudo escuro. Nenhum sinal de vida. Rocco saiu na frente. Italo o seguiu. Por trás da janela do primeiro andar, Primo Cuaz os cumprimentava. Rocco e Italo responderam e, seguindo rente à parede do prédio, voltaram ao portãozinho de ferro, pularam-no e se encontraram na calçada, a tempo de ver um Alfa vermelho se afastar na direção do centro.

– Onde a gente estava, Rocco?

– Em um belo de um lugar. As coisas ficaram claras. E pra você?

– Reciclam dinheiro e vendem coisas roubadas!

– Isso. Essa é a ocupação dessa gente. Reciclar e emprestar dinheiro a juros. As duas coisas estão unidas, Italo. Intimamente unidas.

Enquanto estavam voltando para o carro, Italo deu uma cotovelada em Rocco.

– Olhe!

Rocco ergueu o olhar e ficou de boca aberta, como se tivesse visto Nossa Senhora nos telhados de Aosta.

Nevava.

– Não dá pra acreditar. Em maio?

– São coisas que acontecem. Força, Rocco, vamos! Não se preocupe, com o tanto que choveu não dura muito.

Sono, despertar, sono de novo, despertar de novo.
Até respirar lhe parecia mais difícil. Com a mão presa ao pedaço do espaldar da cadeira, ela tinha conseguido tocar o piso ao lado da perna ferida. No chão havia uma poça viscosa, grudenta como geleia.
Sangue. Sangue que corre da ferida.
Você tem de se levantar.
Não respondia mais para aquela voz, não tinha forças. Só lhe respondia em pensamentos.
Nem era mais o caso de falar em voz alta.
E como eu me levanto? Como?
Você tem de colocar o joelho no chão e se erguer. Use como apoio a perna machucada.
Impossível. Eu tentei. Mas dói demais! Fico tonta e caio de cabeça, tá entendendo? Não posso.
Pode.
Não posso.
Pode, sua idiota!
Não.
E então vai morrer. Sabia que você vai morrer?
A noite estava terminando. Uma luz fraca e pálida começava a colorir o breu daquele porão. A luz, ainda que fosse pouca, ajudava. Dava-lhe coragem. Ajudava a botar as ideias em ordem. Ela olhou para a janelinha. Estava nevando.
Não fique aí esperando. Você vai perder as forças. Você vai se apagar como uma vela. Aperte os dentes e tente. Tente!
Devagar, levou para frente o tórax e as mãos presas à cadeira.
Nenhuma dor.
Agora tinha de colocar o joelho direito no chão e tentar dobrar o outro também. O corpo todo formigava. Doíam o peito, as costas, a pelve e os tornozelos. E a perna esquerda,

com aquele pedaço de cadeira enfiado como um arpão, estava tesa e rígida e parecia um pedaço de gelo. Ela tentou mexer os dedos dos pés. Levou alguns minutos para reanimá-los, mas por fim sentiu-os se mexendo dentro dos sapatos. E nenhuma dor na coxa. Passou para a panturrilha. Até ela se endurecia e não doía. Agora a coisa mais difícil. Os quadríceps. Tentou enrijecê-los. Devagar, mal os contraindo. Nenhuma dor. Bom. A perna estava viva, talvez a dor lá no fundo só estivesse espreitando, à espera.

O joelho. Dobre o joelho!

Ela o dobrou devagar, com um movimento milimétrico e contínuo. A dor chegou como uma chicotada que a imobilizou.

Continue!

Não consigo.

Você tem de continuar, se não o dobrar não consegue ficar de joelhos. Continue!

Tornou a tentar.

Meu Deus, meu Deus, como dói!

Continue!

Era uma luta desigual. Ela de um lado, da outra um monstro que mordia, feroz.

– Chiara, dobre esse joelho!

Não era a vozinha. Era uma voz de homem.

– Chiara, se incline, porra, se incline!

Era Stefano? Stefano, seu instrutor de esqui, o professor. Estava ali? Estava olhando para ela?

– Chiara, dobre esse joelho, pelo amor de Deus!

– Eu dobro, eu dobro! – gritou, enquanto punha o pé para trás.

– Um pouco mais!

– Dói!

– Eu sei que dói, mas você tem de empurrar. Vai, Chiara. Força, Chiara.

Empurrava o pé para trás e suava. A dor dava pontadas, mas ela tinha de dobrar o joelho. Podia fazer isso, tinha de fazer. Stefano queria que ela o fizesse.

– Muito bem, Chiara, assim, assim!

Um último grito. A perna esquerda estava parcialmente dobrada.

– Muito bem, Chiara! – disse Stefano.

Muito bem, Chiara, ecoou a vozinha.

Línguas de fogo a torturavam, mas eram dores passageiras, nada que ver com o que havia acabado de passar. Inclinada com o peito sobre a perna sã, respirava com dificuldade e esperava. Agora o fogo deveria se acalmar, a dor diminuir, para que ela tentasse o último grande esforço e ficasse de joelhos.

Porém, naquele momento, Chiara decidiu que o melhor a fazer era se entregar a um pranto libertador.

Às cinco horas de uma madrugada cinzenta, com a neve que continuava a cair, fechado em sua sala, o subchefe havia aumentado o aquecimento. Fumava tomando notas em um bloco. O café da máquina tinha lhe deixado na boca um gosto de lama envelhecida. Começavam a lhe fazer falta os rituais matutinos do café em casa, do café da manhã no Ettore e, com ele bem instalado na poltrona de couro, o baseado antes de começar o dia. Precisava de qualquer jeito botar as mãos em quem havia sequestrado Chiara e fazer com que pagassem inclusive por aquelas noites em branco. O telefone soou.

"Quem será a esta hora?", pensou.

– Dr. Schiavone, sou eu, Baldi.

– Doutor, o senhor também não consegue dormir?

– Não. A lembrança de Chiara Berguet está roendo todos os meus neurônios.
– Alguma novidade?
– Acho que sim. Escute. Descobri uma coisa. Um mês atrás, a Edil.ber enfrentou protestos dos sindicatos por estar com os pagamentos atrasados, e se arriscava até mesmo a perder muitos empregados. Os sindicatos Cgil, Cisl e Uil recorreram ao artigo 18 da legislação trabalhista; Pietro Berguet perigava abrir falência, com advogados, vaivéns, enfim, sabemos como é. Ora, então acontece algo. Pietro Berguet resolve os problemas financeiros e tapa os buracos, e a Edil.ber vai em frente e concorre às licitações da Província.
– Até aqui...
– Só que nem a Cassa della Vallée nem outros bancos fizeram empréstimos ou abriram linhas de crédito.
– O senhor tem certeza?
– Absoluta. A pergunta é: onde ele arranjou o dinheiro?
– Puta que pariu... – murmurou Rocco.
– Poderia repetir?
– Eu disse puta que pariu, doutor.
Houve um silêncio.
– Sim, concordo – disse Baldi. Só então Rocco se deu conta de que o juiz estava com a voz exausta e falhando. – Puta que pariu.
E desligou o telefone. Naquele instante, Italo entrou na sala, tendo em mãos as impressões das fotos do registro descoberto na loja. Jogou-as na mesa de Rocco.
O subchefe se levantou da cadeira.
– Tenho de bater um papo com Berguet. – Pegou o casaco. – Ainda está nevando?
– Não, parou. Mas fique tranquilo. Não vai recomeçar, eu te disse!

No entanto, recomeçou. Aosta havia acordado branca de neve, e Rocco saiu da delegacia maldizendo todas as quatro estações, maio e, acima de tudo, aquela terra esnobada pelo sol.

– Coisa de louco – tinha comentado Miniero, o agente do Vomero, observando com os olhos tristes aquele manto leve que os veículos dos serviços públicos já estavam tirando das ruas.

Isso não se faz, Rocco repetia para si mesmo. Não se mostra o verde da grama, nem as cores das flores. O perfume delas não se solta no ar, se depois a caixa de nuvens se fecha e tudo volta atrás. Não se faz.

Entrou em seu Volvo que, pelo menos, tinha tração nas quatro rodas, e saiu do corso Battaglione Aosta.

O carro de Scipioni estava além da curva, na frente da *villa* dos Berguet em Porossan. O agente não tinha ido dormir. Passara a noite inteira de vigia, embora o subchefe o tivesse liberado da missão.

– Olhe aqui. Está bem quente – disse Rocco, entrando no carro e dando um belo café para Antonio, com um saquinho onde havia mandado colocar uma bomba de creme e um strudel.

– Doutor, assim o senhor me acostuma mal e me faz ficar com uma barriga de aposentado.

– Por que você não foi dormir?

– Porque eu queria vigiar e não consigo deixar de pensar na menina. – Antonio abriu a garrafinha de café e o verteu no copo. – Servido?

– Não, obrigado, já comi. Bonita, hã? – disse Rocco, indicando a neve.

– Eu gosto. O senhor sabe, eu já disse. Eu prefiro a neve ao mar.

Rocco o olhou sem dizer nada.

– Esta bomba é um espetáculo – disse o agente, na primeira dentada.

— Você está todo sujo de açúcar.

Scipioni deu risada e uma gota de creme lhe caiu no uniforme. Ele a limpou e deu outra mordida.

— A noite inteira as luzes ficaram acesas no térreo. — E indicou com a cabeça a bela *villa* dos Berguet. As árvores do jardim estavam cobertas de neve, bem como o murinho que cercava a propriedade. No asfalto, poucas marcas de pneus.

— No térreo; então, na sala.

— Lá pls cinc chg o otr... — resmungou Antonio.

— Engula e depois fale, não estou entendendo porra nenhuma.

Antonio engoliu.

— Lá pelas cinco chegou aquele outro... o da barbinha, aquele com o Audi TT.

— Cerruti.

— Isso. Ficou uma horinha. Foi embora faz uns dez minutos, com um monte de papéis embaixo do braço.

— Muito bem. Bom serviço, Antonio. Agora vá para casa.

— E como? O senhor me trouxe café! Agora estou acordado. — Depois, como se de repente tivesse se transformado em um *bracco** italiano, Antonio Scipioni começou a farejar o ar. — Afora meu cheiro de suor, o senhor não está sentindo um cheiro de marijuana?

— Eu? — disse Rocco, com a cara mais inocente do mundo.

— É. Como é possível?

— Ahn. Deve ser a neve queimando a resina. Vou fazer uma visita aos Berguet. Se cuide, Scipio' — deu-lhe uma palmada nas costas e saiu da viatura de serviço, deixando o agente terminando o café da manhã.

---

* Cão de caça. (N.E.)

– É hora de cê levantar – berrou a voz enrouquecida por quarenta cigarros ao dia. A mulher não obteve resposta. – Oh! – e deu um pontapé no colchão estendido no piso empoeirado. Enzo abriu um olho.
– Que hora é? – perguntou.
– É hora de cê levantar e sair do meu pé.
Enzo se levantou. A luz que penetrava pela veneziana semicerrada mal iluminava o aposento. Os vidros da janela estavam remendados com fita scotch e o papel de parede caía em muitos pontos.
– Tem café? – perguntou para a mulher.
– Vai tomar no bar. Eu tenho que sair. Quando voltar, vê se cê cai fora. Num te quero aqui. – Ela se virou. Enzo mal conseguiu perceber o roupão de flores vermelhas e verdes sair deslizando do aposento. Depois abriu o outro olho.
– Cacete, muito obrigado! – berrou. Mas não recebeu nenhuma resposta. Afastou os lençóis sujos. Colocou os pés no chão e esfregou o rosto. Levantar-se do colchão não era uma coisa simples. Encontrou uma cadeira ali perto que fazia as vezes de mesa de cabeceira, se apoiou nela e se levantou. Mal ficou de pé, sentiu tonturas. Respirou, esperou que o carrossel desse uma acalmada, depois saiu do aposento. Foi para a cozinha. A mulher estava junto da pia de mármore lavando copos de Nutella e pratos de vidro colorido.
– E aí, Robè, um cafezinho pro Enzo?
A mulher colocou o copo no escorredor de plástico.
– Escuta uma coisa. Eu sei contar. O terceiro ano do ensino médio eu fiz. E antes de te ver andando pela rua, falta pelo menos três anos. Por que que cê tá aqui na minha casa eu num quero saber. Eu nunca te vi, nem ouvi. Mas a noite passou e cê tem que cair fora!
Enzo sorriu.

– Um cigarro, você tem?
– Parei de fumar – a mulher mentiu. Ela enxugou as mãos no roupão. Depois deu uma ajeitada nos cabelos em parte louros, a outra parte havia crescido, pretos e brancos. Enzo a olhou, atento. Ela aparentava pelo menos uns quinze anos a mais que seus trinta e dois.
– Você tá acabada.
– Ah, é? Cê acha? Será que é por eu me matar de manhã à noite lavando escada de prédio, limpando bunda de velha? Será que é por eu num ter dinheiro para dar de comer pro menino, e ter que agradecer à vovó se tenho um cantinho pra viver?

Enzo deu uma olhada na cozinha. Paredes enegrecidas acima dos velhos armários de fórmica, duas cadeiras desparceiradas, uma velha televisão apoiada em uma caixa de madeira.
– Cê chama este barraco de casa?
– É mais melhor que ficar embaixo da ponte, né? Ou na cadeia.
– É que cê nunca teve ambição!
– Não como as suas! Cê já fez as contas? Eu acho que cê passou mais anos dentro da cadeia do que fora. Ou tô enganada?
– Pra mim, não é uma vergonha.

A mulher pegou duas canetas hidrográficas e dois cadernos na mesa da cozinha e foi colocá-los sob um móvel velho com o espelho manchado que dominava o pequeno vestíbulo.
– Ah, não? – disse. – Num é uma desonra? É uma coisa bonita, pra você? – depois voltou para a cozinha, pegou um pano úmido e deu uma passada na mesa coberta por uma toalha de plástico com grandes flores azuis. – Então? De quanto cê precisa pra sair desta casa e desaparecer da minha vida?

Enzo assentiu:
– Tem vinte euros pra me emprestar?

Roberta fuzilou Enzo com o olhar.

– Sabe de uma coisa? Eu invejo as minhas amigas, aquelas que o pai já morreu. E sabe por quê? Porque pelo menos a gente lembra dele e encontra alguma coisa boa nas lembrança. Os morto tem essa coisa a mais comparado com os vivos: não falam, não respiram e não fedem. – Ela jogou o pano úmido na pia de mármore desbeiçado, deixando o pai a remoer essas palavras.

Foi Dolores, a filipina, quem abriu a porta. Grandes olheiras e a expressão cansada e sonolenta. Fitou Rocco sem o reconhecer.

– Olá, Dolores. Schiavone, delegacia de Aosta.

A filipina se colocou de lado para fazê-lo entrar como se, mais cedo ou mais tarde, esperasse que aquele homem com o casaco estranho voltasse.

A casa estava fria. Reinavam o mesmo silêncio e o mesmo aroma de canela do dia anterior. Pietro apareceu vindo da cozinha. Ainda usava a mesma roupa do dia anterior, ou uma que era muito parecida. A camisa aberta sem gravata, a barba crescida.

– Doutor... – não lembrava o nome.

– Subchefe de polícia Schiavone.

– Como não, é mesmo, é mesmo. E, me desculpe, mas são uns dias um tanto... Aceita um café? Qualquer coisa? Por favor, sente-se – e fez um gesto para que Rocco passasse para a sala. Rocco passou pela porta dupla, por baixo da natividade – ao que tudo indicava – do *Cinquecento*, e entrou em uma sala dourada. Douradas as paredes, dourados os móveis, as molduras dos quadros e dos espelhos. Douradas as sanefas. Parecia que tinha sido bombardeada por rajadas de raios de sol. Mas não havia sol naquela casa, bem como em toda Aosta.

— Nem um copo d'água? – disse Pietro.
— Nem isso.
O dono da casa indicou um dos três enormes sofás que ficavam na frente de uma lareira de mármore decorada com cachos de uva.
Rocco se afundou nele.
— Desculpe minha esposa, ela ainda está dormindo.
— Talvez quisesse dizer: acabou de ir para a cama?
Pietro olhou Rocco com um sorriso falso e tenso nos lábios.
— Não... não entendi.
— Não vai me perguntar por que estou aqui?
— Imagino que por causa da história de ontem? Do operário morto, não?
— Faltando vinte para as sete?
Pietro olhou o relógio.
— Verdade. Não são nem sete horas – e tornou a olhar Rocco.
— Berguet, vamos deixar de enrolação. – A mudança do tom de voz atingiu Berguet como um soco no estômago. – Então, vocês falaram com Chiara?
Ao ouvir o nome da filha, Pietro empalideceu. Caiu sentado no sofá. Levou as mãos aos cabelos e começou a chorar fazendo que não com a cabeça.
Rocco inspirou com dificuldade.
— Desde que ela desapareceu vocês não falaram com ela?
— Não.
Dolores entrou com uma bandeja. Se deteve à porta. Viu o dono da casa encurvado e, leve como uma pluma, colocou o café na mesa de mármore. Depois sumiu.
— Quem foi?
Pietro suspirou. Pegou o café. Bebeu.

— Se o senhor sabe que minha filha desapareceu, acho que sabe também quem foi.
— Vamos deixar de brincadeiras, Pietro. O que eles querem?
— Dinheiro.
— O senhor está mentindo.
— E, em sua opinião, o que eles podem querer?
— Outra coisa. Faço um resumo e digo ao senhor o que eu acho? Acho que o senhor não está navegando em boas águas com a Edil.ber e tem problemas de liquidez. Sei que, para o senhor, é vital a próxima licitação da Província, e sei que o senhor utiliza o banco Della Vallée para os seus créditos, e que não foram eles que tiraram o senhor da embrulhada na última crise.
— Quantas coisas lindas o senhor sabe.
— Mesmo? Então, agora o senhor me diga quem é Carlo Cutrì.

Pietro balançava a cabeça olhando a mesinha de mármore. Nesse momento, Giuliana Berguet entrou na sala. Calças compridas de veludo e malha de gola alta. Olhos que haviam derramado todas as lágrimas, cercados de olheiras, pior que um retrato de Munch.

— Doutor! Ainda com a história do carro? — disse, com um tom de entusiasmo forçado. Rocco levantou-se do sofá. Depois a mulher olhou o rosto do marido.
— Giuliana? O comissário já sabe tudo.
— Subchefe...
— Como?
— Sou subchefe — precisou Schiavone.

Giuliana Berguet, como se um golpe lhe tivesse dobrado os joelhos, se deixou cair no braço do sofá e acompanhou o movimento com um som fraco saído da garganta. Parecia um colchonete murcho no fim do verão.

— Dr. Berguet, quem é Carlo Cutrì?
— Não sei. Nunca o vi. Sempre falei com o Michele.
— Então me conte sobre Michele Diemoz.
— Sim. Sempre falei com ele. Um homem de Cuneaz. Um valdostano.
— Que lhe deu o dinheiro?
— Eu lhe disse. Esse Michele interferiu e me conseguiu o empréstimo.
— Quanto?
— No início, quinhentos mil. Depois outros setecentos.
— Eles queriam de volta mais de três milhões — interveio Giuliana, com os olhos cheios de lágrimas.
— Eles quem? — berrou Rocco.
— Não conheço eles, porra! — explodiu Pietro. — Eu já disse para o senhor. Gente lá do sul que eu nunca vi!
— Do sul?
— Cosenza — disse Giuliana. E, embora estivesse a uns dois metros, Rocco teve a impressão de sentir os ossos da mulher estremecendo.
— O que eles querem? Não me diga dinheiro, porque eu não acredito.
— Querem uma parte da Edil.ber. Mais da metade.
Rocco assentiu.
— Me explique melhor. O senhor deveria transferir parte das suas ações para...?
— Ainda não sei. Alguém que vai vir do tabelião e assumir uma parte da minha sociedade. Que era do meu pai. E do meu avô.
Rocco se levantou.
— Mas isso não pode acontecer.
— E o senhor me diz que porra eu faço?
— Por que não nos chamaram? Por que não nos disseram o que estava acontecendo?

— Para conseguir o quê? – não tinha sido Pietro a fazer a pergunta. Mas seu irmão, Marcello, que acabara de aparecer na porta da sala. – O senhor me explica, subchefe? O que teríamos conseguido? Se quer uma resposta, eu dou. Nós nunca mais veríamos Chiara. E sua presença nesta casa não depõe a favor da saúde da minha sobrinha!

— Nós teríamos grampeado os telefones. Teríamos agido e teríamos acabado com esta história.

— Teríamos, teríamos, teríamos! – Pietro havia se levantado para se aproximar do policial. – E onde estavam o senhor ou os seus colegas quando todos os bancos me fecharam as portas? Quando os fornecedores queriam receber os pagamentos? Quando a minha empresa não tinha mais um centavo em caixa, e eu não sabia a que santo recorrer para sair dessa?

— Onde eu estava, não sei, dr. Berguet. Sei, no entanto, que o senhor pediu ajuda às pessoas erradas!

— Sim, mas agora o que o senhor quer fazer? – perguntou Giuliana. – Agora eles estão com Chiara!

— Vocês falaram com ela?

— Ainda não.

— Eles telefonaram – interveio Marcello, fazendo cair um silêncio sepulcral na sala. – Vão nos colocar em contato com Chiara à tarde.

— Quando eles telefonaram? Onde? – gritou Rocco.

— Aqui em casa. Faz uma meia hora. Uma voz de homem. Sotaque do sul.

— Vamos, deixe a gente ajudar vocês, criatura de Deus! Eu digo para a senhora. Vamos grampear o telefone e...

— Não! – berrou Giuliana. – Não! Eles estão com minha menina, o senhor entende? Estão com as mãos nela e poderiam fazer-lhe coisas que... – começou a chorar de novo. Pietro se aproximou da esposa.

— Por favor, dr. Schiavone, eu lhe peço como pai de família. Eu já resolvi. Transfiro as ações, transfiro a empresa, vou embora para o fim do mundo, mas quero reaver a Chiara. É tudo o que eu peço.

Rocco se dirigiu à janela. Lá fora havia começado a nevar.

— O senhor não pode ir embora. O senhor é útil para essas pessoas. O que eles vão fazer com uma parte da Edil.ber sem o conhecimento necessário? Sem sua competência? Não, meu amigo, o senhor nunca há de escapar dessa história. Eles são como areia movediça. Enquanto o senhor lhes for útil, eles o manterão vivo. Vão destruir o senhor, pouco a pouco, e só quando decidirem que já tiveram bastante deixarão o senhor se afastar. Mas o senhor, a essas alturas, estará pior que um pano de chão. Me entende? E a isso acrescente mais uma coisa. Eu nunca diria isso ao senhor, mas também tenho minha deontologia profissional. Perante um crime desse tipo, o que eu deveria fazer? Voltar para a delegacia como se nada tivesse acontecido?

— É a Itália, meu amigo! — disse Marcello Berguet.

— É a Itália uma porra, Marcello Berguet — gritou Rocco.

— O que foi, seu senso de justiça fica ofendido com isso?

— Meu senso de justiça fica ofendido com isso. O meu, que fique claro. E a isso acrescente que não gosto que me façam de bobo. Quando isso acontece, eu fico louco da vida. A Justiça pouco tem que ver com tudo isso. Ser feito de bobo, não. Não aqui, não eu, não por pessoas como vocês, ou esse punhadinho de *'ndranghetisti** de merda. Espero ter sido claro.

E, a passos rápidos, se dirigiu para o corredor.

---

* Membros da máfia calabresa. (N.T.)

– Não tome nenhuma medida precipitada, doutor. Eu lhe peço. A vida de minha filha está em jogo.
– Eu nunca tomei decisões precipitadas em toda minha vida, sra. Giuliana, acredite em mim. Só lhe peço uma coisa. Quero saber quando vocês falarem com sua filha. Não mexam um dedo se antes não souberem que ela está bem e com saúde. Estamos entendidos?
Pietro Berguet assentiu.
– Exijam falar com ela. Caso contrário, permaneçam firmes em sua posição. Acreditem, é o único modo de reavê--la com vida.
– Sabe de uma coisa, dr. Schiavone? – Giuliana olhou Rocco diretamente no rosto. – Desde que o senhor entrou nesta casa eu senti na hora o fedor. De confusão e de morte.
– Morte? Mas o que a senhora sabe sobre a morte?

Fora capaz! Conseguira. Dilacerada pela dor, com os olhos quase cegos de tanto chorar, Chiara estava em pé. Apoiada na parede, mas em pé.
Tinha se lançado na direção da torneira que pingava. Cada pequeno passo era uma punhalada, mas parecia estar se acostumando com aquela dor infernal. Com os dentes, tinha tentado abrir a torneira, mas sem conseguir. Tinha lambido, ávida, as gotas d'água que caíam, uma a cada quatro segundos. Tinham gosto de ferro, mas era água.
E se não for potável?, lhe dissera a vozinha.
– Tô pouco me lixando.
A dor só lhe dava trégua quando estava imóvel junto da parede, com todo o peso sobre a perna sã. Conseguia virar a cabeça e ver o pedaço da cadeira enfiado no músculo como uma faca na manteiga. O sangue tinha corrido ao longo da coxa, da panturrilha, até o sapato. Escuro e seco. Mas a hemorragia

havia parado. Chiara olhava a janelinha lá no alto. A neve a recobrira pela metade.

Nevou! Bom, bom. Então, não estou longe de casa. Só em Aosta neva em maio. Ou nas montanhas Tofane. Estou perto de casa. Estou perto de casa. As mãos. Tenho de soltar as mãos.

Olhou os cacarecos nas prateleiras. Havia pedaços de ferro e caixas de madeira, mas nada que pudesse ajudá-la a cortar aquela fita de plástico que prendia os seus pulsos às costas da cadeira. Ela olhou para a porta de madeira velha.

Posso me jogar contra ela. Talvez depois de uma, duas, três vezes ela quebre e se abra.

Você quebra o pescoço.

Não quebro. Não quebro.

Ela examinou a sala. A coluna contra a qual a haviam amarrado tinha perdido pedaços de cimento na base, mostrando o esqueleto de ferro por dentro. Talvez aqueles ferros pudessem ajudar?

Para fazer o quê? Raspar? Inútil.

Na metade da coluna ainda estava o capuz de pano. Estava preso a um gancho. E não era um capuz. Era um saco de juta, daqueles usados para colocar batatas. A porta estava a cinco metros da pia onde ela havia se detido para recuperar o fôlego e lamber as gotas d'água. A única solução para se salvar era aquela porta velha e roída por cupins.

Tenho de chegar até lá. Mas sem me apoiar na perna machucada. Saltando até a porta. Dou um saltinho de cada vez. Um passinho de cada vez.

— As coisas se fazem um passo a cada vez, não é mesmo, Stefano? — disse ao seu instrutor de esqui e, pela primeira vez desde que estava ali dentro, ela sorriu. Pensou em Max.

Onde está aquele idiota? Em casa? O que ele está fazendo? E a mamãe e o papai? Estão me procurando? Alguém está me procurando? Ou se esqueceram de mim?

Ninguém vai vir, você não entendeu que ninguém vai vir?
Sim, entendi; claro que entendi.
Olhou a porta. Mordeu os lábios. Contou até três e se afastou da parede. Um primeiro salto com a perna sã; uma pontada de dor na coxa esquerda. Cerrou os punhos, os dentes e os olhos. Segundo salto. Segunda pontada de dor. Ela não tinha ido embora, só se refugiado na sombra, como um animal feroz descansando, pronto para saltar e cravar suas garras. Terceiro salto com a perna boa, e terceira punhalada. Dor que se acumulava sobre dor, se multiplicando de modo exponencial. Agora, a um metro da parede, longe de qualquer ponto de apoio, Chiara tinha de prosseguir. Estava no meio do caminho, voltar para a parede teria custado tanto quanto seguir em frente. Continuou.

Quarto salto com a perna sã. Quarto raio devastador. Ela não conseguiu, era demais. Demais até para Chiara Berguet, a forte, aquela que nunca se abate, aquela que sabe como sair de enrascadas, aquela cheia de meninos que a adoram, aquela com as mãos presas ao espaldar de uma cadeira e um pedaço de madeira enfiado na coxa, aquela que desiste de tudo e cai no chão porque quase não enxerga mais, porque tudo balança e gira ao redor dela, e que começa a vomitar um líquido verde no piso do porão de uma casa isolada a mais de mil metros de altitude, enquanto lá fora a neve cai.

– Ah, veio pegar o macacãozinho? – disse Melina, sorrindo.

Rocco não lhe respondeu. Foi direto para a portinha que dava para os fundos da loja.

– Mas aonde o senhor está indo? Aí não pode!

Schiavone a colocou de lado e entrou no cômodo que visitara na noite anterior. Abriu caminho entre as caixas grandes.

Sentado à mesinha de ferro iluminada pela luminária de aço estava um homem barbudo.

– Quem é o senhor? O que deseja?

Rocco colocou a mão em uma das caixas, arrancou o papelão e no chão caíram caixas que continham celulares.

– Michele Diemoz?

– Sou eu, mas que porra...?

– Desculpe. – Era Melina, que tinha corrido atrás de Rocco. – Não consegui detê-lo.

– Subchefe de polícia Schiavone.

– Da polícia? Que coincidência. Sabe, esta noite alguém quebrou a janela e...

– Silêncio! O senhor vai comigo à delegacia.

Michele deu um sorriso desafiador.

– E por quê?

– Me mostre todas as notas de compra e documentos de envio destes celulares. Ou daqueles rádios para carro que estou vendo ali. Ou daquelas chaleiras elétricas.

Michele agarrou o celular no bolso.

– Eu não vou com o senhor a lugar nenhum.

Rocco se aproximou dele. Arrancou o celular de suas mãos.

– Quero chamar o meu advogado e...

Apenas quando sua cabeça virou para a parede do outro lado da sala Michele se deu conta de ter sido atingido no rosto por um trem expresso. A dor chegou dois segundos depois. O subchefe fora tão rápido que Diemoz nem vira o golpe se aproximando. Sentiu a mão do policial o agarrando pelo colarinho e uma força descomunal arrastá-lo na direção da saída da loja. Sua cabeça girava e ele via uma sombra avermelhada no olho direito.

– Melina, socorro! – berrou, como se a gorduchinha pudesse deter aquela força da natureza.

A moça estava de pé em um canto, apavorada, com as mãos entrelaçadas sobre a barriga. Abaixou a cabeça quando Schiavone passou ao seu lado arrastando Michele.

Fora da loja, o homem havia recuperado um pouco de consciência.

– Me solta. Me solta. Eu juro que denuncio o senhor para...

Mas Rocco, em vez de responder, se limitou a dar-lhe um tabefe no pescoço, daqueles que se dá em uma criança malcriada que fez arte.

– Boca fechada e vai andando!

Enfiou-o no carro. Depois, sentou-se ao volante.

– Isto é um rapto!

– E não tente abrir, tem trava.

Michele pulou no pescoço dele, arranhando o rosto do subchefe. Que, com uma cotovelada nas costelas, fez com que ele voltasse ao seu lugar, respirando com dificuldade. Depois o agarrou pela nuca e, com um golpe seco, o lançou contra o painel de controle. Michele Diemoz perdeu os sentidos.

– Mas que porra... – disse Rocco. O rosto do proprietário da Bebiruta tinha acabado de quebrar o plástico do painel. Precisava levar o carro a uma oficina.

Deruta havia trancado Michele Diemoz na sala de segurança. Rocco, por sua vez, esperava Italo na frente da delegacia. As calçadas e as ruas já haviam sido liberadas da neve, mas o céu ameaçava querer vomitar ainda mais um pouco dela. O agente Pierron chegou com o carro a 120 por hora, parando a poucos centímetros do subchefe e lançando uma golfada de lama e gelo que sujou as calças de Rocco.

– Dá pra você ser mais bundão?

O agente Pierron se aproximou às pressas do subchefe.

– Desculpe. Eu te sujei? Olhando seus sapatos, diria que sim.

– Estou dormindo pouco, meu ciclo circadiano foi pras cucuias, estou com um *jet lag* como se tivesse chegado de Tóquio, então estou muito nervoso – e estendeu uma das mãos para pegar o registro dos lançamentos da loja Bebiruta que Italo lhe estendia.

– Aqui. O que você tinha pedido!

– Ótimo. Quem está na loja?

– Scipioni e Casella.

– Agora eu vou correndo falar com o juiz. As fotos que você tirou não servem mais. Temos os originais. – E, agitando os papéis, correu para o seu Volvo. – Vá ver se aquele deficiente do Deruta se lembrou de fechar o Diemoz a chave na sala de segurança.

– Tudo bem. E depois?

– Aguarde notícias minhas. E a propósito, os sapatos... descobriu onde vendem?

– Ainda não.

Com os pés encharcados e uma dor constante nas têmporas, Rocco estava diante da porta do juiz Baldi fazia dez minutos. Como sempre, procurando desenhos estranhos que se formavam entre os nós da madeira e que, a cada vez, pareciam diferentes. Cansaço e a falta de sono, não via nada. Só a cabeça de um *bracco* ou, olhando-a ao contrário, poderia ser um canhão. Ele segurava os papéis com força e balançava, nervoso, a perna direita.

– Aqui estou, Schiavone! – soou às suas costas. Baldi, seguido por um secretário, estava chegando e assinando papéis que o ajudante segurava à sua frente. – O que está acontecendo?

Rocco se levantou enquanto Baldi assinava o último documento e mandava o assistente embora.

— Venha aqui dentro.

Schiavone estendeu os papéis ao juiz Baldi.

— Agora preciso de um mandado de captura para Michele Diemoz e um de busca na loja Bebiruta, onde estava isto aqui.

— Deixe-me ver se entendi, Schiavone. O senhor precisa de um mandado para uma coisa que já fez?

— Sim!

Baldi explodiu:

— Puta que o pariu, Schiavone! — e bateu os papéis na mesa. — O que eu lhe disse? O que eu lhe disse? O senhor continua agindo como quer, ou, como se diz lá nas minhas bandas, na base do que bem m'importa!

— Por favor, me escute, é importante!

— Eu deveria saber as coisas em primeiro lugar! Já devo ter dito isso um milhão de vezes.

Com uma olhada rápida, Rocco viu que a foto da esposa do juiz estava de novo de cabeça para baixo. Não, as coisas em família não estavam indo bem.

— Por favor, escute! Essa loja serve para lavar dinheiro. E esse registro indica todos os que estão em dívida com a organização nesta região.

O humor do juiz, como um temporal de verão que cai e alaga tudo e depois em um piscar d'olhos passa, havia mudado no intervalo de poucos segundos.

— Me explique melhor.

— Bem, eu prendi o proprietário, mas o prendi por receptação. Este é o conceito importante. Receptação. O registro que estou lhe passando é a prova da lavagem e da agiotagem desses filhos da puta; mas nós vamos conservá-lo entre nós.

Baldi finalmente abriu o registro e começou a lê-lo.

— Ora, eu mantenho esse Diemoz preso porque, além de agir como agiotas, esses bostas estão com a loja cheia de rádios para carro e de aparelhos eletrônicos claramente roubados. Daí a recepção.

— Por que o senhor quer esconder o verdadeiro motivo da prisão?

— Porque tenho de dar uma paulada na colmeia para assustar as abelhas. Eles não podem saber que nós os pegamos, mas têm de sujar as calças. E a gente sabe, quem suja as calças está em desvantagem.

— E fede — acrescentou o juiz.

— Exatamente.

— Qual é o plano?

— Encontrar a menina antes que seja tarde. Eles têm hora marcada com um tabelião para a cessão da sociedade. Eu preciso de alguns dias para agir.

— E como o senhor vai fazer?

— Tenho uma ideia.

— Se está com a intenção de dar um tiro no tabelião, eu o aconselho a procurar outro caminho.

— Não chego a tanto, dr. Baldi.

O juiz se levantou e começou a andar pela sala a passos largos. Era hiperativo, não conseguia ficar parado mais de trinta segundos.

— A menina ainda não falou com os pais. Eles ainda não ouviram a voz dela. Alguma coisa está errada. O senhor entende?

Baldi se deteve no meio da sala. Ajeitou o topete loiro e olhou nos olhos do subchefe.

— O senhor acha que ela está morta?

— Não sei. Mas não podemos excluir isso.

O juiz tornou a sentar-se.

— Muito bem, eu assino os mandados. O senhor fala com o chefe?

– Claro. Eu o convenço a fazer uma linda coletiva de imprensa toda centrada na receptação. Um belo golpe da polícia; ele ficará contente, e quem precisa vai ficar sabendo pelos jornais e pelas redes de notícias que as forças da ordem estavam seguindo uma pista de mercadoria roubada.

– Mas em vez disso os nossos filhos da puta...

– Vão começar a ter medo de que nós tenhamos descoberto muito mais que quatro rádios para carro roubados.

O juiz assentiu:

– Não gosto do seu jeito de agir, e isso não é um mistério. Mas, desta vez, vou fechar um olho. Faço isso por Chiara.

– Quantos anos tem?
– E eu vou saber? Uns trinta.

Enzo Baiocchi olhava a Beretta 6.35 ainda embrulhada em plástico. Os números de série haviam sido raspados.

– Quanto esta mocinha trabalhou?

– E eu vou saber? Para falar a verdade, nem sei por que a tenho comigo – respondeu Flavio, acariciando a cabeça careca, em pé na frente da janela.

O tráfego no viale Marconi era infernal. Buzinas, freadas, ambulâncias, cada ônibus que passava fazia tremer os vidros da casa.

– Quem quer um café? – berrou lá da sala a mãe de Flavio, com seus 85 anos e só um olho bom.

Flavio olhou Enzo.

– Eu não entendo por que minha mãe berra. Mesmo quando cê responde, ela num ouve.

Enzo deu de ombros.

– Vocês querem o café? – berrou de novo a mulher. Flavio bufou e saiu do quarto. Enzo ficou sozinho com a pistola. Sentiu seu peso. Era leve. E se escondia com facilidade.

– Cê não queria, não é? – disse Flavio, tornando a entrar no quarto.

– Não. Mas com esta cê tem que atirar de perto.

– Eu num quero saber o que se tem de fazer. De qualquer jeito, não se preocupe que a 6.35 sabe fazer seu serviço. E cê bota ela no bolso. É leve, mal se vê.

– Mas alguma coisa de calibre maior?

– Quer uma .9? Mas ela é pesada, dá um puta de um coice e não cabe nas calças. Esta, sim. Experimenta.

Enzo a enfiou no bolso dos jeans. Era verdade. Ficava sem o menor problema, e quase não a sentia.

– Cômoda, é cômoda. Quando que ela atirou pela última vez?

– Não sei. Eu sempre limpei ela. Dá uns tiros lá no Tibre.

– Me dá os caramelos também?

– Claro.

– E quanto cê quer?

– Digamos duzentos euros, e não quero te ver mais.

– Pagamento?

– O mais cedo possível.

Enzo encarou o amigo.

– Flaviuccio, eu saí ontem.

– Eu sei. – Flavio enfiou a camisa xadrez nas calças. A barriga, como uma melancia, caía pesada por cima do cinto.

– E tão te procurando, né?

Enzo assentiu.

– Num tenho dinheiro pra isto aqui agora.

Flavio bufou. Acariciou de novo a careca. Passou um ônibus lá embaixo na rua. Os vidros e duas bailarinas de cristal de Murano colocadas sobre o móvel de nogueira tilintaram.

– No máximo uma semana.

– Cê é um amigo, Flavio.

— Que é isso, vamos e eu te ofereço um café. Mas no bar, não aquele chafé que minha mãe faz.

O telefonema com o chefe de polícia tinha sido rápido e sintético. Costa já havia convocado uma coletiva de imprensa, pouco feliz por ter que lidar com os jornaleiros, mas, e Rocco sabia, se tinha uma coisa que dava sentido à existência do alto funcionário do Estado era poder dominar os escrevinhadores da imprensa escrita. E não perdia a ocasião de enfrentá-los todas as vezes em que se encontrava em posição de evidente superioridade. Costa amava vê-los bebendo as suas palavras, e com essa ação de seu subchefe, super-rápida e com um belo resultado, era o único a conhecer os detalhes que o próprio Schiavone lhe havia fornecido. Nenhum daqueles jornaleiros sabia de um caso de receptação tão importante. Ficariam sabendo da coisa com ele, correriam às redações e aos seus computadores para relatar as palavras exatas do chefe de polícia. E esta, para ele, era uma bela de uma vingança contra aquelas criaturas horrendas, gente que Costa, na escala evolutiva, considerava estar um único degrau acima das amebas. O motivo era muito simples. A esposa o largara anos antes por causa de um jornalista de *La Stampa*. E desde então o chefe de polícia havia transferido seu ódio individual a toda a categoria, sem distinções de sexo ou de religião.

— Concordo com o senhor, dr. Schiavone, não há necessidade de dar na vista; mas o senhor se dá conta do que está me solicitando?

— Eu lhe peço apenas para postergar por alguns dias, dr. Charbonnier, apenas alguns dias.

O tabelião coçou o lóbulo da orelha direita enquanto continuava a fumar o cachimbo apagado.

– Não sei. O que eu poderia dizer?
– Por exemplo, que está havendo uma vistoria rotineira das finanças?
– Pouco crível. Mas o senhor tem certeza?
– Essa menina foi raptada, doutor. E só a libertarão quando Pietro Berguet ceder as ações da Edil.ber.

O tabelião assentiu. Colocou o cachimbo na mesa. Apertou o interfone:

– Graziella, por favor, me traga os documentos da Edil.ber.
– Agora mesmo, doutor – respondeu a secretária pelo interfone.
– Sabe de uma coisa, dr. Schiavone? Tenho quase setenta anos, e uma coisa parecida nunca havia acontecido comigo. Eu pensava viver tranquilo até a aposentadoria e, no entanto...
– No entanto...
– Conheço o senhor. Leio os jornais e sei que o senhor é um policial sério. Porém, o senhor entende? Terei de falar também com o chefe e...
– Eis o ponto. Peço ao senhor que não faça isso. Se a situação começar a ser conhecida, a única pessoa que se arrisca é a menina. Ela tem dezoito anos.

Graziella entrou com uma pasta. Colocou-a na frente do tabelião e desapareceu com a velocidade de um raio. Enrico Maria Charbonnier abriu o envelope.

– Bem, o beneficiário desta transação é o dr. Ugo Montefoschi. Que é presidente de uma sociedade, a Calcestruzzi Varese.
– É um testa de ferro, com certeza. Eu disse ao senhor quem está por trás dessa nojeira.
– Essa história me pareceu na hora uma coisa estranha, sabe, Schiavone? Quer dizer, a Edil.ber não navega em águas tranquilas, mas agora com a licitação na Província... quer dizer,

os ganhos deveriam dobrar. Que sentido faz ceder ações? Mas eu cumpro com o meu dever, ainda que às vezes as coisas não me convençam. Eu não conheço Pietro Berguet. Para lidar com essa transação vinha sempre aquele homem, aquele com a barbinha bem cuidada.

— Cristiano Cerruti?

— Isso mesmo. Ele me parece ser uma espécie de braço direito do dr. Berguet.

— De que mais o senhor se lembra?

— Da pressa. Ele sempre tinha uma pressa infernal, parecia perseguido por um grande perigo. Nunca gostei dele, sabe? Arrogante, apressado, e falava ao mesmo tempo comigo e vai saber com que diabo ao celular. Sempre usando o fone de ouvido.

— Então, doutor, o senhor me dá uma ajuda?

Enrico Maria Charbonnier bufou.

— O senhor me pede uma coisa que vai contra minha deontologia.

— Eu lhe peço apenas que confie em mim e me dê um pouco de tempo.

O tabelião tornou a pegar o cachimbo.

— Não sei. As finanças, o senhor disse?

— Se o senhor quiser, dou um jeito de realmente mandar funcionários das finanças para um controle.

O tabelião arregalou os olhos.

— Para fingir que estão controlando, bem entendido.

— O senhor tem filhos, Schiavone?

— Não.

— Eu tenho. Três. E também dois netos. Uma tem a idade dessa Chiara. Vamos fazer o seguinte, não temos uma investigação oficial, mas preciso de um documento. — E, sem esperar resposta, tirou o telefone do gancho.

— Bom dia, é o tabelião Charbonnier. Chame meu irmão, sim? Tudo bem, espero.

Encheu o cachimbo. Rocco não via a hora em que o funcionário público acendesse o cachimbo, de modo que ele pudesse alegre, e sem pedir permissão, fazer o mesmo com um Camel.

— Oi, Alfredo. Sou eu, Enrico. Preciso de um favor. Você viu os últimos exames de sangue? Sim? Alguma coisa errada? — Enrico Maria Charbonnier assentia. — Mmm... não seria melhor uma internação de urgência para novos exames? Sim, para mim, perfeito. O que você disse? Hoje mesmo? Me parece ótimo. Tecnicamente, o que eu tive? Uma fibrilação... bom, ótimo. Perfeito, até mais.

Desligou o telefone e finalmente acendeu o cachimbo. Só na terceira baforada olhou o subchefe, que, nesse ínterim, tinha colocado um cigarro na boca. O tabelião, com um gesto, deu-lhe permissão para acendê-lo.

— Sabe? Hoje de manhã, tinha sangue nas minhas fezes.

— É mesmo?

— É. E também tive uma fibrilação cardíaca. Mesmo eu tomando um comprimido por dia de flecainida, acho que a coisa mais sensata seja uma internação de urgência por pelo menos três dias na clínica onde meu irmão trabalha. Ótimo cardiologista. Enfim, na minha idade o risco de um derrame é muito grande.

— Que isso não aconteça, doutor. Com essas coisas não se brinca.

— Bom, agora eu termino o meu cachimbo e peço para Graziella me acompanhar.

— Se o senhor quiser, posso levá-lo.

— Não se preocupe. Aliás, quanto menos eu e o senhor formos vistos juntos por aí, melhor. Eu não precisava de uma

coisa assim. – As espirais de fumaça do cachimbo enchiam a sala, junto com o cheiro de madeira e de musgo. Quando a nuvem de fumaça se dissipou, o rosto do tabelião reapareceu.
– Dr. Schiavone. Traga Chiara para casa. De preferência, viva.
Rocco assentiu. Apertou-lhe a mão e saiu do escritório.

A via Tiburtina era uma estrada consular que levava os antigos romanos até Tivoli, onde se localizavam as vilas dos nobres patrícios, e prosseguia até Ostia Aterni, Pescara. Não se chama mais estrada consular, mas é uma estrada estatal, e o traçado não mudou muito, assim como a pavimentação. Atravessa Roma desde a Estação Termini e depois corta toda a periferia, e é uma artéria congestionada a qualquer hora do dia e da noite, pelo menos até a gente se afastar, e muito, do grande anel viário. Ao contrário dos romanos, que para ir ao Abruzzo preferem a rodovia A24, Enzo Baiocchi a estava percorrendo a bordo de um velho Ford roubado uma hora antes. Havia menos tráfego e menos risco de se deparar com os guardas, e assim ele se sentia mais tranquilo. O carro, no entanto, era uma droga. Tinha também pouca gasolina, e o motor, quando embalava, berrava a cada vez que chegava às 3.000 rpm. As janelas estavam abertas e ele já havia deixado para trás a cidade e os bairros fora do anel viário. O caos e os grandes prédios da capital eram só uma recordação. Começava a ver os campos. E poucos carros trafegando.

A luz da reserva havia acendido fazia uns dez minutos. Precisava de um posto de gasolina, não podia mais postergar. À direita, uma placa avisava que a trezentos metros havia um. O fugitivo sorriu, colocou um boné de beisebol sujo que havia encontrado no banco traseiro e acendeu um cigarro. Deu sinal e entrou no posto. Era exatamente o que queria. Nenhuma casa por perto, só campos cultivados e algumas velhas ruínas perdidas no horizonte. Poucos carros e, principalmente, nenhum fazendo fila para reabastecer. Parou o veículo na frente da bomba. Um homem de uns setenta anos se aproximou com passos lentos e indolentes.

– Quanto põe?

– Enche o tanque.

O homem pegou a mangueira e começou a pôr gasolina no tanque. Enzo desceu do carro. Olhou ao redor. Deu uma olhada no barraco de alumínio cheio de produtos automotivos. Deserto. O frentista estava sozinho.

– Mas que calor, hein? – disse. O frentista não respondeu. Recolocou a mangueira no lugar e se aproximou de Enzo.

– Cinquenta euros.

Enzo enfiou a mão no bolso. Sacou a pistola e, com a coronha, deu um golpe seco na têmpora do velho, que caiu no chão sem um gemido. Abaixou-se sobre o corpo e tirou a pochete. Abriu-a. Estava cheia de dinheiro. Feliz, entrou no carro e tornou a pegar a via Tiburtina em direção às montanhas.

Um vira-latinha sem coleira saiu do barraco de alumínio e se deitou choramingando ao lado do dono. Lambia-lhe o rosto, mas o homem não dava sinal de vida.

– Quero saber se eles deram notícias. Se o senhor falou com sua filha – disse Rocco, segurando o telefone com força, como se tivesse medo de que ele pudesse cair de sua mão.

Do outro lado da linha, Pietro Berguet respirava profundamente.

– Só por uns instantes. Falaram com meu irmão. Ela só disse: estou bem. E então alguém pegou o telefone. E desligou.

– Pelo menos sabemos isso. Que está viva.

– Comissário, repito para o senhor...

— E eu também repito para o senhor, sou subchefe.
— Subchefe, repito para o senhor. Não tem mais importância. Vamos fazer isso, eu recupero minha filha, e depois nós agimos, se a lei ainda puder me dar uma ajuda.
— É isso que o senhor quer?
— Eu e minha esposa queremos isso. Eu suplico, afaste-se, por enquanto. Eu lhe peço de joelhos.
— Tudo bem, dr. Berguet. Tudo bem. Agora... espero uma ordem sua e ponho a polícia em ação. — E desligou o telefone. Olhou para Italo. — Falaram com ela. Parece que está bem. Como é que está aquele bosta do Diemoz?
— Continua a berrar que é inocente. Mas hoje nós o transferimos para a prisão.
— Ótimo.
— O que a gente vai fazer, Rocco?
— Vamos em frente. Caterina, o que está fazendo? Ela vem?
— Sim, está chegando na delegacia — respondeu Italo. — A febre baixou.
— Coloque-a para investigar essa Calcestruzzi Varese e esse tal Ugo Montefoschi. — Enquanto falava, Italo tomava notas. — Os sequestradores sabem que, amanhã no máximo, vão ao tabelião para finalizar a transação. Nós temos três dias para entender mais alguma coisa. Antonio?
— Trouxe aquela coitada, Melina, a vendedora. Chora e diz que não sabe nada.
— Deixe ela ir embora, ela sabe menos que D'Intino.
Mal falou o nome do agente e ele botou a cara dentro da sala.
— Doutor, com licença?
— O que foi, D'Intino? Agora não é hora! Quer ir para casa? Vá para casa!

– Uma coisa horrível. Horrível mesmo.

Rocco ergueu os olhos para o teto.

– E posso saber o quê?

– Acharam um extinto.

Rocco encarou Italo.

– Entendi direito? Ele disse extinto?

– Acho que sim, doutor; ele disse um extinto. Extinto é o mesmo que um cadáver – esclareceu Italo.

– De quem?

Rosa, a zeladora, tinha chamado a polícia. Entrando para fazer a limpeza, descobrira o corpo de Cristiano Cerruti caído no chão de barriga para baixo, na sala de jantar. Uma mancha vermelha e enorme no tapete, e a mesinha de cristal em mil estilhaços. A bela barbinha bem cuidada estava cheia de sangue e pedaços do cérebro. Rosa estava sentada na escadaria do prédio, pálida como um Cristo crucificado, e enxugava os olhos vermelhos de tanto chorar. Depois de expulsar Casella, que tendia a emporcalhar a cena do crime distribuindo seu DNA com impressões digitais, saliva e xixi, Rocco circulava pela sala esperando o estimado e arredio Alberto Fumagalli. Havia borrifos de sangue também nas paredes da sala e numa tela de Schifano. Achou estranho que, com aquela mancha vermelha, o quadro parecesse mais bonito. O apartamento era pequeno, mobiliado à moda japonesa. Poucos móveis muito bons, uma bela cozinha arrumadíssima, nem um bibelô sobre os móveis, nem um livro. Rocco tinha a impressão de estar mais em um hotel que em uma casa. O quarto de dormir era enorme. Na cama king size, Cristiano não havia dormido sozinho. Os travesseiros estavam amarfanhados, as cobertas jogadas de lado, os lençóis traziam marcas de corpos dos dois lados. Em uma mesinha de cabeceira, óculos e um livro de Krakauer; do outro lado, sobre o tapetinho, uma bandeja com duas xícaras e biscoitos mordiscados. Até no banheiro, que parecia a toalete de um resort, reinava uma ordem absoluta, com exceção de uma escova de dente apoiada na pia e um aparelho de barbear ainda sujo de espuma.

A única certeza era que aquele crime, por mais que tivesse tombado com violência e brutalidade na vida de Rocco, pelo menos fazia parte da mesma história, do mesmo filão, e não era um acréscimo indesejado à confusão que já estava enfrentando. Ouviu um burburinho na sala. Fumagalli havia chegado. Também desta vez os dois não se cumprimentaram. O médico-legista, inclinado sobre o cadáver, estava pondo as luvas de látex.

– Belo golpe – disse, enfiando o dedo na ferida aberta na parte posterior do crânio, produzindo um ruído de carne esponjosa. O estômago de Rocco se contraiu. – Foi um golpe bem firme.

– Mas você não pode deixar de meter o dedo nas feridas, de fazer esse barulho nojento e se comportar como uma pessoa normal?

– Olha só quem está falando. Então, sabe quem é o coitado?

– Cristiano Cerruti, braço direito de Pietro Berguet, presidente da Edil.ber.

– E sabe por que deixaram ele neste estado?

– Só tenho uma vaga ideia.

– Agora vou botar o termômetro nele e tentar ver a que horas foi morto.

Rocco evitou assistir ao procedimento e continuou olhando ao redor. Havia a câmera do porteiro eletrônico, aparelho que mais cedo ou mais tarde ele mandaria colocar em casa, e uma porta totalmente blindada que parecia a de um banco. Tudo em perfeita ordem. Abriu algumas gavetas na sala e encontrou pratos empilhados, copos, toalhas e guardanapos, tudo organizado por forma e cor. Quando se voltou na direção de Fumagalli, viu-o xereteando ao lado de um armário chinês vermelho-fogo. Pegou um objeto metálico e depois o recolocou no lugar.

– O que é?

– Olha, Rocco, te dou uma mãozinha, vai te ajudar. – Alberto estava observando, atento, o saco de golfe encostado à parede. – Descobri a arma do crime pra você.

– O que leva você a pensar isso?

– Aqui falta o *drive*. Que é o usado para o golpe inicial. Nenhum jogador de golfe pode ficar sem o *drive*.

– De que forma ele é?

Alberto pegou um taco.

– Aqui na ponta tem uma cabeça enorme, mas não é pesado. – Depois, como um enlouquecido, deu um golpe no ar. – Um golpe com isto na parte posterior do crânio te manda para o Criador mesmo que você esteja de capacete.

– Mas o que é que você entende disso?

– Amigo, cê tá falando com um jogador da segunda divisão que venceu em Villa Olona e em La Pinetina, sabe?

– Não seria mais fácil dizer, sim, eu jogo? Estou me lixando pro seu troféu!

– Pra fazer você se roer de inveja.

– Não estou me roendo de inveja; pouco me importa o golfe. Não é um esporte.

– Como não é um esporte? – o médico se indignou.

– Uns passinhos no meio dos campos, vestido como um palhaço e dando golpes numa bolinha, e você chama isso de esporte?

– E como você gostaria de chamar?

– Uns passinhos no meio dos campos, vestido como um palhaço, dando golpes numa bolinha.
– Em 2016 vai voltar a ser um esporte olímpico.
– Junto com a bocha?
– Você não entende bosta nenhuma, Rocco.
– Falando em bosta, como se chama o que está faltando?
– *Drive*.
– *Drive*. Que, agora, deve estar repousando no fundo do rio Dora.
– Ou então num aterro ou debaixo da terra, como quer que eu saiba? – e retornou ao cadáver. – É, a ferida pode combinar. Tudo bem, levo o rapaz para o hospital. Se ele me falar mais alguma coisa, eu apareço.
– Se ele te falar? Ah, sim, me desculpe. – Rocco havia esquecido que, nas longas horas em que ficava sozinho com os cadáveres, Alberto Fumagalli tendia a falar com eles e a considerá-los coisas vivas e animadas.

Italo, que como sempre se mantivera longe da cena do crime, apareceu tímido à porta do apartamento:
– Doutor? A Rosa tem de lhe dizer alguma coisa...
– Quem?
– A zeladora.

A mulher, ainda sentada na escada, enxugava o nariz com um lenço que segurava apertado e que havia se transformado numa maçaroca disforme, úmida e manchada.
– Coragem, Rosa, conte ao subchefe de polícia o que me disse – Italo a encorajou.
A mulher finalmente pareceu ter esgotado o muco e ergueu os olhos para Rocco.
– Vi alguém saindo da casa do dr. Cerruti.
– Bom. E...?

— Ele passou na frente da minha casa. Eu moro no térreo, tenho um apartamentinho, porque sou a zeladora e, para alguns condôminos, também faço faxina. Por exemplo, para o dr. Cerruti eu também fazia a faxina. Por isso que entrei hoje de manhã; na verdade, eu o encontrei. Eu estava em minha casa, também tá lá o meu sobrinho, que veio me ver, ele veio lá de Civita porque está prestando um concurso na Província, esperando que Nossa Senhora conceda a graça e faça ele arrumar um bom emprego. Eu botei ele no meu quarto, mesmo ele querendo dormir no sofá, tadinho, no sofá estou eu... então...
— Dona, a senhora tá me deixando maluco! — berrou o subchefe. — Me fale sobre essa criatura que a senhora viu.

Rosa assoou o nariz e continuou:
— Sabe, doutor? Eu sabia que Cerruti tinha uma amante. E essa amante nunca passava pelo portão. Ele fazia ela entrar pela garagem, lá embaixo. Depois, subia de elevador, e sempre ia embora pela garagem. Mas eu nunca a vi.

Rocco assentiu.
— Era um tipo discreto, não?
— Acho que sim. Mas talvez fosse importante saber essa história, não é?
— Sim, é importante... Então, e esse tipo que a senhora viu?
— Eu vi ele de costas. Era grandão, gordo, na verdade. Mas, sabe? Não mora aqui no condomínio, com certeza.
— Cabelos compridos, curtos, loiros, escuros?
— Não sei. Ele usava um boné e um casaco preto. Não me lembro de mais nada. Podia ser o assassino? — disse Rosa com um fio de voz.
— Ou um encanador. Não sei, senhora; me explique melhor essa história da garagem.
— Dá para entrar no prédio pela garagem, mas precisa da chave, ou então que alguém abra lá do apartamento.

— E todos os condôminos usam?
— Que nada. Só tem lugar para três carros. Um é do general, que não dirige mais; o outro, do escritório de arquitetura no primeiro andar, mas eles têm um furgão; e aí tem a vaga do pobre do Cerruti. Ele usava, eu já disse pro senhor. Para fazer a amante entrar.

Rocco fez um gesto para Italo.

— Venha, Italo, vamos descer na garagem. Dá para ir de elevador, senhora?

— Sim. Aperte a letra esse.

Os dois policiais entraram no elevador.

— Acha que a amante pode ter sido a assassina?

— O assassino, Italo. O assassino.

— Um... um homem?

— Você conhece mulher que faz a barba de manhã?

Ela não se mexia fazia horas. De vez em quando abria os olhos, depois os fechava.

Caio devagar, lentamente, de um andar alto. Muito alto. Meu coração vibra em meus ouvidos. E bate devagar, uma batida de vez em quando. Que frio. Faz frio aqui dentro. Mas é estranho. Agora puxo o edredom... da cama. Não coloquei? Não coloquei o edredom? Dolores, cadê o edredom? Quer ver que eu dormi com as janelas abertas? Que tonta. Levanto e vou fechá-las. Não dá pra escutar nada. Ainda está nevando ou já parou? A neve abafa todos os barulhos. Até o ar fica silencioso quando neva. Não dá para ouvir passos. Só as árvores, quando venta... e o vento passa no meio dos galhos dos pinheiros. Eu escuto o vento, e os passos sobre a neve. É por isso que faz frio. Eu caí. Caí no meio da neve. Onde eu estava? Stefano... estava esquiando? Acho que caí com os esquis. Me dói demais a perna. Eu quebrei a perna. Stefano, quebrei a perna, não é? Por que você não vem, Stefano? Me ajuda! Onde você está? Não fala mais comigo? Foi embora? Desapareceram todos, assim? No nada?. Estou cansada. Agora vou dormir. Cinco minutos. Só cinco minutos, depois eu acordo e me levanto. Me levanto e vou para casa. Para casa. Para casa...

Rocco e Italo olhavam ao redor. A garagem era pequena, e era usada pelos condôminos principalmente como depósito. Como dissera a zeladora, havia um furgão estacionado, com os dizeres "Arquitetura de interiores" e dois lugares vagos.

– O que estamos procurando? – perguntou Italo, com os olhos fixos no chão.

– Nada. Eu precisava de um golpe de sorte. De vez em quando, ajuda. Está vendo? O assassino passou por aqui. Isso quer dizer que ele estacionou, subiu pelo elevador, fez o que tinha de fazer e depois desceu para pegar o carro...

– Ou a moto...

– Ou a bicicleta, sei lá, porra!

Rocco se aproximou do portão de ferro automático que dava diretamente para a rua.

– Porém... – balançou o portão. – Pense comigo. Se ele entrou porque Cristiano abriu para ele lá de cima, como saiu?

– Pegou as chaves de Cerruti?

– Não abre com uma chave. Está vendo? – e indicou uma estranha abertura com cinco pontas. – Coloca-se um tipo de plugue que interrompe o circuito e a porta se abre.

– Tudo bem – retificou Italo –, então ele pegou o plugue de Cristiano.

Rocco bufou.

– O que foi?

– Tenho de subir mais uma vez.

– E daí? Basta subir ao terceiro andar.

— Isso, e topar com aquele chato do Ernesto Farinelli, de Turim. Que, com certeza, vai me encher o saco.
— Como você sabe que ele chegou?
— Eu sinto!

Italo deu de ombros. Estavam indo para o elevador quando Italo pisou em alguma coisa. Os dois policiais se imobilizaram e olharam para o chão. Italo ergueu o pé. Havia um fragmento de plástico transparente.

— E isto?

Rocco o pegou.

— O que é isso? Parece plástico, não é vidro.
— Isso é policarbonato.
— Traduza, Italo.
— É usado para os faróis dos carros.
— Será que é o golpe de sorte?
— Pode ser.
— Quem pode dar uma mãozinha pra gente e identificar isso?
— Umberto. Meu amigo da polícia rodoviária. Antes ele era mecânico. Com certeza conhece alguém.
— Então vá, e não perca tempo!
— Se o elevador não chegar, não vou a lugar nenhum, Rocco.

No apartamento de Cerruti já estavam dois agentes da polícia científica com avental branco, trabalhando. O corpo do infeliz estava coberto por um pano.

— Oi, Schiavone. — A voz inconfundível do vice da polícia científica atingiu Rocco bem nas costas.

— Continue, Farinè, me diga as merdas que a gente fez desta vez.

— Por enquanto, nenhuma. E como é que você não me pergunta sobre minha esposa?
— Vocês ainda estão juntos?
— Estamos — disse, satisfeito, o policial, que naquele dia, vai saber como, parecia estar de ótimo humor.

O antigo mistério. A sra. Farinelli, dona de uma beleza que, em Turim, era de parar o trânsito, continuava compartilhando a existência com Farinelli, que, na opinião de Rocco Schiavone, era a quintessência da feiura. Estatura mediana, nem um fio de cabelo, um rosto daqueles que a gente esquece assim que virou a esquina e, fato mais grave, totalmente destituído de senso de humor.

— Sim, ainda estamos juntos. A coisa te incomoda?
— A mim, não. Não entendo é como não incomoda sua esposa.
— Está procurando alguma coisa?
— Estou. As chaves de casa. Vocês as encontraram?

Farinelli assentiu.

— Cerruti, era esse o nome dele?, era um cara muito organizado. Eu amo os caras muito organizados. Eles me facilitam o serviço. Dois molhos de chaves, na primeira gaveta da entrada, tá vendo? Aquele móvel chinês?
— Não é chinês, é tibetano — retrucou Rocco.
— E o que você entende disso?
— Deixa quieto, Farinelli. Em relação a essas coisas, me deixe em paz. E se você me encher o saco, eu te digo até quanto custa. Nesses molhos de chave tinha algum plugue?
— Sim, tem em um. Já perguntei para a zeladora. Serve para...
— Abrir o portão de ferro lá embaixo, na garagem — Rocco concluiu a frase.

– Estou vendo que você sabe. Ela me disse que cada condômino tem dois.

– Dois? Então cadê o outro? Ele não era tão organizado assim, esse Cerruti. – Sorriu para o colega. – Mas eu, ao contrário de você, sei onde está.

Farinelli virou a cabeça ligeiramente para o lado.

– E onde está?

– Se o assassino é esperto, jogou fora junto com a arma do crime. Se é idiota, ainda está com ele no bolso.

– Que pena.

– O quê?

– Aquele Schifano. Espirrou sangue nele.

Os dois se aproximaram do quadro emoldurado.

– Eu acho que cai bem – disse Rocco.

– Tenho de mandar levar para análise. Talvez não seja o sangue da vítima. Meu lema é: nunca desista! – disse Farinelli, que, tendo calçado o par de luvas de látex, tirou o quadro da parede.

Por trás havia um cofre com fechadura.

– Bom. Muito bem, Farinelli!

– Tá vendo? Quando se é minucioso? Abrimos? – e se aproximou com o molho de chaves.

Nada de valor. Só um punhado de folhas de papel. Rocco as agarrou, passando na frente do agente da polícia científica.

– Deixe eu dar uma olhadinha...

Eram correspondências de um banco, com saldo, movimentação e gastos altos.

– Former Bank, de Lugano.

– Você acertou... e o que diz aí?

– Que o nosso amigo – resmungou Rocco, folheando rápido os papéis – tem um saldo de três milhões de euros.

– Muito bem, Cerruti.

— Mas quer saber a coisa mais estranha? Desses três milhões, dois milhões e novecentos mil entraram não faz nem uma semana.

Farinelli encarou Rocco.

— O que você está querendo dizer?

— Uma transferência. De outro banco de Lugano. Isso dá o que pensar, não é?

— E muito.

Rocco entregou tudo ao colega, que começou a ler.

— O que a gente faz com o juiz?

— Você pensa nisso, Farinelli. Você é inteligente e organizado; o juiz gosta dos tipos organizados. — Rocco ia saindo. Depois se deteve à porta. — Me explique uma coisa? Por que você parece estar de tão bom humor? Você nunca está!

— Porque eu amo a neve em maio. É tão estranha, fofa. Me faz voltar à minha infância.

— E desde quando você teve uma?

— Estou horrorizado. Estou arrasado, não sei o que dizer. Mas o que está acontecendo? — berrava Pietro Berguet. Do escritório, alguém havia avisado sobre a tragédia. Giuliana estava muito perturbada, largada como um trapo em um dos sofás dourados.

— E agora? Quem foi? Como isso é possível? — o presidente da Edil.ber andava de um lado para o outro da grande sala. — Em que posso pensar? Perdi um amigo, agora a polícia vai se enfiar no escritório, e eles? Eles não soltaram Chiara. E ainda por cima, o tabelião Charbonnier... ele foi internado. — Ele olhou para a esposa. — O que vamos fazer?

Quando Pietro Berguet finalmente se sentou, Rocco começou a falar:

— Podem me dar o número do celular de Cristiano? Nesse número de Cerruti pode haver registros das ligações entre ele e o assassino. É importante, para tentar recuperar as chamadas que ele fez.

— Claro, claro. – Pietro se levantou e foi à entrada da casa.

— Teriam sido eles? – disse Giuliana com um fio de voz.

— Não sei. Assim como gostaria de saber por que Cerruti tinha uma conta em um banco de Lugano com uns bons três milhões de euros.

Giuliana ficou de boca aberta.

— Três... três milhões?

— Ele ganhava tanto assim na Edil.ber?

Pietro, que voltara para a sala com uma folha de papel na mão, respondeu:

— Tinha um belo salário... mas três milhões!

— Que os senhores saibam, ele herdou alguma coisa? Ganhou na loteria? Qualquer coisa que possa justificar uma soma assim tão elevada?

— Não, de jeito nenhum. O dr. Cerruti não tinha família, tinha uma tia, lá em Marche, mas não acredito... não, eu eliminaria essa hipótese.

— Agora a coisa fica mais misteriosa, não acham? Dr. Berguet, lhe pergunto com toda a calma e a capacidade de escuta de que sou capaz. Quem sugeriu para o senhor procurar aquelas pessoas por causa do dinheiro? Quem indicou Michele Diemoz para o senhor?

Pietro mordeu os lábios:

— A princípio, foi o próprio banco que me disse para procurar pessoas que pudessem me ajudar. Mas a sugestão mesmo... não lembro. Uma noite, estávamos no escritório...

— Quem estava?

— Cristiano e eu. E esse Diemoz apareceu. Eu tentei entender quem ele era, e foi o Cristiano que pegou todas as informações. Parecia uma boa pessoa, alguém que tinha os contatos certos na Suíça. Sim, foi o Cristiano que verificou se Diemoz era uma boa pessoa. Mas agora o senhor está me dizendo que...

– Que o senhor alimentava uma serpente em sua casa, dr. Berguet.

Pietro levou as mãos ao rosto. Giuliana, por sua vez, arregalou os olhos, que haviam ficado fundos e raivosos.

– Então, se aquele desgraçado, paz à sua alma, estava do lado deles, por que o mataram?

Rocco suspirou.

– Isso eu ainda não sei. Não sei o motivo. Vai saber, talvez quisesse acabar com tudo, vir falar conosco. Ou então...

– Ou então? – Giuliana quase gritou.

– Ou então a história é outra. E aqueles do sul não têm nada a ver com isso. Mas é um homicídio diferente. Uma coisa particular. Resumindo, digamos que quem matou Cristiano pode ser uma pessoa muito próxima dele, e que tivesse com ele uma questão pendente, urgente e complicada. Bem, a propósito dos sulistas, quero saber: eles deram sinal de vida?

Giuliana e Pietro o olharam.

– Não – disse Pietro. – Não mais.

– Eles vão entrar em contato, para tomar providências quanto ao tabelião. Mas temos de recomeçar da estaca zero, agora que Charbonnier está no hospital.

– E Chiara? Lá, sozinha, nas mãos de... – Giuliana começou a chorar. Pietro se aproximou dela, dando-lhe um lenço.

– Aqui está o número – disse entregando o papelzinho a Schiavone. – Este é o número que Cristiano usava para os negócios do escritório.

– Obrigado. – Rocco o colocou no bolso. – O que os senhores têm intenção de fazer?

O casal Berguet, pálido, unido em um abraço impotente, encarou o subchefe. Quem respondeu foi Pietro:

— Não sabemos. Esperamos instruções. Foi Cristiano quem fez o acordo com o tabelião. Eu... nós não sabemos o que fazer.

— E Chiara?

— Já lhe dissemos. Marcello a ouviu, só um segundo. Mas parecia estar bem. Eu não me preocuparia com isso.

— Eu, pelo contrário, sim – respondeu Rocco. – Que garantia os senhores têm de que fosse ela mesma ao telefone? Nenhuma.

— E temos de esperar o que para ter certeza? O lóbulo de uma orelha? – disse Giuliana, brusca.

Nesse instante, o telefone de casa soou e foi pior que um punhal de gelo nas costas dos Berguet. Rocco ergueu uma das mãos:

— Devagar. Tentem ficar tranquilos. Tem outro telefone?

Pietro assentiu e indicou um aparelho em um móvel Luís-qualquercoisa.

— Ótimo. O senhor pegue o sem fio. Se tirarmos do gancho ao mesmo tempo, eles não vão perceber.

Pietro se dirigiu ao telefone sem fio. Os toques continuavam a ecoar pela casa. Pietro tornou a entrar na sala. Todos se olhavam nos olhos, olhos cheios de desespero, olhos que não se fechavam fazia dias, profundos e sombrios como poços artesianos.

— Quando eu contar três – disse Rocco. – Um, dois, três! – Pietro e Rocco atenderam ao mesmo tempo o telefone.

— Quem é? – disse Pietro.

— Que porra tá aconteceno? – respondeu uma voz cavernosa e distante.

— São vocês?

— Que é que a políça tá fazeno no escritório?

— Mataram... mataram o dr. Cerruti.

Giuliana se aproximou de Pietro.
– Quero falar com a minha filha.
– Num me enche o saco!
Rocco reconheceu o sotaque. Calábria, sem sombra de dúvida.
– Cês já ouviram ela antes. O tabelião tá no hospital. Nós vai pegar outro... nós diz pra vocês quem é.
– Por que vocês fizeram isso com Cristiano...
– Num me enche o saco, quem foi que botou as mão nesse viado? Eu telefono. Amanhã, no máximo. Berguet, vê se num faz merda. Uma palavrinha co'a poliça, e a filhinha morre!
Clic.
– Alô? Alô?
Rocco desligou. Pietro afastou o telefone do ouvido. Giuliana estava ali, esperando notícias como um cachorrinho na frente do biscoito.
– Disseram que vão telefonar para trocar de tabelião. Amanhã.
Giuliana voltou ao sofá. Pietro se encostou à parede.
Sem se despedir, o subchefe saiu da casa dos Berguet.

– Que história é essa? – berrava ao telefone Costa, enquanto Schiavone ia de carro para a delegacia.
– Doutor, nós chegamos ao local e encontramos o cadáver de Cristiano Cerruti.
– Eu convoquei uma coletiva de imprensa sobre aquele caso de receptação. Agora os jornalistas vão me perguntar sobre esse homicídio; e eu não sei nada sobre ele!
– Não, doutor, e acredite em mim, por enquanto tem muito pouco para saber. O senhor se limite a dizer que os policiais estão trabalhando, e que um dos policiais sou eu.
– Quero mais, não posso ficar sob o fogo dos jornalistas com as calças arriadas e sem munição!

— Eu vou mandar o agente Pierron ter com o senhor agora mesmo. Ele lhe dirá tudo e lhe dará um bom par de calças. Ele está ao meu lado na investigação.

— Venha o senhor também.

"Porra, não", pensou Rocco. A coletiva de imprensa não. A coletiva de imprensa, na escala das encheções de saco, ficava no nono grau.

— Doutor, não posso.

— Podemos saber por quê? E não tente me empurrar uma besteira qualquer desta vez. Quero a verdade.

Talvez fosse a hora de dizer a verdade ao chefe. Manter a coisa escondida não dava mais.

— Doutor, estou chegando à delegacia. Em dez minutos vou estar em sua sala.

— E não vai me encontrar lá, estou fora. Vamos, me diga!

Rocco contou tudo, sem pular um detalhe. Mas deixando de lado o acordo com o juiz Baldi, o acordo com o tabelião Charbonnier, o acordo com a família Berguet e a falsa busca na loja Bebiruta.

— Cace... mas é uma confusão! — disse, por fim, o chefe de polícia.

— É, doutor. E lhe peço: nem uma palavra para a imprensa; a vida de uma menina de dezoito anos está em jogo.

— Mas quem o senhor acha que eu sou, Schiavone? Um dos seus Gordo e Magro? Lembro-lhe que sou seu superior, e o senhor tinha o dever, repito, o dever de me contar o caso todo.

— Dr. Costa, são dois dias sem dormir para me dedicar ao caso. Eu lhe garanto que não era uma das minhas intenções.

— O senhor joga comigo ou contra mim?

— Sempre com o senhor, doutor. Não me parecia o caso de assustá-lo e colocá-lo sob pressão antes que a situação se esclarecesse.

— Lembro-lhe que torço pelo Genoa. E estou acostumado a viver sob pressão constante. Então, reserve essa manha toda a uma de suas amantes... — e mudou de tom, de repente. — A propósito, eu já lhe dei os parabéns pela conquista?
— Sim, doutor, já me deu. E sei que quem lhe contou foi o padeiro.
— Bom. Então, estava dizendo. Reserve essa manha a mulheres como Anna. Eu quero tudo claro e transparente. Não vai mais acontecer uma coisa dessas, estou sendo claro?
— Não vai mais acontecer, doutor.
— E, ouça, para ser bem claro: se precisar descascar um abacaxi dos grandes, dividimos em dois, certo?
— A metáfora foi compreendida.
— E agora, por culpa sua, tenho de enfrentar os jornalistas com este estado de espírito perturbado.
— Não se preocupe. E lembre-se do Genoa. Assim o senhor vê que supera a situação.
— Está sendo irônico?
— Eu nunca tomaria essa liberdade.
— E, no entanto, está sendo. Não sei o que me impede de transferir o senhor.
— Agora é o senhor quem está sendo irônico. Porque sabe que eu não pediria nada mais que isso!
— Bom serviço, Schiavone.
Ele tinha chegado à delegacia. O céu estava negro e alguns flocos de neve tinham voltado a cair lentamente sobre a cidade. Olhou para a calçada, que em breve se tornaria de novo um sorvete de nata.

Caterina Rispoli e Antonio Scipioni estavam em sua sala.
— Caterina, como você está?
Nariz vermelho, olheiras, rosto de quem dormiu pouco e mal.

— Enfim, doutor. Toda vez que saio de casa, pioro.
— E como se sente em minha sala?
— Muito bem. É confortável e quente.
— Mando trazer algo pra você?
— Não, obrigada. Tomei um chá.
— Antonio... – e Rocco estendeu um papel para Scipioni. – Este é o número do celular da vítima. Veja se consegue uma relação das últimas chamadas recebidas.

Antonio assentiu:
— Não temos o celular? Quero dizer, o objeto.
— Se tivéssemos, eu faria isso sozinho, não?
— Sim. Sabe, doutor? Não é uma coisa fácil, vou dizer agora mesmo. Geralmente, nos dão um arquivo no formato csv ou um .xls, depois nós temos de trabalhar sozinhos um por um, com um sql ou um conversor. Vamos torcer para que tenhamos um atps2000, pelo menos.

Rocco o encarou com olhos sem vida:
— Não entendi porra nenhuma.
— Vou simplificar. Das companhias, nos mandam arquivos digitais que são uma bagunça só; encontrar os números não é brincadeira. Uma coisa pra alguns dias.
— Alguns dias? Eu não tenho alguns dias.
— Vou ver o que consigo descobrir.
— Como você sabe dessas coisas?
— Antes eu trabalhava na Telecom. – E, com um sorriso inocente, ele saiu da sala.

— De minha parte, consegui informações – disse Caterina. – A Calcestruzzi Varese é um negócio bem pequenininho que não fatura há meses. Ugo Montefoschi é um homem de 84 anos, ele mora em... – pegou uma folha – Villa Sant'Agnese, em Brembate.

Rocco assentiu.

— É um testa de ferro. O nosso homem é esse Carlo Cutrì.
— É, sabe? Ele mora em Lugano, na Suíça. E parece que tem uma loja de ferramentas.
— Filho da puta — murmurou Rocco, se aproximando da janela. — Você viu o que ele está aprontando?
— Não.
— Transfere a parte da Edil.ber a esse Montefoschi. Depois, com uma segunda transação, transfere a propriedade para a sua sociedade na Suíça. Aqui ele não vem mais. Ou, se vier, será quando tudo estiver resolvido.
— Mas ele tem um cúmplice aqui.
— Sim, os que sequestraram Chiara e telefonaram para o nosso Pietro Berguet. E, minha opinião, o intermediário nessa lama toda era Cristiano Cerruti.
— Cerruti?
— Tenho certeza disso. Como tenho certeza de que ele talvez quisesse abrir o bico, mas alguém fez com que ficasse de boca fechada para sempre.
— Quem? — perguntou Caterina. E depois fechou os olhos.
— Vai pra casa, Caterì, e vê se passa antes na farmácia. Não quero ter você na minha consciência.
A inspetora sorriu.
— Obrigada, doutor, eu já não aguento mais. — Ela levantou-se da cadeira. Cambaleou. Rocco correu e a segurou.
— Acompanho você até lá embaixo?
— Se o senhor ficar assim pertinho, se arrisca a pegar a gripe também.
Eles se olharam nos olhos. Por tanto tempo que se constrangeram.
— Então, até mais, Caterina.
— Até mais, doutor.

A inspetora saiu da sala do subchefe. Que, só nesse instante, sentiu o cansaço cair sobre ele como um malho de ferro na cervical e nos ombros. Nos últimos dois dias não havia dormido nem sete horas. As zonas escuras daquele caso não se iluminavam, e ele não sentia o cérebro pronto e desperto. Precisava de uma boa noite de sono. O sol já deveria ter se posto. Lá fora estava escuro, e pelo menos a neve havia parado de cair. Calçadas e árvores estavam brancas como no Natal. Estava para apagar a luz da sala quando o telefone tocou. Bufando, foi atender.

– Sou o seu médico-legista preferido.
– Tenho de me sentar?
– Não, é coisa de um segundo. O nosso jogador de golfe me disse a que horas ele morreu.
– Vamos ouvir.
– No máximo às oito e meia. Nem um minuto depois. Quer que te explique como ele me disse?
– Deixa pra lá; você começa com a história da temperatura, eu me perco e não me interessa. Confio na sua perícia.
– Não só a temperatura. A refeição também. Nem tinha começado a digerir. Quer saber o que tinha no estômago?
– Não. Oito e meia, você disse?
– No máximo.
– Você é uma joia, Alberto. Obrigado e boa noite.
– Não vou dormir às seis e meia. Esta noite tenho o que fazer.
– E o que vai fazer de bom?
– Yoga.
– Aquela coisa que você se contorce todo, e depois pra desemaranhar precisa da polícia científica?
– Quando eu for velho e ágil, com as juntas lubrificadas, e você não puder nem se inclinar para pegar as chaves, voltamos a conversar.

– Não se preocupe, Alberto. Eu, velho não fico.
– Resmungão e solitário. Como cabe a um verdadeiro policial.
– Vá tomar no rabo.
– Você também, Rocco.
Só ao desligar o telefone ele percebeu que na cadeira havia uma caixa de papelão.
Clarks.
Número 42. E um bilhetinho. "Espero ter acertado o número."
Mas não tinha assinatura.

Estava indo direto à pizzaria para a costumeira refeição suntuosa quando viu Anna sair da perfumaria e atravessar a rua. Rocco trocou de calçada. Mãos nos bolsos do *loden*, passos rápidos e silenciosos e olhos fixos no chão.
– E aí? Finge que não me conhece? – soou a voz de Anna do outro lado da rua. Rocco se deteve.
– Me pareceu que você foi muito clara quanto a esse assunto.
– Mas você acredita em todas as coisas que uma mulher te diz?
– Não deveria?
– Não se responde a uma pergunta com outra.
– Não se para na rua um cavalheiro que está cuidando da própria vida.
– Vamos beber um vinho branco?
– Vamos beber um vinho branco.

O bar era de madeira. Mesinhas, lambris nas paredes, cadeiras, bancos, até o barman bronzeado parecia feito de jacarandá.

— *Santé*! — disse Anna, erguendo o copo.
— À sua! — respondeu Rocco. Os cálices tilintaram e o néctar branco foi parar na garganta.
— Que droga essa neve, hã?
— É — disse Rocco. — Mas agora estou começando a me acostumar.
— Está mentindo. — Anna deu risada e bebeu outro gole de vinho. — Está com o rosto cansado.
— É, estou um trapo.
— O que você estava fazendo no banco?
— Quando? Já estou perdendo a noção do tempo.
— Ontem. Em vez disso, eu e você estávamos em minha casa na outra noite. E eu te telefonei...
— Eu sei, eu sei; disso eu me lembro.
— Falei com a Nora. Olha que as coisas não estão tão ruins assim.
— O que você quer dizer?
— Veja só, ela me agradeceu. Porque eu mostrei a ela, no fundo, que tipo de pessoa você é.
— E ela precisava disso?
— Precisava de um empurrãozinho para sair dessa situação, eu acho.
— Resumindo, se eu bem entendi, você foi pra cama comigo para salvar sua amiga. Estou certo?
Anna sorriu.
— Intenções e resultados às vezes se confundem e se tornam uma névoa indecifrável. O importante é que todos nós tenhamos conseguido algo positivo. Ela se livrou de você; você se livrou dela...
— E você?
— Eu matei uma curiosidade.
Rocco se serviu de outra taça de vinho.

– Magoei seu amor-próprio?
– Não tenho amor-próprio, Anna. Você faz uma bela personagem. Cínica, astuta, vivida, um pouco atormentada, que sai dando socos na vida. Você a construiu bem. Mas deixe que eu te diga duas coisas: você é uma mulher sozinha, cheia de complexos, que, se um dia se olhasse no espelho com honestidade, se desintegraria.
– E o que faz você pensar assim?
– Você tem 42 anos, mas diz que tem 38. Fez plástica no seio, e outra bem pequena no lábio superior, porque fumava e estava ficando com ruguinhas. Você foi casada duas vezes e não conseguiu nada em nenhuma das duas. Você é sustentada pelo arquiteto Pietro Bucci-qualquercoisa. Você queria ter feito alguma coisa na vida. Pinta no seu quarto, mas seus quadros, com exceção do papel de parede da sua casa, com o qual, deixe que eu te diga, eles se parecem muito, nunca foram vistos por ninguém. Você ataca em primeiro lugar, e depois se enrola como um ouriço; trai uma amiga e descobre uma rota de fuga para não se sentir uma merda, faz ultimatos que não respeita. E quando faz amor, chora.
Anna bateu palmas.
– É muito bom, o comissário.
– Subchefe.
– E todas essas coisinhas você descobriu xereteando em minha casa?
– Duas perguntas aqui, duas perguntas ali, e uma olhadinha lá.
– Sabe por que eu chorava enquanto fazia amor com você?
– Por causa da minha performance?
– Não. Porque me apaixonei, desgraçado!
O Blanc de Morgex voou do cálice de Anna diretamente sobre a camisa dele, indo parar dentro das calças. Anna se

levantou de um salto e saiu do bar. Rocco ficou ali, olhando o líquido escurecendo o veludo claro.

– Está começando a se tornar um hábito – disse.

Agora ele fedia como um bêbado.

"Você está fedendo como um bêbado."
"Eu sei, Marina, eu sei."
Ela dá risada.
"Quem você deixou com raiva desta vez?"
Não lhe respondo. Não me parece o caso.
"Uma mulher, com certeza."
Continuo a não responder.
"Olha pra mim?"
Eu a olho.
"Rocco, por que você não me deixa em paz?"
A mão me aperta o estômago que, pior que um limão, solta um ácido sulfúrico, quente e doloroso, que sobe à minha garganta e a queima, como se fosse um fósforo aceso.
"Não", mal consigo dizer. "Não te deixo em paz."
"Eu estou tranquila, Rocco. Você, não. Você não está tranquilo. Dá só uma olhada nesta casa?"
"O que tem de errado nela?"
"Nada. Não tem nada. Não tem um quadro, não tem um livro, um CD. Só tem a televisão, dois sofás, o armário, a cama e uma cozinha que você nunca usa. O que você tem aí?"
Ergo o saco plástico.
"Margherita com batatas e cebola."
"Depois fica com mau hálito."
"Eu faço de propósito."
Coloco a pizza na mesa. Abro o pacote. Tem um cheiro bom. E hoje não parece uma ferida com pus, parece mesmo uma pizza com tomate e mozarela. E está gostosa.

"*É a fome*", diz Marina.

"*Pode ser.*"

"*Quer ouvir a palavra de hoje?*"

"*Então você recomeçou. Qual é?*"

"*Antracnose.*"

"*O que quer dizer?*"

"*Vá olhar no dicionário. Você não pode ter sempre tudo na mão*", e então ela vai para o quarto de dormir. Ou para o banheiro. Quarto de dormir, porque não ouço água correndo nem a porta se fechando com chave.

No terceiro bocado de pizza, o celular tocou. Rocco se levantou. Estava no bolso do *loden*.

– Pronto?

– Rocco? Sou eu, Adele!

Por um instante, Rocco se perguntou: "Que Adele?".

– Sou eu, Adele! A mulher daquele bundão do Seba. Como você está?

Adele, de Roma!

– Sim, é claro, Adele. E como você está?

– Uma merda. Escuta, o Furio falou com você?

– Hã? – Ele tinha esquecido. – Sim.

– E tudo bem pra você? Encontrou um lugar para mim?

– É que... não, Adè, não encontrei. Não tive tempo. O trabalho está acabando comigo.

– Em Aosta?

– Em Aosta. Quem diria!

Adele deu risada.

– Tudo bem, eu chego amanhã.

Rocco procurava uma solução. O dia seguinte seria um dia pavoroso, ele já sabia.

— Vamos fazer o seguinte. Amanhã você chega a Aosta, vai até a delegacia, eu mando o endereço por SMS... Lá, eu deixo as chaves de casa. Amanhã você dorme aqui. Depois a gente vê, tudo bem?

— Tudo bem. Corso Battaglione Aosta.

— Como você sabe?

— Google. E a sua casa?

— Como? Não está no Google?

Adele dá risada de novo.

— Não. Não está.

— Via Piave. Você chega e fica aqui tranquila. Ah, uma coisa, Adele, ou melhor, duas. Faça uma comprinha, porque a geladeira está fazendo eco. E em segundo lugar, eu não sei de nada. Se o Seba ficar sabendo que eu estou te escondendo, ele me mata.

— Tranquilo, Rocco, são só uns dois dias, no máximo. Você é um amigo.

— Imagina.

— Até amanhã, Rocco.

— Até amanhã.

O que é que eu faço? Digo para a Marina que Adele está chegando?

Leio. Antracnose: designação comum às doenças causadas por diferentes fungos, caracterizada por manchas escuras nas folhas, galhos e frutos, e apodrecimentos dos tecidos; doença-negra.

"Está acontecendo comigo, Marina?" Ela não responde. "Comigo?"

O vento agitava as palmeiras da orla. Era um vento do leste, frio e vindo lá dos Bálcãs. Corrado Pizzuti, envolto no casaco, enfiou bem na cabeça o gorro de lã. O mar estava escuro e só se viam as cristas brancas das ondas quebrando. À distância, luzinhas perdidas naquela imensidão negra. Alguém pescando em mar aberto. A cidadezinha estava vazia. Só ficaria lotada nos meses de julho e agosto, e as casas, todas para passar as férias, estavam com as janelas fechadas. Nos jardins, por baixo dos plásticos, repousavam os pedalinhos, as espreguiçadeiras e os balanços. Ervas daninhas por todos os cantos. As barraquinhas à beira-mar estavam com as portas de metal fechadas, e a areia soprada pelo vento durante todo o inverno já invadira a calçada. Mas era maio, e os meses mais duros estavam acabando. Corrado sabia. Os meses de inverno, aqueles em que a nostalgia de Roma batia com toda a força. Mais de uma vez esteve a ponto de ceder, pegar o carro e voltar a viver em Fidene, no seu bairro. Não era nenhuma maravilha, periférico, uma antiga localidade latina, mas sempre era Roma. Em quatro anos naquela cidadezinha de província havia feito amizade com três pessoas e, se queria dar uma transada, tinha de ir até Pescara e botar a mão na carteira. Dinheiro, pelo menos, não faltava. O bar estava indo até que bem e no verão a renda aumentava o suficiente para ele ficar tranquilo nos meses seguintes. Mas Roma... Roma é outra coisa. Ele tinha nascido lá, 54 anos antes, e sempre se sentia em casa no meio daquela bagunça, daquele fedor medonho. Mas voltar estava fora de cogitação. Na verdade, se considerava feliz. Em quatro anos, ninguém tinha ido visitá-lo, colocá-lo no meio de uma confusão ou o encurralar contra a parede.

 Ele virou na ruazinha. Mas que coisa, em quatro anos ainda não lembrava como ela se chamava. Naquela noite, ergueu os olhos, leu a placa: "Via Treviso". Bom, disse para si mesmo. Moro na via Treviso. Nas cidadezinhas, nunca se diz o nome da rua. Dizem, moro perto da sorveteria, ou depois do banco, ou talvez perto da Mimì. Não se diz, como em Roma:

moro na via Treviso, número 15. Até porque na cidadezinha, com exceção dos bombeiros, ninguém sabe onde fica a via Treviso. Para todos, é a rua na frente dos banhos de Eraldo. Fechado. Acabou.

Ele entrou no pátio. Sua escada era a A. Seu apartamentinho de sessenta metros quadrados ficava no mezanino. Enfiou a chave no portãozinho de alumínio anodizado.

– Oi, Corrà!

Deu um pulo como uma bombinha. Voltou-se. No canto oposto, a chama de um isqueiro iluminou o rosto de Enzo Baiocchi, que surgia da névoa das recordações como o pior dos seus pesadelos.

– Como vai?

– Enzo! Be... tudo bem. E você?

Enzo apagou a chama. A escuridão engoliu o rosto dele. Depois Enzo deu uma tragada e a brasa vermelha coloriu seus olhos. Encaminhou-se para perto de Corrado, ficando em cheio sob a luz da lâmpada do condomínio.

– Você... você saiu?

Enzo sorriu.

– Se eu estou aqui...

– Posso te oferecer alguma coisa?

– Não. – Enzo enfiou uma das mãos no bolso dos jeans e deixou-a ali. – Vou te fazer uma pergunta, Corrado. E antes de me responder, pense bem. Você vem comigo ou fica por aqui?

– Eu? Eu vou... vou com você.

– Muito bem. – Enzo tirou a mão do bolso dos jeans. Vazia. Corrado soltou um suspiro de alívio.

– E aonde a gente vai?

– Eu te falo no caminho. Amanhã.

– Você tem carro?

— Não. A gente vai com o seu.
— Ele está com barulho no motor e os pneus são velhos. Aonde a gente tem de ir?
— A gente vai com o seu — insistiu Enzo. — Bom, você tem um lugar onde eu possa dormir?
— Sim... sim. Tenho um sofá-cama.
— Vamos entrar em casa, então. Está frio aqui. — Jogou o cigarro fora e seguiu Corrado pelo portão do prédio.

Quinta-feira

Devia ter nevado por algumas horas durante a noite, ainda que o céu estivesse mais claro desde que a aurora havia despontado sobre Aosta. O ar continuava rarefeito e gelado, e a cidade ainda parecia dormir um sono profundo. As ruas já estavam liberadas, e apenas uma leve camadinha parecida com açúcar de confeiteiro sujava as calçadas. Seis e meia. Cedo demais para ir ao Ettore, tomaria café da manhã mais tarde. Tinha de voltar correndo para a delegacia. As horas de sono haviam ajudado, e ele tinha a sensação de ter varrido as teias de aranha do cérebro. Aproveitou a banca de jornal aberta. A primeira página trazia o homicídio de Cristiano Cerruti. Ao ler o artigo, percebeu que Costa havia se saído muito bem. Poucas palavras pomposas, as costumeiras fórmulas e garantias. Estava lá também o seu nome, como chefe da investigação. Com certeza receberia o telefonema do juiz Baldi. No dia anterior, havia se esquecido de lhe revelar esse detalhe.

E, como era de se esperar, o telefonema aconteceu.

— Doutor?

— Tenho de ficar sabendo pelos jornais?

— Me desculpe, Farinelli não telefonou para o senhor?

— Farinelli não me telefonou.

Filho de uma boa puta, pensou Rocco.

— Mas era o senhor quem tinha de fazer isso, Schiavone!

— O senhor tem toda a razão.

— Sabe o que eu faço com a razão? Me diga, em vez disso, se o senhor tem uma ideia.

— Mais ou menos. Cerruti, eu acho, estava metido nessa história até o pescoço. É possível que tenha sido queima de arquivo.

— Temos pistas?

— Estamos tentando descobrir por meio do celular se ele telefonou, e para quem. Só que não encontramos o celular de Cerruti. E, tendo só o número, parece que é uma coisa meio complicada.

— E é. Imagine que há dois anos um advogado de defesa trouxe um gráfico incompreensível para provar a inocência do seu cliente. Queria provar que naquele dia e naquela hora o acusado se encontrava a centenas de quilômetros do local do homicídio.

— E em vez disso?

— Em vez disso, um técnico que leu aquele emaranhado de linhas e de diagramas revelou exatamente o contrário. Resumindo, o advogado ferrou o cliente porque não tinha conseguido ler aquela coisa confusa.

— Acontece.

— Agora se espante com a minha bondade. Lembra-se daquele registro que o senhor me havia trazido? Aquele que o senhor pegou na loja Bembiruta?

— Bebiruta.

— Seja o que for.

— Claro que lembro.

— Bom. Nele estão os nomes de 25 devedores. E eu descobri que doze deles têm uma coisa em comum.

— Qual seria?

— Todos têm conta na Cassa della Vallée. Talvez seja coincidência.

— Talvez. Mas é bom saber. Obrigado, doutor. Anotado.

— Espero ter novidades desta vez, Schiavone. O senhor e eu temos um pacto, lembra?

— Claro.

— E saiba que, caso seja preciso descascar o abacaxi...

– O senhor o divide irmãmente comigo?
– Não. Deixo inteiro para o senhor. Bom dia.

Ele não podia desistir. Abriu a gaveta e tirou um baseado. Acendeu-o, sentou-se na poltrona e organizou as ideias. Sobre a mesa desarrumada, dezenas de folhas. Nenhuma mensagem, nenhuma novidade. Esticou o pescoço. Apagou a bituca no cinzeiro e, como sempre, abriu a janela para que entrasse ar fresco. Caterina entrou sem bater.

– Me desculpe! Não pensava que...

Apanhado em flagrante, Rocco ficou mudo.

– Está com a janela aberta? Mas ficou louco?

O subchefe a fechou.

– Não bati à porta porque achei que o senhor não estivesse aqui – disse Caterina, sentando-se. O cheiro de cannabis era muito forte. Seria possível que Caterina não o sentisse?

Quando a inspetora assoou sonoramente o nariz, Rocco compreendeu o motivo.

– Mas você não deveria estar em casa?

– Não consigo. Além disso, Italo ronca feito um marinheiro soviético – e sorriu com o nariz vermelho e os olhos azuis, grandes e sinceros.

– Como é que os marinheiros soviéticos roncam? – perguntou Rocco, divertido.

– Como russos! – e começou a rir. – Escute, doutor, talvez seja uma tolice. Mas ontem eu estive na farmácia.

– Fez bem.

– É, porque se eu não tomar os antibióticos pode ser que este resfriado se transforme em uma sinusite. E aí é um belo de um problema.

– Eu sei. É de enlouquecer de dor.

— Mesmo? Enfim, estava dizendo que ontem fui à farmácia. Lembra aquela folhinha que o senhor me deu? Aquela com a escrita misteriosa que dava para ler passando o lápis?
— E como não? Eu a peguei em um bloco de notas na casa Berguet. Esperava algo mais. E o que estava escrito nela?
— Eu pensava que fosse Deflan, que é um remédio. Bom, eu o levei ao farmacêutico. Ele também leu e me disse que não está escrito Deflan, e sim, Deflamon.
— É uma coisa importante?
— Ah, não sei. Deflamon também é um remédio.
— E para que serve?
— Espere, eu anotei aqui. — Abriu a bolsa. Tirou a carteira, um estojo de maquiagem, um livro de bolso azul, o saquinho da farmácia. Abriu-o e pegou o papel escrito. — Então, Deflamon... serve para tratar uma infecção vaginal.

Rocco piscou os olhos.
— Uma infecção vaginal? — mas não tinha perguntado para ela, só estava pensando em voz alta. Caterina o olhava.
— É... uma doença que...

Rocco agarrou o telefone.
— Chame o dr. Fumagalli. Schiavone, delegacia de Aosta. — Esperou na linha enquanto, nervoso, tamborilava os dedos no tampo da escrivaninha.
— Ora, ora! Às sete e meia e já está trabalhando?
— Lembra quando você me fez olhar no microscópio? Aquele negócio encontrado no corpo de Carlo Figus?
— Não no corpo, no pênis. Sim, claro.
— Como se chamava aquele vírus que você me mostrou?
— Santa Mãe de Deus, Rocco, não é um vírus. É uma bactéria. *Gardnerella vaginalis*.
— Pode tratar com Deflamon?
— Claro, é um metronidazol. Mas por quê?

– Porque é um primeiro passo, meu amigo.
– Eu te disse que você devia arrumar uma companheira fixa. Você pegou?
– Eu não.
– E quem está doente?
– Depois te digo!
– Olha, é uma coisa comum...
Rocco desligou o telefone.
– É uma pista, Caterina. Pequena, mas é uma pista!
Tornou a agarrar o telefone.
– Oi, quem está na portaria?
– Sou eu, Casella, doutor.
– Chame a polícia rodoviária para mim. Preciso do agente Umberto.
– Sobrenome?
Rocco se voltou para a inspetora Rispoli.
– Conhece Umberto? Da polícia rodoviária, amigo de Italo?
– Claro, estava jantando ontem lá em casa. Pasta. Umberto Pasta.
– Pasta, Casella.
– Qual?
– Qual o quê?
– Qual pasta o senhor quer, de dente ou de documentos?
– E que porra a pasta de dente tem a ver com o caso?
– O senhor me mandou pegar a pasta, mas não disse qual!
– Pasta é o sobrenome do Umberto, seu retardado!
– Era uma piada. Eu tinha entendido, doutor!
– Eu desço e te arranco o couro, idiota. Vá, rápido! – esperou com o aparelho na mão. – Onde ficam os carros acidentados?
– Normalmente, lá no depósito. Em Villair...

– Chame o Italo. Fale para ele vir agora mesmo para a delegacia. E prepare para mim as fotos de Figus e Midea, os dois que morreram no furgão. Pegue as dos documentos. Devem estar arquivadas, não sei. – E saiu às pressas, desligando o telefone e interrompendo a comunicação com a portaria.

– Posso perguntar a Casella onde estão. Ele é o encarregado do arquivo.

– Se você tem ânimo pra falar com Casella...

Casella viu o subchefe de polícia passar voando pela porta de entrada.

– Doutor? Estão me colocando na linha com Umbe...

– Vá tomar no rabo, Casella, tarde demais! Vá falar com Rispoli e obedeça às ordens dela. Rápido!

Casella desligou, saiu da portaria e correu com a mão no chapéu rumo à sala do subchefe, que, por pouco, ao sair da delegacia, não escorregou em um degrau. Conseguiu manter o equilíbrio e entrou na viatura de serviço, que só pegou na terceira tentativa.

– Esta merda! – Engatou a marcha e, derrapando no asfalto gelado, se afastou da delegacia.

– Venha, doutor, por aqui. – O guarda do depósito, um homem baixo e careca, escoltava-o por entre dezenas de carros acidentados, sem placas, um cemitério que a neve, em vão, havia tentado cobrir.

– Por acaso tem o painel de um Volvo xc60 com tração nas quatro rodas?

– Posso perguntar, mas acho que não. Por quê?

– O meu quebrou.

– Aqui, doutor, o furgão do acidente é este!

Rocco tentou abrir a porta do motorista.

– Não, está emperrada. Tente do outro lado.

A outra havia sido praticamente arrancada. De um lado havia uma fileira de adesivos de troca de óleo que fazia a porta se parecer com um enfeite de Natal. Rocco a afastou e entrou no furgão. Ainda havia manchas escuras de sangue sobre o painel e o para-brisa. Ele olhou para baixo. Havia um isqueiro, lama, um pedaço de corda. Abriu o porta-luvas. Documentos, uma chave de fenda, um trapo velho, uma caixa de Stilnox, nova, da qual faltavam dois comprimidos. Rocco botou a caixa no bolso e sorriu.

– Dá para abrir atrás?

O homenzinho escancarou as duas portas traseiras.

Tinha o estepe e uma caixa de ferramentas. Martelos, espátulas, uma escova e uma sacola cheia de amarrilhos de plástico preto.

– O senhor foi muito útil, mestre! – Rocco quase gritou.

Correndo, voltou para pegar a viatura de serviço.

– Como estou?

Enzo Baiocchi havia acabado de sair do banho. Tinha ficado loiro. Corrado o olhou sem mudar de expressão.

– Parece um alemão. – E terminou de tomar o café. Enzo sentou-se.

– Você dormiu?

– Pouco. Me diz: para onde a gente tem de ir?

– Você só precisa guiar. Sem acelerar, tranquilo, não pisa fundo e vai. A estrada eu te digo.

Corrado colocou a xícara em cima da mesa.

– Escuta, eu e o teu irmão...

Enzo o agarrou pela camisa, fazendo cair no chão a tampa do açucareiro e uns biscoitos.

– Você não pode nem falar o nome do Luigi. Nunca, entendeu? Nunca mais! – soltou-o. – Desde quando você vive aqui?

– Três anos, quase quatro.
– Você se ajeitou bem. – Enzo esvaziou a xícara e se aproximou da janela. – Caraca, dá pra ver até o mar daqui de sua casa. E tem um bar. O bar vai bem?
– No verão, sim. No inverno é fraco. Como você me encontrou?
– Ratos que nem você deixam merda pelo caminho.
– Você não fez nada pra minha mãe, fez?
Enzo começou a rir.
– Eu te pareço alguém que faz alguma coisa pra uma velha de noventa anos? Só precisei fazer umas pergunta. Eu te disse: tu solta o fedor por aí.
– Depois, quando a gente chegar aonde tem de ir, você me deixa em paz?
Enzo o fulminou com o olhar.
– Se eu quisesse te fazer mal, cê já tava sabendo.
– Por que eu?
– Veja só, Corrado, eu tenho poucos amigos. E você tem de guiar. Cê entende que alguém como eu, quanto menos aparece, melhor, né? Mas chega de pergunta, cê já me encheu o saco. Vai rápido se arrumar, que a gente tem que sair. – Beijou o crucifixo de ouro e de coral que trazia ao pescoço.
– Dá tempo de avisar a Tatiana que hoje eu não vou?
– Não.

Estacionou o carro na frente da delegacia. Italo estava ali, com uma folha de papel na mão.
– Olha aqui, Rocco. Estas são as cópias das fotos daqueles dois e...
– Me dá! – o subchefe nem desceu do carro. Arrancou a folha das mãos do agente e engatou a marcha a ré para depois acelerar na direção da via Cretier. Italo ficou ali parado,

olhando o carro que por pouco não bateu num trailer. – O que ele fumou hoje de manhã? – disse. Depois, um arrepio de frio o obrigou a entrar na delegacia.

Tinha estacionado a trezentos metros da escola. O resto do caminho ele percorreu a pé.

Os jovens estavam na entrada. Entre roupas, mochilas e chapéus viu a cabeça loira de Max Turrini. Sentado em uma mureta, estava com o braço nos ombros de uma menina. Esticando o pescoço, lhe dizia alguma coisa no ouvido. Alguma coisa que a fazia rir. Passando pela frente dele, Rocco lhe disse, baixinho:

– Oi, Max. Já encontrou substituta, estou vendo!

Max o olhou como se tivesse levado um soco no rosto, mas não respondeu. Não teve nem a prontidão nem o tempo, pois o subchefe já havia atravessado o portão da escola.

Não bateu à porta. Entrou na sala do musaranho, na vida civil o diretor Bianchini, como uma lufada de vento. O diretor da escola se sobressaltou quando o viu à sua frente. Cabelos despenteados, casaco aberto e calças amarrotadas, um sapato desamarrado e uma camisa sem dois botões.

– Doutor... Schiavone? O que está acontecendo?

– Giovanna Bucci-qualquercoisa. – Nada, o sobrenome do arquiteto não lhe entrava na cabeça.

– Bucci Rivolta? – disse, tímido, Bianchini.

– Isso mesmo. Onde ela está?

Nesse instante, tocou o sinal. Pela janela, Rocco viu os jovens que, como uma família de bichos-preguiça, começavam a entrar na escola.

– Quinto ano B, mas...

– Me leve ao quinto ano B. Rápido!

Bianchini vestiu o casaco e pegou um molho de chaves.

– Vamos. Fica no segundo andar.

Rocco e o diretor estavam na frente da sala. Os jovens entravam aos berros, mas, ao ver o musaranho, baixavam o volume da voz. Tinham medo dele. Rocco o olhou de esguelha. No rosto do diretor havia aparecido, quase involuntariamente, um sorriso de complacência. Aquele homenzinho ficava feliz ao exercitar seu pequeno poder. E a luz pérfida dos olhos revelava como ele poderia ser vingativo.

Um musaranho venenoso.

Passavam vultos de mocinhos e de mocinhas, anônimos, feios e bonitos, cheios de espinhas e despenteados. Depois, no meio daquelas máscaras anônimas, como uma papoula em um campo de trigo, se destacou o rosto de Giovanna. Outra categoria, outro passo. E, mal viu o subchefe, ela se deteve no meio do corredor. Rocco sorriu e foi ao encontro dela para tranquilizá-la.

– Aconteceu alguma coisa com Chiara, não é? – disse.

– Está tudo bem, Giovanna – pegou-a pelo braço e a levou até a janela do corredor.

– Vocês a encontraram? – perguntou a filha do arquiteto.

– Ainda não. Mas estamos quase lá. Agora ouça com atenção... – alguma coisa atraiu o olhar de Rocco. Embaixo, na entrada, Max Turrini e a mãe conversavam com Marcello, o irmão de Pietro Berguet, o professor de matemática. Laura assentia, enquanto Marcello falava, e Max ficava com a cabeça baixa. A diretora do banco tinha passado para conversar com o professor e, a julgar por seu rosto contrariado, as notícias não deviam ser boas. Porém, Rocco sabia, matemática era uma das matérias em que o menino ficaria de recuperação em setembro. Por fim, Laura apertou a mão de Marcello, enquanto Max entrou correndo na escola. E foi então que Marcello, talvez por sentir-se observado, ou só por acaso, levantou a cabeça e viu o subchefe de polícia, que o olhava pela janela. Laura também ergueu o olhar. Marcello ergueu a mão, tímido, e cumprimentou o subchefe. Rocco correspondeu. Laura fez a mesma coisa.

— Ele vai repetir, não adianta a mãe vir se lamentar com os professores. Sabe? Aquele é o tio da Chiara.

— Claro que sei.

— Por sorte, dá aula na turma A.

— Por quê?

— Porque é bravo e faz todo mundo repetir.

— Mas você é boa em matemática, não? Teu pai te ajuda!

— Sou um desastre. Mas meu professor é legal comigo.

Claro, pensou Rocco, como daria para ser bravo com um monumento à beleza como aquele?

— Sempre me faz passar com tranquilidade.

— No dia em que ele puser as mãos em você, venha falar comigo, Giovanna. É especialidade minha descer a mão em quem não sabe ficar no seu lugar.

A mocinha riu.

— Não se preocupe. Sei cuidar de mim mesma.

— Não duvido. Então, voltando à nossa conversa, Giovanna. Tente lembrar. A noite de domingo. Vocês estavam no Sphere.

— Isso.

— Imagino que tivesse um monte de gente.

— Um monte.

— Você disse que, em certo momento, Max começou a conversar com dois caipiras. Que nós, em Roma, chamamos de capiaus.

— É, dois tipos bizarros. E com mais de trinta anos.

– Agora vou lhe mostrar uma foto. Você se concentre e veja se os reconhece.
– Não sei, doutor. Estava escuro. Mas me mostre.
Rocco pegou a folha com a cópia das fotos dos documentos de Viorelo Midea e Carlo Figus.
– Aqui estão. A ficha caiu?
Giovanna olhou com atenção.
– Este com o brinco eu não sei. A cópia está muito escura. Mas este... – e indicou Carlo Figus – é ele.
– Tem certeza?
– Absoluta.
Rocco assentiu.
– Volte para a sala. Terminamos.
– Me leve para a delegacia!
Rocco a olhou sem entender.
– Na primeira aula tem prova oral de filosofia. Não sei nada. Se ele me chamar, eu tô ferrada!
Rocco pensou no assunto.
– Venha comigo!
Giovanna pegou a bolsa e foi atrás de Schiavone. Juntos, se aproximaram de Bianchini, que os esperava na escada.
– Então, dr. Schiavone?
– A coisa é muito mais complicada do que eu pensei. Giovanna tem de ir comigo à delegacia.
– Mas...
– Nem mais nem menos, dr. Bianchini. Eu já lhe disse em que pé estão as coisas. Tente me ajudar.
– Claro, claro – disse o diretor, que olhou para Giovanna. A mocinha interpretava bastante bem o seu papel. Se ela fizesse as jogadas certas, com aquele corpo e aqueles olhos, estava destinada a uma bela carreira na prestigiosa indústria de entretenimento italiana.

Rocco tinha deixado Giovanna na sala dos passaportes com um livro e a ordem de não falar com nenhum agente, com exceção dele e da inspetora Caterina Rispoli. Giovanna tinha começado a ler e perguntou se poderia fumar.

– Só perto da janela. E aberta, por favor.

Scipioni, Italo e a inspetora Rispoli estavam na sala dele.

– Agora temos novidades – disse Rocco, jogando na mesa a caixa de Stilnox encontrada no furgão. – Stilnox. É uma benzodiazepina. Serve para o tratamento da insônia. Estava no furgão. Também é chamada de droga do estupro. Não tem gosto, deixa a pessoa tonta e cria uma amnésia no cérebro. Com frequência, a vítima não se lembra nem do que aconteceu com ela na noite anterior. Pensa em uma bebedeira e, no entanto...

Antonio agarrou a caixinha.

– Porra...

– E, além disso, no furgão também tinha isto – e tirou do bolso os amarrilhos de plástico. – Tinha às dúzias. Tudo bem, os operários usam sempre, mas... Giovanna reconheceu Carlo Figus. Estava na discoteca na noite do sequestro.

– Acha que foram eles que sequestraram a menina?

– Creio que sim. E também tem a questão da doença vaginal. Figus estava com a *Gardnerella*, Fumagalli a encontrou, e alguém sofre da mesma coisa na casa dos Berguet.

– Quer dizer, o senhor está falando que os desgraçados violentaram Chiara Berguet?

– É bem provável, Caterina. Agora que me vem à cabeça...

– O roubo! – disse Scipioni. – O falso roubo na casa de Viorelo.

– Muito bem! Não era um roubo. Estavam procurando alguma coisa.

— Que coisa? — perguntou Italo.

Rocco se dirigiu à escrivaninha. Abriu a gaveta da esquerda.

— Acho que é isto! — e pegou o telefone celular de Viorelo. — Italo, onde estão os números para os quais ele ligou?

— Deixei na sua mesa ontem, mas só os três primeiros. Parece que o romeno os deletou; e para ter a lista completa o técnico leva um tempo. Depois tem os da agenda, mas são todos números romenos — e começou a mexer nas anotações e nos documentos de Rocco.

— Porra, tínhamos a solução debaixo dos nossos olhos faz dias! Quem se importa com os números romenos. Quero os últimos três que ele chamou! — o subchefe xingou.

— Sim, se você fosse mais organizado, Rocco.

Antonio arregalou os olhos:

— "Rocco"?

Italo mordeu os lábios.

— É, Antonio, Italo me chama pelo nome. Já faz tempo. De agora em diante, você e Caterina estão autorizados a fazer o mesmo.

— Não sei se vou conseguir — disse Caterina.

— Tente.

— Aqui está! — Italo exibiu uma folha. — Estes são os últimos três números de telefone.

Antonio pegou a folha:

— Vou ver se descubro de quem são. Só levo um instante! — e saiu da sala.

— Me explique direitinho, Rocco — disse Caterina. — Aqueles dois sequestraram Chiara e, agora, estão mortos?

— Viu que você consegue muito bem me chamar pelo nome?

Caterina enrubesceu.

— Certo, Caterina. Agora precisamos saber se só eles sabiam o lugar do sequestro ou se mais alguém também sabia.

– Não. Se os pais falaram com Chiara, é evidente que tem mais alguém.
– Verdade. – Rocco começou a andar pela sala. – O que nós sabemos? Que eles vinham de Saint-Vincent. Precisávamos saber quantos quilômetros eles percorreram.
– Talvez a gente dê sorte – disse Italo. – Por exemplo, sei lá... Uma multa que eles levaram naquele dia.
– Não, estavam com placa falsa. Não por causa de um roubo ou assalto, mas porque haviam sequestrado Chiara. E se alguma câmera tivesse gravado a cena, seria muito difícil encontrar o veículo. Não, Italo. Vamos descartar a multa.
– Bom, temos o celular. Podemos ver a qual torre eles estavam conectados e ver a movimentação deles.
– Essa é a primeira coisa a se fazer.
– Ainda que... – disse Italo – a célula ou torre possa ser muito aproximativa. Até cinquenta quilômetros, sabem? Antonio me disse.
– Mas tem outra coisa que vocês não podem saber. Porque não foram comigo ao depósito de carros! – o subchefe saiu correndo, deixando Italo e Caterina se entreolhando.

No corredor, encontrou os dois agentes. D'Intino com uma bandeja coberta com papel e Deruta com uma garrafa térmica.
– O que é isso, D'Intino?
– Pães doces. Estou levando para a menina, a sua amiga lá na sala dos passaportes.
– E você, Deruta?
– Chá. Quente. Ela estava com sede.
– Agora vocês dois me ouçam. Ao meio-dia preciso que os dois peguem a viatura de serviço e levem Giovanna para a escola. Fui claro?
– Sim, senhor. Quem dirige? – perguntou Deruta.

– Você. D'Intino é um barbeiro ao volante. E não liguem a sirene. Ainda que a menina peça. Compreendido?

Os dois acenaram com a cabeça, unânimes, e correram na direção da sala dos passaportes. Giovanna os havia reduzido a dois cachorrinhos de colo.

– Mas o que tem de tão interessante nesse furgão? – perguntou o guarda do depósito.

Rocco voltou à porta do lado do passageiro. Se ajoelhou e começou a ler os adesivos da troca de óleo. O último era de um posto Agip, trazia a data de domingo. E a quilometragem. Rocco se arrastou até o banco do motorista. Tirou o pó do vidro e leu a quilometragem final do furgão. Desde a troca de óleo, haviam percorrido apenas 130 quilômetros.

– Como o senhor se chama?
– Lucianino!
– Lucianino, tem um mapa de Aosta?
– No escritório tem Internet.

Na frente do mapa, Rocco acendeu um cigarro.
– Posso também?
– Claro, Lucianino. Agora, raciocine comigo. A que horas fecham os postos de gasolina?
– Às sete?
– Bom. Digamos que, em primeiro lugar, os dois vão ao Sphere, aonde chegam mais ou menos às onze. O Sphere fica na estrada para Cervinia.
– É, eu sei, meu filho também vai lá. Em Saint-André. Então, de Aosta são mais ou menos... 37 quilômetros. Digo mais ou menos porque não sei qual é o posto de gasolina de partida.
– Agip.
– Mas são vários.

— Este abre aos domingos!

Lucianino se concentrou.

— Então, com certeza é o da via Luigi Vaccari! Via Vaccari... até lá, 35 quilômetros, certeza.

— Bom, de lá os dois voltam para a casa dos Berguet. Foi ali que eles pegaram Chiara.

— Quem é Chiara?

— Esquece. Então, até a casa dos Berguet?

— Sim, mas eu não sei onde fica.

— Em Porossan. Aosta.

Lucianino digitou no mapa.

— São outros 37 quilômetros.

— Estamos com... — Rocco fez um cálculo mental rápido — 72 quilômetros. Bom, os dois devem voltar para as bandas de Saint-Vincent, porque os quilômetros já estão se acabando.

— Até Saint-Vincent são... 38 quilômetros.

— E chegamos aos 110. Depois, voltando para Aosta, eles sofreram o acidente. Então, pra gente chegar aos 130 quilômetros, faltam só vinte. Vinte quilômetros para saber onde eles se enfiaram, porra. Uns vinte quilômetros desde Saint-Vincent. Ida e volta, mais ou menos.

— Mas quem são eles?

— Calma, Lucianino. Estou pensando em voz alta. Aonde se pode ir com vinte quilômetros de Saint-Vincent?

— Ah... bom, ou na direção de Moron, e subir até Salirod...

— Ou então?

— Ou então aqui, está vendo? Na direção de Promiod... ou na direção de Closel, e subir por outros quinze quilômetros.

— Um monte de lugares.

— Eu diria que sim.

— Mas eu vou desistir, Lucianì?

— Não sei. Vai?

– Nem fodendo. Obrigado, Lucianino.
– Não foi nada, doutor.

O subchefe estava voltando à delegacia quando um carro da polícia com a sirene berrando a plenos pulmões parou na sua frente bem no meio de um cruzamento, bloqueando o tráfego. Italo Pierron desceu junto com Antonio e os dois se enfiaram no Fiat Croma de Rocco. O que deixava Schiavone espantado não era o comportamento dos seus agentes, que agora pareciam contagiados por sua esquizofrenia, mas o fato de que dos carros dos valdostanos bloqueados por aquela manobra absurda e imprevista não se ouvia nem uma buzinada de protesto. Algo parecido em Roma teria provocado um concerto, uma explosão de sons e berros das janelas. Ao contrário, por educação daquele povo, na rua reinava um silêncio quase irreal.

– Rocco, a gente não podia esperar! – disse Italo, sem fôlego.

– Então, verificamos os três números de Viorelo Midea – prosseguiu Scipioni. – As últimas chamadas ele fez na pizzaria Posillipo, para a Romênia, mas a última, exatamente a última, a outro número.

– Tudo bem, vocês querem me dizer qual, ou tenho de ficar aqui es...

– Marcello Berguet – disse Italo. Com esse nome, uma buzina tímida e solitária se elevou da fila que se havia formado atrás do carro de Rocco.

– Marcello Berguet... – repetiu Rocco.

– Prendemos ele?

– Esperem. Temos uma vantagem. Vamos usá-la em nosso favor... O que a gente sabe? Que Marcello é quem disse que falou com ela. Mas talvez não seja verdade. Ele nunca falou com ela. Ou então sim. Seja como for, ele sabe onde está a sobrinha, isso está claro!

A buzina solitária se fez ouvir de novo.

– O que a gente faz?

– Deem meia volta e me acompanhem à clínica Agnus Dei.

Os agentes voltaram para o carro, pedindo desculpas com gestos vagos aos motoristas ainda pacientemente em fila, enquanto Rocco partia veloz na direção do centro de Aosta.

Enrico Maria Charbonnier estava como um papa em um sofá na frente da janela lendo o jornal com uma bela xícara de chá sobre a mesinha e o panorama dos Alpes nevados à sua frente.

– Me explique. Primeiro o senhor me manda para a clínica, e agora quer que eu volte ao escritório?

– Tenho de saber se Carlo Figus tem propriedades em qualquer área perto de Saint-Vincent.

– Por que, dr. Schiavone?

– Porque ele e mais um infeliz que não tem onde morar sequestraram Chiara, e não acho que eles a tenham levado para uma casa da família Berguet.

– Mas o que leva o senhor a acreditar que não haja mais ninguém no meio disso tudo?

– Porque o mandante dos dois é Marcello Berguet!

O jornal caiu das mãos do tabelião.

– Marcello? O professor?

– Isso mesmo. Agora eu sei que Chiara está presa desde domingo à noite; ou, se preferir, desde a madrugada de segunda-feira. E só Deus sabe se ainda está viva.

– Faça o seguinte: vá com seus agentes à Piazza della Repubblica, ao registro imobiliário. Vou telefonar agora mesmo para um funcionário amigo meu. O senhor vai ver, vai levar só um instante.

– Obrigado, dr. Charbonnier.
– Devo fazer mais alguma coisa?
– Nada – respondeu Rocco. – Continue a ler o jornal e aproveite para descansar e fazer os exames. Além do mais, vi que as enfermeiras aqui não são de jogar fora.

O tabelião sorriu.

– Na minha idade, no máximo posso contemplá-las, como os Alpes. – E fez um gesto teatral com a mão na direção dos picos que apareciam lá longe, além da janela.

Nem meia hora depois, o subchefe e seus agentes saíram muito decepcionados do registro imobiliário. Não encontraram nada em nome de Carlo Figus ou da mãe. Marcello Berguet, por sua vez, tinha um estúdio no centro e uma pequena *villa* para os lados de Alagna. Esta, Rocco havia descartado. Muito distante, pensando em seu palpite sobre os quilômetros rodados pelo furgão dos sequestradores.

Estavam no ponto de partida.

– Vamos chamar o chefe – sugeriu Antonio.

– Para fazer o quê?

– Vamos fazê-lo juntar um grupo imenso. Todos: bombeiros, *carabinieri*, polícia financeira, guardas-florestais, guias alpinos. Todos. Temos de explorar uma área de muitos quilômetros e, sozinhos, como faremos?

– Para organizar uma coisa dessas precisamos de horas, de tempo, e não temos. Além do mais, divulgamos o caso. E até isso poderia prejudicar a gente.

– Como? – perguntou Italo.

– Se além de Marcello houver mais alguém metido nessa história, essa pessoa poderia cair fora. Eu ouvi um dos sequestradores no telefone; sotaque calabrês.

– Mas poderia ser esse tal Cutrì, que mora em Lugano.

— Poderia, claro. Mas também poderia ser alguém que está aqui em Aosta. Nós ainda não sabemos nada dessa organização. Só da ponta do iceberg. Melhor, duas pontas do iceberg.
— Quais?
— Marcello Berguet e...?
— O namoradinho de Chiara. Max. Ele está envolvido.
— Por quê?
— Conhecia os sequestradores. Pelo menos Carlo Figus. E, se ele está envolvido, a mãe dele também está. Só nos resta ir pegar o lobo.

Antonio e Casella, seguindo as instruções recebidas pelo subchefe, tinham ido buscar Marcello Berguet. Rocco lhes pedira que o fizessem fora das salas de aula, longe dos alunos, e que envolvessem a escola o mínimo possível. Porém, não foi preciso. Quando Rocco entrou em sua sala, sentado rígido como um cabo de vassoura com as roupas impecáveis, os cabelos penteados com gel e o rosto que ainda tinha o cheiro da loção pós-barba matinal, lá estava Marcello Berguet, à sua espera.

— É um prazer vê-lo aqui, professor. Mandei buscá-lo na escola.

— O senhor e eu precisamos conversar.

— Eu sei. Eu havia mandado dois agentes meus para que o prendessem.

— E por qual motivo?

— Digamos... sequestro, professor Berguet. Sequestro e homicídio! — e Rocco ergueu uma folha de papel.

— Sequestro? Homicídio? Mas o que está passando pela sua cabeça?

— Está vendo esta folha? Chegou às minhas mãos faz pouco tempo, de um revendedor de carros. Encontramos o pedaço de um farol na garagem de Cerruti. O azar quis que o número de série estivesse nele. Ele foi enviado à fábrica e, adivinhe só?

Ali, eles fabricam os faróis para a Suzuki Jimny. Se não estou enganado, Giuliana, sua cunhada, tem uma Suzuki Jimny; e, se não estou enganado, quem a dirige sempre é o senhor. Foi isso que o senhor nos disse quando fomos à sua casa, no dia em que encontramos o carro com os vidros dos faróis quebrados na estrada. O senhor o usou para ir procurar Cristiano?

– Ouça, deixe-me dizer uma coisa...

– Não, deixe-me falar. Por qual motivo o seu número aparece no celular de Viorelo Midea, que é um dos sequestradores de sua sobrinha?

Berguet encarou Rocco.

– O meu?

– Isso. Na noite do sequestro. Ele telefonou para o senhor? Pedia instruções? Queria avisar que haviam sequestrado a menina? É isso?

– Eu nem sei quem é esse Viorelo Midea! – exclamou Marcello.

– Para onde levaram a sua sobrinha? Isso, pelo menos, o senhor sabe!

– Mas se eu soubesse iria pegá-la, porra! – os nervos de Marcello estavam cedendo.

– Acalme-se, professor, por favor. O senhor foi o único que falou com Chiara.

– Claro. Fui eu.

– E devemos confiar em sua palavra?

– Claro. Ouvi Chiara dizendo: estou bem. Foi isso.

– E o senhor tem certeza de que era Chiara? No fundo, ela só disse isto: estou bem. Muito pouco para ter certeza.

Marcello pensou no assunto por uns segundos.

– Sim, pode ser. Não sei. Eu disse: Chiara, sou eu, seu tio. E ela disse: estou bem, tio Marcello. E pronto. Talvez estivesse nervosa, com certeza estava com medo. No entanto, uma coisa é certa. E só estou pensando nisso agora. Ela nunca me chamou de tio Marcello. Para Chiara, sempre fui o tio Ninni. Nunca me chamou de tio Marcello. Nunca. Por que estou pensando nisso só agora?

Rocco inspirou profundamente.

– Posso ver seu celular?

Marcello enfiou a mão no bolso. Estendeu o celular para Rocco, que verificou na hora as chamadas recebidas.

– Cá está. Às três e quinze da madrugada de segunda-feira. O senhor recebeu uma chamada no 333 25 24 04, que é o seu número, do celular de Viorelo Midea. Está também no registro. A duração da chamada foi de... três segundos? – Rocco arregalou os olhos. – Como, três segundos?

– A essa hora, normalmente estou dormindo, dr. Schiavone – disse Marcello. – Não fico falando ao telefone. – E passou a mão no rosto.

– Este celular... o número só tem seis dígitos. Como assim?

– É um acordo que Pietro fez com a operadora. Ele quis, para nós da empresa, ainda que eu faça parte apenas formalmente, números em sequência. O meu termina com 04; o do Pietro com 01; parece que o da Giuliana 03; o do Cerruti 07, e os outros empregados têm esse número. Com finais diferentes, claro.

Rocco se calou. Sentia a terra tremer sob seus pés e um turbilhão pronto para engoli-lo como se fosse uma balinha. Ficou encarando o rosto de Marcello. Que se sentiu constrangido.

– O que... o que está acontecendo? Por que está me olhando?

– O senhor fez a barba hoje de manhã?

Marcello pensou seriamente que o subchefe sofresse de alguma doença mental.

– Eu faço a barba todos os dias. Não a suporto.

– Puta que pariu! – berrou o subchefe, e o professor perdeu a compostura, dando um pulo na cadeira. – Sou um idiota! – Pegou o telefone sob o olhar atônito de Marcello Berguet. – Alô, Fumagalli? Você ainda está em Aosta?
– Não, Schiavone, os meus homens estão aí. Se quiser, coloco você em contato com eles.
– Ouça. Talvez você se lembre. No local do crime Cerruti...
– Me diga.
– Você se lembra, na saída do prédio? Tem um jardinzinho no condomínio.
– Sim, coberto de neve. Arbustos de grevílea e de piracanta. Por quê?
– Vocês examinaram ali?
– Claro. Ao lado de um arbusto encontramos pegadas. Alguém se aproximou, deu uma revirada no local e foi embora.
– E o que você acha que ele procurava?
– A princípio, pensei em alguém com um cachorro. Mas não havia marcas de animais sobre a neve. Se fosse verão, eu diria que caiu da varanda de um dos condôminos uma peça de roupa e que ele desceu para pegá-la. Mas não é verão.
– Eu diria que não mesmo. Obrigado, Alberto.
– Imagine.
– Ah, obrigado por ter falado com Baldi. Com que bela cara de bundão você me fez ficar.
– Não vai ser nem a primeira nem a última vez.
– Nisso tenho de concordar com você – e lançou um olhar na direção de Marcello Berguet. Então o subchefe de polícia apoiou os cotovelos na escrivaninha e escondeu o rosto nas mãos por um tempo que, para Marcello, pareceu infinito. Esfregou os olhos cansados e, finalmente, encarou o professor de matemática. – Sabe por que algumas coisas acontecem? Porque a gente não olha com atenção.

— Eu sei, doutor. Basta uma distração, um pequeno erro de cálculo, e não se encontra mais o valor da incógnita.
— É verdade. Não pensei no aparelho de barbear. No aparelho de barbear com creme de barba no banheiro de Cerruti. Ele não fazia a barba.
Marcello abaixou os olhos.
— Por que não me disse na hora que era o senhor o amante de Cristiano?
— O senhor nunca me perguntou. E, acima de tudo, desde que estou nesta sala, não me deixou falar. Se, em vez de me agredir, tivesse me escutado, teríamos poupado tempo.
Rocco balançou a cabeça.
— Agora, por favor. Fale.
— O relacionamento que eu tinha com Cristiano era, e gostaria que continuasse sendo, algo secreto. O senhor sabe, sou professor. Aosta tem quarenta mil habitantes; ser carimbado e encarado com deboche é coisa de um instante. Não estamos em Roma!
— Devo pedir-lhe desculpas.
— Esqueça. Entre mim e Cristiano as coisas não andavam bem. Ele estava um trapo, nervoso, eu sei, escondia alguma coisa. Vamos falar da manhã do homicídio. Eu saí cedo, não eram nem oito horas, tinha de chegar mais cedo à escola. Cristiano esperava alguém às oito e quinze.
— Quem?
— Não quis me dizer. Como lhe falei, ele estava nervoso, perdia o controle por qualquer coisa, brigávamos já fazia dias.
— Talvez seu irmão ou até Giuliana já lhe tenham dito. Mas Cristiano estava envolvido no sequestro de sua sobrinha.
— Eu sei. Por isso o senhor não me vê derramar nem uma lágrima. Eu não tinha entendido nada. Nós nos víamos, conversávamos; mas, quem era Cristiano Cerruti de verdade,

isso eu não sabia. Pensava que ele fosse... como ele pôde? – Marcello olhou Rocco direto nos olhos. – Como ele pôde se meter nessa história?

– O senhor acha três milhões de euros uma resposta aceitável?

Marcello retorceu as mãos.

– Tem um cigarro?

A mente de Rocco voou para a gaveta com a marijuana, mas lhe pareceu um gesto arriscado.

– Italo! – chamou em voz alta. – Sabe, os meus acabaram. Espere, o agente já vem. São uma porcaria, mas é melhor do que nada.

Italo entrou. Olhou Marcello Berguet, depois o subchefe.

– Diga...

– Dê dois cigarros pra nós, e fume um você também...

Italo estendeu o braço, ofereceu primeiro para Marcello, colocou um na boca e por fim jogou o maço para Rocco.

– Tem dois, doutor. Assim sobra um para depois – disse, com falsa gentileza. – Então, ele abriu o bico? – acrescentou o agente, que não conhecia o desenrolar da história.

– Tem algum passarinho nesta sala, Pierron? Quem deveria abrir o bico? Sente-se, escute e fique sabendo que, com este senhor, fizemos um milésimo papelão.

Acenderam os cigarros, e na hora uma nuvem de fumaça encheu a sala. Rocco pegou uma folha de papel.

– O número de Cristiano termina com 07. O seu, professor Berguet, com 04. Olhando um teclado, é fácil notar que Viorelo deve ter errado ao digitar. Em plena noite, meio sonolento, pode acontecer.

– Além do mais – acrescentou Italo –, nós fizemos uma bela verificação. A chamada para o dr. Berguet foi feita dois minutos antes de o furgão bater na curva. Nós sabemos porque o relógio no painel parou bem nessa hora.

– Ótimo, Italo. Então, Viorelo queria telefonar para Cristiano para dizer que estava tudo em ordem. A menina estava presa etc., etc. De acordo?

– Sim.

Rocco se levantou e foi à janela.

– O senhor saiu da casa de Cerruti um pouco antes das oito horas, professor.

– Exato.

Italo ficou de boca aberta, tinha entendido qual era o papel do professor na casa de Cerruti.

– Me conte tudo direito.

– Claro. Fiz a barba, me vesti, peguei o elevador e desci para a garagem. Peguei o carro e saí. Está vendo? – enfiou a mão no bolso e pegou um molho de chaves. Um anel com um M de prata. – A porta de ferro da garagem se abre com este plugue.

– Sim – disse Rocco –, um molho de chaves que vi no primeiro dia em que estive na casa dos Berguet. Deveria ter me lembrado...

– E isso é tudo. Fui para a escola...

– Enquanto alguém entrava no apartamento e matava Cristiano Cerruti – concluiu Rocco. – Supostamente, a pessoa que a zeladora viu sair do prédio. – O subchefe se voltou para Marcello. – Diga-me, já que o senhor conhecia bem Cristiano. Ele tinha propriedades aqui em Aosta? Casas na montanha, garagem, um telheiro?

Marcello pensou um pouco.

– Não. Cristiano nem era daqui. Era da região de Marche. Estava em Aosta fazia três anos... As únicas coisas que tinha eram o carro e a casa onde morava.

– E no carro encontramos algo interessante, Italo?

– Não. Nada que...

– Agradeço, professor. O senhor retome suas atividades.

– E Chiara?

– Nós a encontraremos, pode contar com isso. E se o senhor se lembrar de alguma coisa que possa ajudar...

– Acredite em mim, dr. Schiavone, não espero outra coisa há dias.

Estava com a sensação de se encontrar numa estação de trens em que todas as linhas levavam a nada. Em silêncio, apoiado com os cotovelos na escrivaninha, os olhos fechados, Rocco Schiavone retomava todas as coisas que tinha visto e sentido naqueles poucos dias. A mente seguia sem amarras, passando do rosto de Cristiano Cerruti ao de seus amigos em Roma. Furio, magro e sem cabelos, com os olhos gregos que sempre pareciam maquiados. Sebastiano, o urso, que, por sua vez, cabelos tinha aos montes, e parecia se pentear com pavios de pólvora. Brizio, o bonitão, que eles chamavam de Alan Ford, como o ator, com os cabelos castanho-avermelhados e os bigodes bem cuidados. Depois lhe aparecia o rosto de Pietro Berguet; o de Giuliana, que se transformava no de sua mãe que se transformava no de Adele, que talvez já estivesse viajando para vir se esconder em sua casa por causa de um joguinho entre dois apaixonados anacrônicos e sem esperanças. Não, assim não dá certo, disse para si mesmo. Abriu os olhos. Italo havia ficado ali o tempo todo, sentado e em silêncio.

– Achei que você estivesse dormindo.

– Não. Estava pensando. Mas fico batendo nas janelas sem sair da sala.

– Posso ajudar?

– O que foi que eu perdi? O que me falta? De quem era a voz do calabrês ao telefone? Quando chegam os outros números de Viorelo?

– Mais tarde. Dizem que à noite.

— Por enquanto, sabemos que telefonava para Cristiano Cerruti.
— E depois telefonou para um número no exterior, com prefixo da Romênia...
— Algum parente.
— E a pizzaria Posillipo.
— Onde trabalhava três dias por semana. Daquele tal Domenico Cuntrera.
— Conhecido como Mimmo.
— Como acontecem as intuições? Muitas vezes, de repente. Muitas vezes, são coisas já sabidas e que aparecem de golpe, como vaga-lumes em junho. Às vezes podem parecer lâmpadas que a gente julgava queimadas e que, pelo contrário, se reacendem por um prodígio da técnica.
— A pizzaria Posillipo! Você lembra o que o falso cozinheiro napolitano nos disse? Que ele não conhecia Figus.
— E daí?
— E daí que a mãe, a mulher com diabetes, estava segurando um punhado de cupons, que valiam uma refeição na pizzaria. Que o Mimmo, disse, tinha dado de presente a ela.
— Acha que seja ele?
— O falso napolitano? Ele disse pra gente que era de Soverato, lembra?
— Não sei onde fica Soverato.
— Eu sei!

— Que dia é hoje?
— Quinta-feira, Rocco.
— Aqui diz que fecha às quartas-feiras. Agora, por que não tem ninguém? — Ele deu uma olhada para dentro da pizzaria Posillipo. Tudo apagado. — Eu vou lhe dizer. Porque o nosso falso napolitano faz tempo que foi embora.

– Está dizendo que é ele?
– É ele, cem por cento.
– E agora?
– Estou de saco cheio. – Rocco pegou um fragmento solto da calçada, tirou a neve dele e depois o atirou na vitrine da pizzaria. – Fique à vontade! – disse para Italo, que entrou primeiro.

As mesas estavam postas. As luzes, apagadas. Acima dos espelhos, um neon azul mal iluminava o ambiente. Rocco e Italo entraram na cozinha. Acenderam a luz. Se a sala era um bom exemplo de arquitetura de interiores, a cozinha causava asco. Engordurada, suja e preta. Ladrilhos quebrados e o piso oleoso e escuro por causa do mofo. Além disso, naquela caverna que a vigilância sanitária deveria ter fechado fazia tempo, não havia sinal de vida. Com exceção das luzinhas da grande geladeira, o resto estava morto, abandonado. Sobre a mesa de trabalho havia massa de pizza. Um cheiro forte de leite azedo atingia as narinas. Abriram a porta para entrar no escritório. Até ali estava tudo em ordem, com exceção de um armário de ferro, de portas escancaradas e revistado às pressas. Dois dos seis compartimentos estavam vazios.

– Uma bela de uma pressa... vamos continuar – disse Rocco.

Foram novamente para a cozinha e passaram por uma porta de ferro que se abria para um depósito na parte de trás. A porta retrátil que se abria para uma garagem secundária estava escancarada. Na neve, marcas de pneus. Dentro, o pequeno depósito estava cheio de caixas de madeira, garrafas d'água, duas enormes mesas cobertas de latas de molho de tomate, uma câmera frigorífica. Estava aberta. Rocco enfiou a cabeça lá dentro. Nas prateleiras, havia alimentos suficientes para enfrentar um cerco de meses. Caixas e caixinhas, sacos de farinha e de açúcar, imensas latas de atum. Mas a coisa que chamou a atenção de Rocco na mesma hora foi um balde de metal. Um esfregão estava apoiado nele, mas dentro não havia água. Notas de dinheiro. De cinco, dez, vinte e cinquenta euros. Amassadas, amarrotadas, velhas e lisas.

— Puta... — disse Italo.
— ...que pariu — concluiu Rocco. — Quer dar uma contada?
— Mas o que é isto? De quem é este lugar? — Italo se agachou e começou a contar o dinheiro.
— Ainda não entendeu?
— Não.
— 'Ndrangheta.
— Tem 'ndrangheta em Aosta?
— E por que não deveria ter? O que tem de errado aqui? — disse, irônico, o subchefe. — Temos de falar com Baldi. Precisamos de uma ordem de captura para Domenico Cuntrera. E chamamos também a central. Vamos fazer vir um punhado de gente. Costa vai ter o que falar aos jornalistas.

Rocco pegou o celular. Italo continuava contando o dinheiro.

— Dr. Costa? Sou eu, Schiavone. Estou mandando agentes para a pizzaria Posillipo. Era o centro de uma organização mafiosa. São responsáveis pelo desaparecimento de Chiara Berguet... — Rocco observava Italo, que empilhava as notas de dinheiro, tentando alisá-las. — Sim, doutor. Seria melhor telefonar para Roma. Empréstimo, agiotagem, as coisas de sempre. — Cobriu o telefone com a mão e perguntou para Italo. — Quanto tem?

— Trinta e sete mil euros.
— Sim, encontramos também dinheiro. Vinte mil euros... notas pequenas...

Italo encarou Rocco, que piscou para ele.

– Certo, doutor. Aviso a central.

O subchefe desligou o telefone.

– Agora você pega os dezessete mil que estão sobrando. E vai rápido, antes que os outros cheguem...

– Falando sério, Rocco?

– Estou com cara de quem está brincando? Um pouco de dinheiro para uma boa causa.

– Qual? – perguntou Italo, que tentava esconder as notas nos bolsos e no casaco.

– Vamos lembrar que Chiara está nos esperando. Força, anda rápido.

Rocco e Italo deixaram os agentes da central tomando conta da pizzaria Posillipo e voltaram à via Chateland 92, endereço do falecido Carlo Figus.

– Rocco, você se importa se eu não subir? Lá dentro eu não me sinto bem.

– Pega, chupa esta bala – e lhe deu uma bala de goma com sabor de fruta.

– Faz a gente ficar melhor?

– Não sei. Mas, pelo menos, deixa um gosto bom na boca.

A mãe de Carlo Figus abriu a porta. Não sorriu. Deu marcha a ré com a cadeira de rodas para abrir caminho aos policiais.

– Voltaram para me ver... – disse. Estava usando o mesmo casaco com a carinha do Mickey.

– Não é uma visita de cortesia, senhora. – Italo, enquanto isso, olhava com horror o lixo que atulhava a casa. Mastigava com força a bala, mas o fedor de coisas velhas e de mofo era muito forte e insistente para uma simples bala de goma.

– Por quê? O que eu fiz? – os olhos da mulher ficaram enormes por trás das lentes.

— A senhora, nada. Mas precisa me dizer a verdade.
— Querem um café?
— Não, obrigado. Domenico Cuntrera, conhecido como Mimmo. Ele veio aqui?
— Não conheço ele.

Ela não sabia mentir. Havia desviado o olhar e coçava as costas.

— Senhora, eu lhe pergunto pela segunda vez: Mimmo Cuntrera, onde ele está?
— Eu lhe disse que não o conheço. — A voz tremia e ela se agarrou às rodas da cadeira. — Eu sei lá! Por que me faz essas perguntas? Por que me trata desse jeito? Não éramos amigos, o senhor e eu? Não éramos amigos?
— Somos amigos; se a senhora responder e disser a verdade, seremos ainda mais.

Ela virou a cadeira.

— Mas sei lá! Sei lá. Não conheço ele.
— Os cupons da pizzaria, senhora. A senhora me mostrou da outra vez. Quem deu eles para a senhora?
— Não tenho cupons de nenhuma pizzaria. Não tenho. Eu não conhe... — havia parado de repente.

No centro do caminho aberto na montanha de objetos havia aparecido a figura esquelética de Adelmo. O avô de Carlo. Cansado, apoiado ao batente da porta, olhava os policiais cercados por aquela montanha de lixo discutindo com sua filha. Havia erguido uma das mãos. Queria falar. Devagar, pegou o lenço, enxugou a boca, encarou Rocco e depois disse:

— Ele veio aqui. Desde o dia em que Carlo morreu. E ontem também. Veio aqui.
— O que ele queria, sr. Adelmo?
— Não sei. Ele ficava dizendo: cadê? Onde o Carlo a enfiou? Começou a procurar até aqui em casa, debaixo de

todo... todo este lixo... – Rocco achou que o velho sorria. – Aqui embaixo pode estar qualquer coisa, até um cadáver, e ninguém nunca vai saber.

– Mas o que Cuntrera estava procurando? – insistiu, delicado, o subchefe.

– Só dizia: onde Carlo a escondeu? Aonde ele a levou? Mas, doutor, eu juro para o senhor, não sei o que ele estava procurando. Foi embora e disse: imbecis! Assim mesmo. Imbecis!

– O senhor não tem medo?

– O que eu tenho a perder? – e, com um gesto lento, indicou o monte de lixo, a filha na cadeira de rodas e ele próprio. – O senhor me diga.

O subchefe se voltou para Italo. Agarrou um envelope que o policial trazia no bolso das calças.

– Pegue, sr. Adelmo. Isto aqui vai ajudar.

O velho não se perturbou. Olhava o envelope, sem pegar.

– O que é?

– Uma compensação pela idiotice do seu neto. Vamos, pegue, é importante.

Adelmo estendeu a mão trêmula. Pegou o envelope, que farfalhou entre os dedos artríticos do homem.

– Nós vamos indo. Até logo, sra. Figus. Até logo, Adelmo.

Rocco deu meia-volta e, seguido por Italo, tornou a percorrer o caminho até a porta da casa.

– Quanto você deu pra eles, Rocco?

– Onze mil euros. Você e eu nos ajeitamos com seis. Para as despesas diárias.

– Ótimo! – disse Italo.

– Agora, vamos rápido.

– Por quê?

– Agora não há mais dúvida. Chiara está sozinha.

A sala de Rocco parecia uma estação de metrô no horário de pico. Convocados com urgência, estavam ali os demais agentes da delegacia. Rocco os observava. Com exceção de Italo, de Antonio e da inspetora Rispoli, o resto da paisagem era desolador. D'Intino, com seus olhinhos de peixe cozido; Deruta e seu corpanzil; Casella; o mocinho de Vomero, de cujo nome não se lembrava, e mais uns agentes perto da aposentadoria.

"Aonde é que eu vou com esses aí?", perguntava o subchefe a si mesmo, enquanto, com o mapa na mesa, explicava a difícil tarefa a ser cumprida:

– Temos de procurar uma casa, provavelmente isolada. Então, evitamos os locais habitados. E temos de procurá-la neste triângulo que vai de Salirod a Promiod e Saint-Vincent.

– Porra – alguém murmurou.

– Mas tem uma coisa que nos ajuda. A neve. Começou a nevar na noite de terça-feira; e eu acho, já que os sequestradores morreram na segunda-feira, que ninguém mais tenha se aproximado do esconderijo. Temos de procurar um lugar onde não haja marcas de pneus, pegadas e, acima de tudo, onde ninguém tenha tirado a neve.

– Bem. Já é alguma coisa – disse Casella.

– Bom, quantos somos?

A inspetora Rispoli contou:

– Dez com o senhor, subchefe. Dois devem ficar aqui na delegacia, não?

– Você faz o que, Caterina, vai ou fica?

– Claro que vou. Quem se importa com uma febre?

– Ótimo. Quantos carros temos?

– Seis. Mas um tem de ficar aqui para qualquer imprevisto – disse Italo.

– Então, cinco? – perguntou Rocco.

O agente napolitano disse, tímido.

– Na verdade, um está com problemas no motor faz três dias.
– Então, quatro?
– E outro o D'Intino bateu.
– Temos três carros? – perguntou Rocco. – Só três carros?
– Em três carros podem ir quinze pessoas! – disse Deruta, tentando dar uma injeção de ânimo.
– Deruta, precisamos nos dividir em duplas. Precisamos de pelo menos cinco veículos. Tudo bem, eu vou com meu carro, e temos quatro duplas.
– Eu tenho a moto – disse o moço de Vomero.
– Com este frio?
– Em grandes emergências...
– Você tem dois capacetes? – perguntou o subchefe.
– Claro. Tenho.
– Então, Deruta e D'Intino na primeira viatura de serviço. Vocês são uma dupla experiente.
– Sim, senhor.
– Italo e a inspetora Rispoli no segundo carro.
– Certo.
– Você, rapaz, vai com a moto e leva o Casella.
– Por que eu? – protestou na hora o agente.
– Porque sim. Se agasalhe, tome uma aspirina e suba na moto. Vocês dois! – e indicou os dois agentes mais velhos que Rocco nunca tinha visto desde que estava em Aosta. – Como se chamam?
– Agente Curcio – disse o que tinha barba.
– Agente Penzo – respondeu o careca.
Rocco sorriu. Curcio e Penzo eram dois jogadores do Roma que sempre faltavam para que ele enchesse o álbum.

— Então, Curcio e Penzo, vocês vão na terceira viatura de serviço, e eu e Antonio no meu carro. Nós nos encontramos aqui em dez minutos.
 — Ah, doutor? — Italo o segurou pelo cotovelo.
 — O que foi?
 — O carro número dois está sem combustível.
 — Puta que... — Rocco pegou a carteira e deu cinquenta euros para Italo. — Cá estão. E com estes são cem.

O incrível exército de Brancaleone estava em pé de guerra. Os agentes esperavam Rocco, que inspecionava a fila de automóveis. Tinha dado a todos um rádio.
 — Por favor — berrou, com o walkie-talkie bem no alto, de modo que todos o vissem. — Canal 2. Fui claro? Canal 2. Andem, mexam-se!
 Entrou em seu carro e fez um sinal para partirem. A coluna se moveu. À frente, o Volvo de Rocco. A motoneta do napolitano fechava a fila. Casella já batia os dentes de frio.
 As esperanças eram poucas. Rocco sabia. Mas tinha de agir rapidamente, a prioridade era salvar a pele de Chiara Berguet. O resto viria depois.
 — O que você acha, Antonio?
 — Ruim, Rocco. Muito ruim. Se a gente não for ajudado por um golpe de sorte...
 — Enquanto a gente vai, pensa. Deixamos escapar algum detalhe?
 — Não sei. Não sei mesmo.

Nas proximidades de Saint-Vincent tinham se separado. Schiavone e Antonio Scipioni foram pela estrada para Closel. Subiam a estrada em curvas. Bosques, rochas, tudo havia sido coberto pelo manto de neve. Mal saíram da zona habitada,

Rocco, com o olho no hodômetro, diminuiu a marcha. Começou a olhar as casas.

– Tudo bem, Antonio, a partir daqui podemos começar a dar uma olhada.

– O que olhamos em primeiro lugar?

– As casas isoladas, e verificamos as estradinhas de terra que entram nos bosques. Podem levar a refúgios.

– Eu começaria por aquela – e indicou uma casa com as persianas fechadas. Uma *villa* bonita e pequena de dois andares. Não parecia habitada. No jardim não havia marcas de presença humana. A neve cobrira a lenha para a lareira e um balanço preso ao galho de uma árvore.

– Tem cheiro de casa de férias. No entanto, vamos tentar. – Desligou o carro e os dois desceram. O portão era de madeira e só precisavam empurrá-lo para entrar. Antonio olhou para os sapatos de Rocco.

– Claro que com esses...

– Eu sei! – Schiavone o interrompeu. – Eu sei! Estou acostumado.

Entraram no jardim. Os vasos na varandinha estavam vazios, só com uns restinhos de velhos cravos. A neve ao redor da casinha estava imaculada. Rocco chegou à porta. Fechada, bem trancada. Tentou dar uma espiada dentro da casa através do coraçãozinho entalhado na madeira. Por fim, se resolveu. Pegou o canivete suíço e se aproximou da fechadura.

– O que você está fazendo? – perguntou Antonio.

– Precisamos entrar, não?

Lidou por alguns segundos com a fechadura. Então a abriu.

– Nada mal, hein. Ensinam no curso para a polícia lá em Roma? – perguntou Antonio.

Entraram na casinha.

Escura. A energia elétrica estava desligada. Com a ajuda do celular, iluminaram um pouco o interior da casa. Tinha cheiro de coisa guardada e os móveis estavam cobertos por plásticos empoeirados.

– Desce lá no porão.

Antonio desceu pelas escadas que levavam ao porão. Rocco subiu para os quartos de dormir.

Eram dois. Um com o papel de parede cheio de Smurfs e duas caminhas coloridas; o outro, de casal.

Nada. Desceu. Encontrou Antonio.

– Então?

– Nada.

– Idem.

– Mas neste ritmo, sabe quanto tempo a gente vai levar?

– Nem que seja a noite toda, Antonio. Nem que seja a noite toda.

Mal entraram no carro, o rádio soou.

– Rocco? Sou eu, Italo.

– Diga, Italo.

– Entramos em uma casa. Parecia abandonada. No entanto, foi arrombada. O que eu faço?

– Marque qual casa é e siga em frente. A gente cuida disso depois. Anda!

Com um ruído de estática o rádio foi desligado.

– Enquanto procuramos, me diz uma coisa?

– Se puder...

– Por que você foi transferido para Aosta?

Rocco observava as casas, atento.

– Como punição.

– Mas por quê?

– Tendo a aplicar a lei com pouco equilíbrio.

– Ou seja?

– Digamos que eu me empolgo um pouco.
– E posso perguntar o que aconteceu?
– Não. Não estou com vontade de falar no assunto. E, além do mais, Italo sabe. Diga para ele te contar.

Rocco à esquerda, Antonio à direita, olhavam atentos prados e bosques. O branco se refletia nos rostos cansados deles e cegava os olhos.

– Aquelas?
– Muito perto. Tem um carro estacionado. Luzes acesas. Não, descartamos as que não são isoladas.

Fizeram duas curvas sem encontrar sinais de casas ou de estradinhas laterais, com exceção das trilhas para excursionistas que subiam a montanha.

– Quantas horas de luz ainda temos?

Antonio olhou o relógio.

– Poucas.
– Olha só! – era uma estradinha para carros que partia e adentrava o bosque. – Poderia ser?
– Ninguém passou por ali. Vamos.

Rocco manobrou e entrou, enfrentando com decisão a neve. A ótima mecânica sueca e as quatro rodas com tração fizeram o carro seguir até um barracão arruinado.

– Isso aí me parece um celeiro – disse o agente siciliano.
– Pois vamos dar uma olhada.

No ar fresco, um cheiro de lenha queimada e de resina. Nenhum barulho. Só o da neve que, de vez em quando, caía das árvores.

– Estou achando que não tem ninguém.

O teto era velho e havia cedido em muitos lugares. O andar superior estava descarnado como uma carcaça em um deserto. O andar inferior, por sua vez, estava intacto. A porta estava escancarada. Só havia alguns montes de feno e as rodas de um velho trator. Nada mais.

– Tiro n'água. Vamos voltar para o carro!

Então, como se um imenso martelo tivesse batido no alto de sua cabeça, Rocco Schiavone se detêve no meio da neve. Antonio o viu olhando para um ponto fixo distante e indistinto.

– Está se sentindo mal? Doutor, está se sentindo mal? – correu na direção do subchefe. A primeira coisa que fez foi olhar para os pés dele. Tinha medo de que tivessem congelado.

– Rocco? Rocco, está me ouvindo?

– Carlo se chama Figus, certo?

– Certo.

– E é o sobrenome da mãe? Não acredito que uma valdostana tenha um sobrenome sardo.

– Talvez fosse o sobrenome do marido.

– Como se chama o avô de Carlo? O que foi ao hospital?

Antonio colocou a mão no queixo e começou a pensar.

– Espere. Espere. Adelmo... Adelmo...

– Rosset! – berrou Rocco. – Adelmo Rosset!

– Isso. Mas por quê?

Rocco pegou o celular.

– Porque talvez haja uma esperança.

Italo e Caterina tinham visto uma casa que correspondia à descrição. No meio da neve, isolada, a não ser por uma *villa* a mais de quinhentos metros. Parecia abandonada. Encostaram o carro na estrada e subiram na direção daquele tipo de refúgio no meio das árvores.

– Você consegue, querida? – perguntou Italo.

– Tranquilo. Ou fico com pneumonia ou saro.

Depois de terem passado por um velho portão aos pedaços, chegaram à casinha. Era térrea. As paredes recobertas de troncos, parecia saída de uma fábula nórdica. Por meio de dois velhos degraus se chegava à porta principal. Italo bateu à porta. Nenhuma resposta. A porta se abriu. Vazio. Nem um móvel, paredes nuas.

— Não tem ninguém.

Caterina desceu os degrauzinhos e percorreu a casa. Abaixou-se para olhar através de um vidro quebrado no porão.

— Italo! Tem alguma coisa aqui!

Italo foi correndo. Quase tropeçou em uma pedra escondida pela neve.

— Onde?

— Aqui embaixo. Eu vi alguma coisa se mexendo.

Deram a volta à parede principal, uma porta de madeira levava a um porão. Italo tentou abri-la.

— Chiara? Chiara, está me ouvindo? Chiara?

A porta não abria. Italo começou a tentar abri-la com os ombros, mas ela não abria.

— Vamos dar uns tiros!

— Não dá certo, Cate, não dá certo — disse Italo, e voltou a se lançar contra a porta, que começava a ceder. Deu um último golpe forte e ela se escancarou. Alguma coisa saiu com a velocidade da luz. — Mas que porra?

Um ganido e uma coisinha com pelo branco e sujo estava de barriga para cima aos pés de Caterina, balançando o rabo e latindo com uma vozinha estrídula e feliz.

— Pobrezinho! — Caterina se abaixou. — Tinha caído aí dentro! Tadinho do pequenininho! — começou a fazer carinho na barriga dele e o cachorrinho, feliz, lambia-lhe a mão protegida pela luva.

— Cuidado, ele pode ter raiva — disse Italo. Nunca tinha gostado de cachorro.

— Mas o que é que você está dizendo? Que raiva o quê! Olha como está magro. — Depois falou com o cachorro,

mudando o tom de voz, como se falando mais alto ele a entendesse. – Você não come? Desde quando você não come?
– Vamos, vamos embora, Cate. Daqui a pouco a luz acaba.
– Vem! – pegou o cachorrinho no colo. Era um filhote. Um cruzamento de setter, pastor e outros 27 cães. – Vem aqui! Ele tá tremendo!
– Você não está pensando em levar esse bicho com você?
– Como não? Então vou deixar ele aqui?!
– Você quer levar no carro esse treco fedido e que deve estar cheio de carrapatos e pulgas?
– Você pode ficar aqui e voltar para Aosta a pé, se quiser.
– As regras não...
– Agente Pierron! O senhor está falando com uma inspetora de posto superior ao seu e que lhe ordena que não encha o saco e volte para o carro.
– Coisa de louco! – disse Italo.
– Não escute o que esse cara diz. Vem com a mãezinha – e, aconchegando o filhotinho junto do peito, a inspetora voltou ao carro.

O sol estava se pondo. E com ele iam embora as esperanças de encontrar Chiara.

– Certo, fico na linha, certo. Obrigado.
– Tem? – perguntou Antonio. Rocco fez um gesto de que ainda não sabia. Antonio pegou um maço de cigarros e acendeu um. Rocco arrancou-o da mão do agente e o colocou na boca. Antonio abriu os braços e repetiu o gesto.
– Chesterfield você também? – disse Rocco com ar de nojo. Mas o que passa pela cabeça de vocês todos pra comprarem esta nojeira de cigarro?
Antonio balançou a cabeça e acendeu o seu.

— Sim, estou na linha. Diga. — Rocco escutava. Antonio pegara a caneta, pronto para escrever em um cartão de visitas. — Sim? Siiiiiiim! — Rocco deu um pulo de alegria. — Então, subimos na direção do vilarejo de Closel... sete quilômetros depois da bifurcação seguimos reto... Antonio escrevia. O cartão já estava quase cheio. Continuou na palma da mão.

— Sim. Outros três quilômetros, e antes da bifurcação à direita. Obrigado, obrigado! — Rocco desligou o telefone. — Adelmo Rosset tem uma propriedade, uma casinhola meio em ruínas... um abrigo para pastores, resumindo, pouco mais para cima deste lugar. — E saiu correndo na direção do carro. Antonio o seguiu, sorrindo.

— Eu dirijo, Antonio. Você chame todos pelo rádio. Traga-os aqui!

Em alta velocidade, Rocco subia as curvas fechadas na direção do vilarejo de Closel. O celular tocou.

— Não. Por favor — disse, agarrando o telefone. — Não me diga que o empregado do registro se enganou! — Então respondeu: — Schiavone!

— Rocco, é Adele!

— Adele, não é hora.

— Cheguei a Aosta.

— Que beleza. Escuta, as chaves estão na delegacia. Vá e se ajeite na minha casa. A gente se vê hoje à noite.

— Onde você está?

— Esquece. A gente conversa depois.

E desligou o telefone.

— Você acha que é o caso de pensar em mulher numa hora dessas?

— Antonio, eu disse que você pode me chamar pelo nome, mas agora você está botando as manguinhas de fora.

– Desculpe...

– A bifurcação é aquela ali... Deveria ter uma estradinha de terra à direita que sobe...

No verão, aquele local deveria ostentar belíssimos pastos verde-esmeralda com vacas plácidas e tranquilas que ruminavam sob o sol ou descansavam à sombra dos abetos. Agora só havia o pontinho preto de algum corvo que saltitava procurando comida, fiozinhos d'água que, debaixo do manto de neve, desciam para a estrada, enlameando as margens; rochas salpicadas de branco, altas, que ocultavam o céu e pareciam imensos doces natalinos.

– Tá ali!

Dois pedaços de madeira sem casca enfiados no meio da neve indicavam a presença de uma estradinha que subia na direção das montanhas. Logo à esquerda havia uma casa. Porém, estava habitada. Rocco a descartou.

– Deve ser nesta estradinha.

Rocco acelerou. As rodas aderiam bem e o automóvel corria seguro, balançando nas irregularidades do traçado montanhoso. Fizeram uma curva e, ao longe, apareceu um teto escondido em meio aos galhos dos abetos.

– É aquela? – perguntou Antonio.

– Pode ser.

À medida que se aproximavam, o teto se transformou em uma casinha térrea. Toda de pedra, construída na encosta, circundada de rochas e de árvores. Ao redor, a neve estava imaculada. Só havia os dois olhos negros das janelas daquele refúgio, que pareciam acompanhar, horrorizados, a aproximação do carro. De repente, dos arbustos um gato avermelhado atravessou a estrada, e por pouco o subchefe não o atropelou.

– Caralho!

– Bom – disse Antonio. – Vermelho dá sorte. Se fosse preto, seria problemático.

Chegaram à casa isolada. Só Rocco desceu correndo. Antonio estava falando ao rádio, procurando explicar aos outros agentes a localização deles.

Entrar no piso térreo foi facílimo. Só umas tábuas que faziam as vezes de porta impediam a passagem. Porém, com exceção de um velho fogão a gás enferrujado e uma escada de madeira quebrada que levava a um sótão cheio de teias de aranha, não havia mais nada. Cocô de passarinho manchava as paredes. Olhando para o alto, dava para ver o céu por entre as telhas que sobravam. Rocco deu a volta no pequeno corredor. Havia uma porta semicerrada no meio da sala maior. Ela se abria para escadas de pedra que levavam ao andar inferior. Prestando atenção para não escorregar, o subchefe desceu os degraus e chegou a uma velha porta de madeira fechada com uma corrente que, atravessando a parede, passava para o outro lado. A corrente e o cadeado eram novos. Rocco tentou abrir a porta.

– Chiara? Chiara Berguet? Chiara, você está aqui?

– Antonio! Corra!

O policial siciliano saiu do carro.

– Você a encontrou? – berrou, correndo em direção à casa.

– Venha!

Levou-o até a porta de madeira.

– Esta corrente é nova.

– Chiara? – berrou Scipioni.

– Ninguém responde. Mas ela está aqui, tenho certeza.

– O que eu tenho de fazer?

– Derrube essa porra dessa porta!

Tinha pouco espaço para pegar impulso. Antonio, com dois pequenos golpes, experimentou a resistência da porta; depois jogou o seu 1,92 metro e seus 94 quilos de músculos sobre a velha madeira, que se desfez como uma teia de aranha. Com a força do impulso, Antonio se precipitou dentro do cômodo. No chão, com as mãos amarradas a um pedaço de cadeira no meio de uma poça de sangue, estava Chiara Berguet.

O médico havia sido rápido e implacável, como apenas os médicos sabem ser. Chiara havia perdido muito sangue, a pressão estava no chão. Resumindo, era um milagre que não estivesse morta. Desidratada no limite da resistência, se ela ainda fazia parte do mundo dos vivos, isso se devia apenas à sua juventude e a uma têmpera forte e resistente. Uma ferida feia na coxa esquerda, culpa de uma perna da cadeira que, ao se quebrar, havia se enterrado no bíceps femoral. Além disso, traços de violência sexual. Agora estava em terapia intensiva, e ninguém podia nem se aproximar da porta. Rocco havia se afastado para dar a boa notícia ao juiz Baldi e ao chefe, que na hora havia convocado uma coletiva de imprensa da qual Rocco se livrou simplesmente desligando o celular e fingindo que a linha caíra.

Saindo do hospital, da janela ele viu a chegada de Pietro e Giuliana Berguet. Graças à ajuda de um enfermeiro, conseguiu se esgueirar por uma saída lateral, a dos fornecedores, evitando assim cenas de agradecimento, lágrimas e abraços. Eles que se alegrassem com a filha, e passar bem.

Apesar de a escuridão já ter descido sobre Aosta, sua jornada ainda não havia terminado.

– Vamos, Italo. E me dá um cigarro!

Sorridente, Italo ligou o carro.

– Conseguimos, hein?

– Até a gente chegar, te peço um pouco de silêncio. Estou podre!

Italo obedeceu e continuou a dirigir.

Tinha chegado a paulada. Agora ele já tinha entendido. A cada vez que Rocco chegava ao fim de um caso, era envolto por uma névoa escura, como uma montanha escondida pelas nuvens. Tinha se perguntado o motivo, mas não conseguia entendê-lo. Ele ficava feliz, às vezes ficava todo arrepiado. Enfim, tinham trabalhado e, no fim, resolvido a situação. Rocco, ao contrário, parecia descontente. Um caco.

— Por que você fica assim? — agora a intimidade lhe permitia uma pergunta desse tipo.

— Por que o quê, Italo?

— Por que você fica triste? Porra, a gente venceu, não?

— O que a gente venceu? Mas você não vê? Não sente? A cada vez que você tem de lidar com essa gente, com essa merda, você também fica um pouco na merda. Saiba disso. Aos poucos, e cada vez mais, vai chegar o dia em que você vai se olhar no espelho e dizer: mas quem é esse homem na minha frente? E a velhice não tem nada a ver com isso, Italo, eu estou falando de uma coisa aqui dentro. Você morre a cada dia com essa nojeira. Com essa lama. Não consigo mais mergulhar nessa podridão. Me sujar, me transformar em um tipo de rato para botar as mãos nessa gente. Não consigo mais. Olha só os meus sapatos. Tá vendo? — apontou à sua direita. Um pneu velho jogado na estrada. — Agora eu sou isso aí.

— A organização tinha a base na pizzaria Posillipo e na loja Bebiruta. Eles haviam enredado um monte de gente com os empréstimos. Na Edil.ber devem ter se infiltrado graças ao apoio de Cristiano Cerruti. Provavelmente agiam só pelo dinheiro. Depois, Cristiano deve ter tido uma crise de consciência, fraquejado, e estava arrependido. Talvez, vai saber, quisesse falar conosco. Mas era tarde demais. Domenico Cuntrera o eliminou e desapareceu. Agora provavelmente

se juntou a Cutrì em Lugano ou sei lá onde. Não vão soltar a presa, doutor. Não é gente que deixe o serviço pela metade.
— Mas pelo menos a Edil.ber se salvou? — perguntou o chefe de polícia.
— Se salvou.
— E me explique esse Max, o menino. Por que ele conversava na discoteca com aqueles dois?
— Porque o pai de Max é médico. E, na escola, ele trafica psicofármacos. Foi ele quem arrumou o Stilnox, a droga do estupro, para Carlo Figus. Serviu para fazer Chiara dormir.
— A pobrezinha sabe que foi estuprada?
— Não, doutor. Eu não lhe disse. Provavelmente, se sobreviver, não vai se lembrar de mais nada. Só tem uma coisa que precisaria ser feita, mas não tenho nem o poder para isso nem as provas. Com certeza, por trás disso tudo está a Cassa di Risparmio della Vallée. Eram eles que encaminhavam quem precisava de dinheiro a esses mafiosos, talvez os apresentando como gente de bem.
— Quer fazer uma investigação?
— Por que não? Falei sobre isso também com o juiz Baldi. Ele já está se ocupando do assunto.
— Quem está agora na pizzaria?
— O juiz, alguns agentes. Um pouco da turma toda.
— E o senhor, onde está?
— Na delegacia. É muito tarde, e estou podre.
— Falei com a DIA*. Amanhã eles vão estar aqui. O senhor vai à coletiva de imprensa? É importante. Uma associação de cunho mafioso que operava tranquilamente em Aosta é uma notícia que vai deixar os âncoras dos telejornais de metade do país pulando nas cadeiras!

---

* Direção de Investigação Antimáfia, órgão investigativo do Ministério do Interior da Itália. (N.E.)

– Pelo amor de Deus, dr. Costa. Me deixe dormir amanhã.

– Pelo menos me faça um relatório.

– Um dos meus agentes vai fazer isso. Boa noite.

– Boa noite, Schiavone.

Desligou o telefone e secou a orelha. Estavam todos na sala, olhando para ele.

– Senhores, fizemos um excelente trabalho.

Casella batia os dentes de frio. Antonio e Italo fechavam os olhos de cansaço. Curcio e Penzo, estirados no sofazinho, por pouco não roncavam. O jovem napolitano, por sua vez, parecia recém-saído de um banho revigorante.

– Como você se chama?

O jovem respondeu:

– Pietro Miniero.

– Pietro Miniero, você venceu. Você tem de fazer o relatório para o chefe. Deixe-o na minha mesa amanhã de manhã.

– Sim, senhor – e saiu.

– Casella, vá para casa, com certeza você está com febre. Eu lhe disse para se agasalhar. Vocês também vão. – Curcio e Penzo saíram da sala logo depois de Casella.

Um ganido, fraquinho, mas perceptível, atravessou o recinto.

– Quem está ruim do estômago?

Italo, Antonio e Caterina se entreolharam.

– Não sei – disse Antonio. Rocco olhou para Caterina.

– O que você tem aí embaixo?

Caterina abriu o casaco e apareceu o cachorrinho. Dormia.

– Ele estava dentro de uma casa na montanha. Não tive coragem de deixar ele lá.

– Eu disse para ela, Rocco, que ela não deveria, mas ela insistiu.

Rocco se levantou da cadeira. Aproximou-se de Caterina.

— Está fedendo.
— Estava imundo, molhado e esfomeado.
— Estava imunda, molhada e esfomeada. Não vê que é uma menina? – disse Rocco. Então estendeu a mão e pegou a cachorrinha nos braços. Ela mal acordou, abriu os olhos e, com a língua veloz como uma flecha, lambeu o nariz do subchefe.
— Vai ficar com ela? – perguntou Rocco.
— Não sei. Em casa, não posso. Estava pensando que talvez alguma associação...
— Estava pensando errado. Sabe como ela se chama?
— Não – disse Caterina. – Foi abandonada, como eu vou saber?
— Se chama Lupa. Oi, Lupa. Tudo bem? Bem-vinda! – disse Rocco. A cachorrinha, como se o tivesse ouvido, lambeu de novo o nariz dele. – Vocês gostam da minha nova cachorrinha? – disse o subchefe.

Caterina sorriu:
— Vai ficar com ela?
— Claro, quem é que poderia abandoná-la agora? Ânimo, vão para casa. Italo, espero que você leve Caterina para comemorar em um restaurante de verdade, não em um muquifo tipo a pizzaria Posillipo! – Italo sorriu. Então os três policiais se voltaram para sair. – Um instante – Rocco os chamou. – Onde estão Deruta e D'Intino?
— Não sabemos. Desde hoje à tarde não temos mais notícias deles. Não respondem ao telefone, nem ao rádio. – disse Caterina. – O que a gente faz?
— Avisem a polícia florestal. Talvez eles os encontrem amanhã, congelados – e, com sua nova companheira nos braços, Rocco saiu da delegacia com um único objetivo: ir para casa dormir.

À luz de uma fogueira, encolhidos e abraçados para se defender do frio, dentro de um refúgio em ruínas, a cerca de 1.600 metros de altitude, D'Intino e Deruta batiam os dentes e rezavam para que o dia chegasse o mais rápido possível. O carro deles, parcialmente soterrado em um fosso coberto de neve, repousava sob o brilho fraco da lua.

– Essa é a última vez que eu deixo você guiar, D'Intino.
– Você não tem nada pra comer?

Mas Deruta não respondeu. Aproximou-se do fogo e esfregou as mãos.

Rocco atravessava as ruas desertas do centro com passos rápidos para chegar em casa o mais rápido possível. Lupa havia adormecido e respirava profundamente. Amanhã ele a levaria ao veterinário para que tomasse vermífugo, recebesse o microchip e fosse vacinada.

A poucos metros do prédio uma sombra se destacou do muro. Tinha nas mãos uma caixa de papel. À luz da lâmpada, a sombra revelou sua identidade: era Anna. Rocco a encarou.

– O que você tem aí?
– Poderia te fazer a mesma pergunta – Anna respondeu.
– Eu tenho uma cachorra. Se chama Lupa.

Anna deu alguns passos. Os saltos dos sapatos ressoaram na via Piave deserta.

– Eu tenho isto. Já que os que você está usando me parecem detonados!

Um par de sapatos novos.

– Você está começando a me custar caro, Schiavone. Dois pares em dois dias é meio demais, não acha?

Rocco sorriu.

– Foi você... obrigado.
– Não vai experimentar?

— Aqui, no meio da rua?
— Venha ao meu apartamento. Tenho um espelho que vai até o chão.
— E a Lupa?
— Lupa? O que é isso?
— Ela se chama Lupa.
— Tem umas almofadas boas para a Lupa.
— Mas não vou dormir na sua casa.
— E quem está pedindo?

Rocco encarou-a. Sentiu que era muito bom, pelo menos uma vez, se deixar levar, sem pensar, sem resistir, sem ter de, obrigatoriamente, estragar qualquer coisa que lhe acontecesse. Salvara uma vida, tinha outra nos braços. De vez em quando, podia até sorrir. A vida também podia sorrir. E Rocco sorriu erguendo os olhos para o céu. Nas nuvens, uma estrela solitária cintilava.

Tranquilo, lento, um passo depois do outro, um pé na frente do outro. Sem fazer barulho, sem fazer movimentos imprevistos. Tenso e silencioso, mais silencioso que uma sombra e ligeiro como asas de inseto. Sentia o ressonar no outro quarto. Continuou a andar, lá fora havia silêncio e escuridão. Só um poste de luz tingia de amarelo o sofá e o piso da sala. Mais um passo. Mais um...

Aquele era o momento. Escancarou a porta do quarto de dormir. Trazia a 6.35 apontada à sua frente.

— Cê morre matado, Schiavone! Essas são pelo meu irmão.

E descarregou a arma naquele corpo envolto pelas cobertas que cuspiram plumas e pedaços de tecido.

Enzo Baiocchi tornou a colocar a arma nas calças e, veloz, saiu do apartamento do subchefe Schiavone.

Foi então que Lupa pulou na cama. Se aproximou de Rocco e começou a lamber-lhe a orelha. Só na terceira lambida Rocco despertou, sobressaltado. Levou três segundos para entender onde estava. Três segundos, um tempo infinito. Lupa, ao lado do travesseiro, o olhava, virando a cabeça. Lá fora estava escuro. Estava na casa de Anna. Tinha dormido de novo na casa de Anna.

– Puta que... – murmurou. Não dava. Daquele jeito não dava mesmo. Olhou as horas. Quatro e meia. Tinha de se vestir. Devagar, sem fazer barulho, sem acordar a mulher que, apesar do gemido da cachorrinha, continuava a dormir. Mal ele colocou os pés no chão, Lupa começou a abanar o rabo.

– Vamos pra casa... – disse. Devagar, foi pegar as roupas na poltrona. – Seja boazinha e não ladre. – Enquanto amarrava os sapatos, lembrou-se de Adele. Só esperava que ela tivesse dormido na cama dele, e não no sofá. Para dormir, era desconfortável. Não teria fechado os olhos.

Mas Lupa não se mexia. Ficava aconchegada no meio das cobertas, sem a menor intenção de se levantar.

– Vamos, Lupa.

Lupa choramingava e abanava o rabo com o focinho apoiado nos pés de Anna.

– Mas o que é isso, Lupa?

Lupa latiu.

– Não, Lupa, não late...

– Você já vai? – disse a voz afundada no travesseiro.

– Ah, você está acordada?

– Está desconfortável aqui?

– Um pouco.

– É inútil dizer que não gosto de acordar sem você do meu lado.

– Acordar já é um belo resultado, não acha?

Um trovão soou à distância.

– Voltou a chover. Fica aqui.

Rocco pensou no assunto. Deu uma olhada pela janela. As nuvens estavam de novo amontoadas sobre a cidade. Talvez fosse mais seguro ficar, pelo menos até de manhã. Se não fosse por outro motivo, ali estava mais quente. E o leito era acolhedor. Lupa lhe estava dizendo isso fazia um tempão. Os olhos redondos e aquosos da cachorra acabaram com o último resquício de dúvida. Ele tirou as roupas e se enfiou sob as cobertas.

– Me abraça, por favor.

Anna tinha os pés gelados. Colocou-os entre as suas pernas. Rocco abraçou-a e, três minutos depois, adormeceu com Lupa grudada às suas costas.

Lá fora, a chuva começou a bater no asfalto. Pelo menos aquilo derreteria a neve.

Sexta-feira

*Freude, schöner Götterfunken
Tochter aus Elysium,
Wir betreten feuertrunken,
Himmlische, dein Heiligtum!*

– Sim... alô? Alô?
– Schiavone, sou eu, Baldi. Onde o senhor está?
– Dormindo...
– São nove e meia! – Baldi soava entusiasmado.
Rocco sentou-se, as costas apoiadas na cabeceira da cama, esfregou o rosto. Lupa dormia. Anna também.
– Um momento... vou me levantar.
– Não tenho tempo. Só uma boa notícia. Esta noite, prendemos Domenico Cuntrera na fronteira. Ele tentou fugir, mas os *carabinieri* o pegaram. Com uma bolsa de documentos que... resumindo, a coisa vai pegar fogo. O cretino não se livrou deles.
– Fico feliz, doutor.
– Graças ao senhor e a mim. Uma bela coisa. Agora, a notícia ruim.
– Diga-me.
– Tem uma coletiva de imprensa conjunta às dez e meia. O chefe, eu, o general dos *carabinieri*, Tosti; e, é claro, o senhor.
O cérebro ainda estava embotado. A única coisa que lhe passou pela cabeça foi: "Estou com febre!", mas o juiz deu uma boa de uma risada.
– E leve seus homens. Está na hora de o trabalho silencioso de vocês ser trazido à luz das câmeras de TV e imortalizado

nas folhas dos jornais, que amanhã jogaremos pontualmente no lixo. Nos vemos na procuradoria em uma hora.

Uma hora. O tempo exato de tomar um banho, trocar de roupa, um café da manhã rápido no Ettore, passar rapidamente na delegacia, fazer sua oração laica matutina e correr à procuradoria para responder aos jornalistas. Decidiu que não precisava acordar Anna. Lupa, por sua vez, o olhava abanando o rabo.

– A gente tem de ir, pequena.

Não havia mais neve. No lugar dela, água. Muita água. Schiavone na frente, Lupa atrás, viraram a esquina da via Piave e chegaram ao portão do apartamento.

– Agora você vai conhecer Marina – disse à cadelinha enquanto ela bebia de uma poça d'água ao lado da calçada. – Você vai ver, vai gostar dela.

Ele enfiou a chave e abriu a porta.

Havia algo estranho. Percebeu na hora. Era o ar. Ou talvez o cheiro. Um cheiro que ele não sentia fazia muito tempo, mas que pairava estagnado e sinistro como uma névoa matinal no apartamento.

– Adele? Adele, você está aqui?

Ela estava. Mas não podia responder. Envolta nas cobertas esburacadas, só um braço pálido aparecia no meio do edredom. Um rio de sangue corria do colchão e encharcava o parquete.

Rocco fechou os olhos. Caiu sentado na poltrona.

Desandou a chorar.

Italo e Caterina foram os primeiros a chegar. Depois foi a vez de Fumagalli, Casella, Scipioni. A casa, onde ninguém tinha colocado os pés em nove meses, estava lotada de agentes. Logo chegariam também os de Turim.

Rocco, sentado no sofá, não tinha ainda encontrado forças para telefonar para Sebastiano.

Fumagalli se aproximou e sentou ao lado dele.

– Oito tiros, todos a atingiram. Três fatais. Disparados bem de perto. Se consola, ela morreu dormindo.

Rocco nem o olhou.

– Tiros na cabeça?

– Não. No corpo todo. Seis nas costas, um na perna direita e o último no antebraço esquerdo.

Rocco assentiu.

– É claro que você sabe quem é.

– Adele Talamonti. Uma amiga de Roma.

Schiavone estava com os braços entre as pernas, parecia uma roupa suja.

– Onde você vai dormir?

– É o último dos meus problemas.

– *Mi casa es tu casa* – disse o legista.

– Em sua opinião, a que horas ela morreu?

– Eu posso dizer com precisão em uma horinha. Tem um detalhe que ajuda. O relógio dela parou às quatro e meia. Pode ter parado automaticamente ou não, mas é uma boa ajuda. – Então Alberto deu um tapa no joelho do subchefe e voltou a trabalhar.

– Alberto?

– Me diga.

– Trate bem dela. Eu a conheço desde que nascemos.

Alberto assentiu. E voltou ao cadáver.

Não poderia postergar. Tinha chegado o momento de falar com Sebastiano. Mas queria fazer isso sem testemunhas. Levantou-se, pegou o celular e saiu de casa sob o olhar triste de Italo e o olhar preocupado de Caterina. Scipioni, por sua vez, parecia ocupado em conter Casella, que estava xeretando pelo apartamento.

– Seba? Sou eu, Rocco.

– Eu sei! O visor me contou! – o amigo estava com a voz rouca, distante e triste.

– Não tenho uma boa notícia.

– O que está acontecendo?

– Já falou com Furio?

– Sim. Por que está me perguntando? Ele te disse que Adele desapareceu?

– Não desapareceu.

– Você sabe onde ela está?

– Sim, sei. Tinha vindo aqui em casa.

Seba ficou em silêncio.

– Seba? Está me ouvindo?

– Tinha? Por que tinha? Para onde ela foi?

– Esta noite. Alguém deu um tiro nela. Ela morreu, Seba.

– Mas que porra cê tá dizendo? Se é piada, Rocco, não estou achando graça.

A linha caiu. Rocco tentou ligar de novo. A voz fria da companhia telefônica avisou que o telefone desejado não estava disponível.

Telefonou para Furio.

– Rocco? Adele chegou? Olha que o Seba...

– Escute, Furio. Uma coisa horrível. Telefone agora mesmo para Seba, vá pra casa dele.

– Mas por quê? Que porra tá acontecendo?

– Atiraram na Adele. Aqui na minha casa.

– Puta que...

– Corre, Furio. Corre, que o Seba está passando mal.

A notícia do dia, como era de se esperar, não foi mais a prisão de Domenico Cuntrera, conhecido como Mimmo, na fronteira, mas o misterioso homicídio na casa do subchefe de polícia Schiavone. A coletiva de imprensa na procuradoria tinha se voltado para essa história que, em poucos minutos, atraíra a atenção da cidade e dos telejornais.

Pela primeira vez depois de nove meses, Rocco Schiavone se viu de novo na sala de Andrea Costa, sentado em frente à escrivaninha de seu chefe, que tinha o rosto mais pálido que o presidente emoldurado na parede. Costa estava constrangido. Nove meses de convivência com Rocco e começava a gostar daquele estranho policial romano. Nunca teria imaginado, na primeira vez que tinham se encontrado no estacionamento da delegacia, quando o subchefe se apresentou com um sorriso apagado e os olhos cheios de tristeza. Costa conhecia o passado de Rocco e o motivo da transferência de Roma para Aosta. Mas tinha se informado com um colega do Palazzo del Viminale. Rocco Schiavone, em Roma, tinha feito também coisas honrosas a serviço da polícia de Estado. E agora estava ali, na frente dele, com os mesmos olhos tristes de nove meses antes.

– Como se chama? – Ele perguntou, indicando o cachorro que ele trazia no colo e que havia adormecido sob as carícias de Rocco.

– Lupa.

– O senhor a encontrou?

– Os meus colegas a encontraram enquanto procuravam Chiara Berguet.

– Que raça é?

– Tente adivinhar. Tem tantas que com certeza o senhor acerta.

– Vai ficar com ela?

– Quando um cachorro te encontra, você tem de ficar com ele. Nunca é por acaso se você topa com um deles na vida. Alguém manda ele pra você.

– Esse cachorro, quem o mandou para o senhor?

– Tenho uma suspeita. Mas não posso revelá-la.

Costa sorriu.

– Vamos falar do que aconteceu. O senhor tem uma ideia?

– Não. No momento, não.

– O alvo era o senhor?

– Com certeza. Adele Talamonti trabalha no bar dos pais, na Balduina. Tem a ficha mais limpa que a do papa e, que eu saiba, no máximo uma briga com algum vizinho do prédio. Era namorada de Sebastiano Carucci, um grande amigo.

– Ele também uma pessoa tranquila?

– Não, doutor. Sebastiano teve muitos problemas com a justiça.

Costa assentiu.

– Talvez fosse ele o alvo?

– Impossível. Que Adele estava aqui em Aosta, em minha casa, só sabíamos eu, Adele e Furio, outro amigo meu de Roma. Amigo meu e de Sebastiano. Amigo do coração.

– E esse Furio...

– Nem pense nisso, doutor. Estamos falando de uma amizade de mais de quarenta anos. Nós dividimos tudo. Se houvesse algo a acertar, resolveríamos entre nós. Dr. Costa, quem descarregou a 6.35 em Adele Talamonti achava que a estava descarregando em mim.

– É uma pergunta que tenho de lhe fazer. Onde o senhor estava esta noite?

– Na casa de Anna. Dormi lá.

– Por que Adele estava em sua casa, se posso perguntar?

– Histórias de amor. Estava se escondendo em minha casa para que Sebastiano ficasse enlouquecido procurando-a e lhe mostrasse que a amava mais do que a ele próprio. Coisa de adolescente, mas Sebastiano e Adele eram um pouco assim.

Costa começou a dobrar uma folha de papel.

– O senhor percebe, dr. Schiavone, que... enfim... não depõe com certeza a seu favor, e muito menos a favor da delegacia de Aosta, que um policial nosso esteja envolvido em uma história assim... – não encontrou um adjetivo adequado – ...assim?

– Eu me dou conta disso, mas gostaria de lembrar ao senhor que, neste caso, eu seria a vítima.

– Eu sei, eu sei. E isso eu vou tentar explicar aos jornais e também à Corregedoria. Mas...

– Mas é claro, seria melhor ter um subchefe limpo, que não tivesse pendências com ninguém e, acima de tudo, cujos hóspedes não fossem baleados em casa.

– O senhor colocou tudo perfeitamente.

– O que o senhor quer que eu faça?

– Por enquanto, gostaria que o senhor descobrisse quem foi. Eu, enquanto isso, vou tentar tapar os buracos. Sabe? O senhor tem muitos inimigos em Roma.

– Diria que sim.

– Não, não estou falando só de assassinos e de delinquentes. Também no Viminale.

– Sou bipartidário.

– E quando souberem desse caso, pode ser, e digo apenas pode ser, que comecem a fazer pressão para transferi-lo.

– Em sua opinião, pode ficar pior que Aosta?

– Meu amigo, o senhor poderia chorar de saudades de Aosta.

Rocco assentiu. Lupa havia acordado.

– O que ela come?

– Vou levá-la agora ao veterinário. Depois a gente vê.

– Eu tive um cão-lobo. Que comia como um filho. Era um filho, na verdade. Um anjo.

Rocco assentiu.

– No entanto, o senhor tem de me prometer uma coisa.

– Diga-me.

– Se prender o assassino dessa pobre Adele, o senhor vai à coletiva de imprensa. Sem choro nem vela.

Rocco sorriu. Assentiu. Depois se levantou.

– Não vou apertar sua mão. Está fedendo a cachorro.

Mas Costa estendeu-lhe a mão do mesmo modo.

– Traga-me boas notícias.

– O senhor também, doutor.

Rocco estava trancado em sua sala.

Não tinha vontade de acender o baseado. Não queria tomar café. Lupa havia adormecido, o que é a atividade básica dos filhotes. Bateram à porta.

– Quem é?

– Ernesto!

Era Farinelli. Rocco abriu a porta.

– Oi, Ernè... – disse.

Ernesto entrou.

– Sinto muito, Rocco.

– Obrigado. Sente-se.

– Tenho pouco a dizer. Oito tiros, uma 6.35, arma pouco comum, mas mortal se usada à queima-roupa. O assassino atirou a dois metros da cama.

– Descobriu como ele entrou?

– Sim. Pela varanda. Usou a calha.

– Como você sabe?

– Na parte central, descobrimos que os suportes foram arrancados da parede do prédio. Então, diria que é uma pessoa com bem mais de setenta quilos. Hábil em arrombamentos. Os vidros da janela estavam intactos. Usou alguma coisa para abrir a trava. Um servicinho preciso, alguém que sabe o que faz.

Rocco e o vice da polícia científica se entreolharam.

— A gente nunca se viu com tanta frequência.
— É...
— Sabe quem tem raiva de você?
— Não. Mas a lista é longa.
— Eu ainda fico em Aosta por algumas horas. Desta vez vou falar com o juiz. Juro. Ele já telefonou?
— Não.
— Você não pensou em ninguém envolvido no sequestro?
— Você não vê, Ernè? Tem três coisas que não batem. A primeira é que, normalmente, eles não agem com essa rapidez. Para dar o troco, eles levam o tempo que acharem necessário. E, além disso, por que entrar em minha casa como um ladrão? Eu ando sozinho, a pé, quem quiser pode achar um jeito de dar um tiro em mim no meio da rua. Em terceiro lugar, falta a marca registrada. O tiro na cabeça. Normalmente, é assim que eles fazem justiça com as pessoas, para ter a certeza de que você está acabado. Não, essa pessoa entrou, atirou e nem olhou. Não é alguém que esteja envolvido no sequestro. É um bosta que quer se vingar de mim. E que tem medo de se mostrar andando por aí. Alguém que estava preso, ou talvez procurado pela justiça.
— Vai haver problemas para você?
— Vai haver um inquérito. Vai chegar um adjunto da polícia que vai começar a investigar. O que quer que eu lhe diga?
— Estou à disposição para qualquer dúvida.
— Obrigado, Ernè...
Pela primeira vez, Ernesto apertou a mão de Rocco.
— A pessoa que você está procurando é coisa do seu passado?
— Sim, é por aí. Só que é como farejar em um buraco negro e sem fundo.
— Leve um fio vermelho.

Sorriram.

– Sim. É nesse buraco que tenho de me mover.

Sempre tinha pensado, sempre tinha sabido. Mais cedo ou mais tarde, a lama transbordaria, entrando pela janela e sujando tudo. Bom, agora ela estava à sua frente, um mar de lama e de merda no qual mergulhar, se sujar, se mimetizar, para encontrar a sombra que havia entrado em sua casa e tirado a vida de Adele Talamonti, 39 anos, com a expectativa de uma longa vida pela frente. Morta por culpa dele. No lugar dele.

A sua maldição.

Sentado numa mureta, em frente ao hospital, Rocco esperava. A tarde havia caído sobre a cidade e, com ela, o barulho do trânsito. Nem chuva nem vento, só um punhado de nuvens que iam e vinham sem parar em meio aos picos das montanhas. Um Mini Minor azul-bebê estacionou a poucos passos dele. O primeiro a descer foi Sebastiano. Depois Furio, que fechou o carro.

Os dois se encaminharam na direção dele. Passos lentos. Sebastiano, alto, com os cabelos encaracolados e o corpo de um urso envolto em um casaco de couro muito pequeno para ele. Furio, com os óculos de sol e a barba por fazer, luvas negras e jeans justos no corpo. Rocco se levantou e foi ao encontro deles.

Seba abriu os braços. Apertou-o com uma força de tirar o fôlego. Tremia, o homenzarrão, chorava e se agarrava a Rocco como se fosse a única salvação em uma tempestade marítima. Furio acendeu um cigarro. Quando terminou o abraço dos amigos, ele também abraçou fraternalmente o subchefe.

Os três choravam.

– Vamos ver Adele – disse Sebastiano.

Alberto abrira a porta do necrotério sem dizer nada. Apenas Seba entrou e se aproximou do cadáver coberto com o lençol. Furio e Rocco ficaram na porta. Não tinham nenhuma vontade de ver Adele. Queriam se lembrar dela viva. O médico-legista ergueu o lençol. Rocco viu as costas do amigo estremecidas por um terremoto. Sebastiano pegou a mão de Adele, levou-a ao rosto, beijou-a. Depois a colocou no lugar. Voltou-se. Não tinha mais olhos. Dois poços negros. Não disse nada. Saiu do necrotério. Rocco trocou um olhar com Fumagalli, que já havia coberto o corpo de Adele Talamonti, e depois, junto com Furio, seguiu o amigo.

– Vou levar ela para Roma.

Sentados em um banco, fumavam e olhavam os prédios.

– Assim que as autoridades permitirem – disse Rocco. – Você acredita que eu queria estar no lugar dela?

– Eu tenho que saber quem foi esse filho da puta – murmurou entredentes Sebastiano.

– Pode ter sido alguém daqui? – foram as primeiras palavras de Furio desde que desembarcara em Aosta.

– Não. Não pode ser.

– Coisa de Roma?

– Acho que sim. E me deixa puto que Adele tenha tido de pagar pelas minhas merdas.

– Pelas nossas merdas. Quem te disse que a gente também não está metido nisso? – disse Furio, jogando o cigarro longe com um movimento rápido dos dedos.

– Nesse caso, teriam acertado as contas lá em Roma. Não teriam vindo até aqui. Parece que qualquer pessoa que se relacione comigo, mais cedo ou mais tarde, tem de pagar por isso. – E Rocco levou a mão ao rosto.

– Eu matei Adele – disse Sebastiano. – Ela tinha de ficar longe de mim. Eu sabia. O que eu vou dizer agora para a mãe dela? Para o pai dela? Me sinto mal. E não consigo nem vomitar. O que eu vou fazer agora? – mas Seba não havia perguntado aos amigos. Nem para si mesmo. Era difícil entender de quem ele sentia raiva. – É difícil esquecer, Rocco?

– É muito difícil. É quase impossível.

– Gostaria de colocar a Adele perto da Marina.

– Claro. Cedo meu lugar para ela.

– Jura pra mim que, se você descobrir quem é, você deixa ele comigo.

Rocco não respondeu.

– Jura pra mim!

Rocco assentiu.

– Quero ouvir, Rocco!

– Eu juro pra você, Seba.

Depois de deixar Sebastiano e Furio no hotel, o subchefe Schiavone se sentou no bar chalet, na frente do arco romano. Nos seus braços, Lupa dormia, serena. Tinha cheiro de pipoca.

"E essa, quem é?", me pergunta Marina.

"Essa é a Lupa. Gosta dela?"

Marina a acaricia.

"Ela tem a barriga cor-de-rosa", diz.

"É. E o focinho também."

"Não vai fazer cocô e xixi pela casa toda?"

"Não. Não me pergunte como, mas é muito educada. Faz as necessidades na rua."

Ela a encara com olhos enormes. Os olhos de Marina. Me perdi neles a primeira vez, e não encontrei mais o caminho de volta.

"O que você está pensando em fazer?", ela me pergunta. Não está mais falando da cachorrinha.

"Não sei."

"Vai atrás dele ou espera por ele aqui?"

"Não estou com vontade de pensar nisso."

"Você tem ideia de quem seja?"

"Não. E está me acontecendo uma coisa estranha. Quando penso nisso, não consigo me concentrar. Os pensamentos fogem."

"Isso acontece quando você pensa nas coisas do passado. Olha, Lupa acordou!"

É verdade. Abriu os olhos. Só agora, quando um pouco de sol incide neles, é que me dou conta de que são dourados.

"Olha que céu, Marina. Lindo. Azul como nunca se viu."

"Nem uma nuvem. Você vai ver quantas flores vão nascer."

"Você acha?"

"É assim. A neve ajuda. Porque tem nitrogênio. Logo você vai ficar de boca aberta. Sabe? Assim de perfil, você se parece com seu pai."

"Você acha isso estranho?"

"Não. Mas não se ofenda. Ele era muito mais bonito que você. Era mais alto, tinha olhos azuis e era muito mais educado que você."

Dou risada.

"Você o conhecia tão bem assim?"

"Não muito. Mas, quando me apaixonei por você, olhei para ele e disse a mim mesma: se ao envelhecer ele ficar assim, eu assino embaixo!"

"E o que aconteceu?"

"Não sei. O quê?"

"Estou envelhecendo sozinho."

"Por que você não me deixa ir embora, Rocco?"

"Não posso, Marina."

"Já se passaram seis anos."

"Não me peça de novo."

"Por favor, Rocco. Eu não aguento mais."

"*Eu também, eu também não aguento mais.*"

"*Está vendo? Agora o sol se pôs, mas ainda não é noite. Olhe as pessoas nas ruas. Não têm mais sombra. E parece que elas voam. Perdem corpo. Parecem sonhos, névoa. Farrapos abandonados.*"

"*É verdade. As recordações também não têm corpo. Mas estão aqui.*"

Ela me olha, séria. Não gosto quando Marina me olha séria.

"*As recordações se vão, meu amor. Dia após dia, talvez você não se dê conta, mas elas se vão. As bonitas e as horríveis. A noite as engole, e elas vão se misturar com as recordações dos outros. Você não as encontra mais, nem que se esforce. Até você também se transformar em uma recordação. E então tudo vai ser mais fácil pra você.*"

"*Me dá a mão.*"

Ela me estende a mão. Lupa quer descer. Se sacode toda, dá uma corridinha. Persegue uma pomba, que alça voo, não a alcança mais. Late com voz doce e aguda. Volta para mim. Abana o rabo e franze a testa. Em breve ficará escuro. Lupa quer a ração.

Agradecimentos

Tenho a obrigação e o prazer de agradecer a Paola e Giampi, à minha família (Toni, Laura, Giovanna, Francesco e Marco), primeira e severa leitora do manuscrito, a argúcia de Valentina, o trabalho precioso de Mattia, o apoio indispensável de Marcella, Maurizio, Francesca, Valentina. Um agradecimento particular para Olivia e Antonio (vai, a gente consegue!). Um bem-vinda a Emma, a número cinco, e um abraço fraternal a Picchio "não-se-preocupe-tô-chegando", a Pietro "é mesmo" e, *last but not least*, a Fabrizio "ninguém-vai-te-impedir-de--sentar-um-pouquinho".

A.M.

lepmeditores
www.lpm.com.br
o site que conta tudo

IMPRESSÃO:

PALLOTTI
GRÁFICA

Santa Maria - RS | Fone: (55) 3220.4500
www.graficapallotti.com.br